Pourquoi Je Dois Mourir Comme Jésus Et Louis Riel?

Jacques Prince

Commander ce livre en ligne à www.trafford.com
Ou par courriel à orders@trafford.com

La plupart de nos titres sont aussi disponibles dans les librairies en ligne majeures.

Imprimé à États-Unis d'Amérique.

ISBN: 978-1-4907-2662-5 (sc)
ISBN: 978-1-4907-2661-8 (e)

Trafford rev. 03/06/2014

www.trafford.com

North America & international
toll-free: 1 888 232 4444 (USA & Canada)
fax: 812 355 4082

DÉDICACE

Je dédie ce livre à toutes les personnes qui aiment le vrai Dieu de tout leur cœur et qui voudraient comme moi faire un travail ou une œuvre pour aider à répandre la vérité, c'est-à-dire de devenir disciples de Jésus. Si c'est votre cas, veillez me rejoindre à; Jacquesprince@sasktel.net

Bonne chance.

CHAPITRE 1

La vie de Louis Riel vue d'un autre œil!

Lumière sur la vie de Louis Riel, lumière du monde. Voir Matthieu 5, 14.

Louis Riel était aussi la salière du monde et le monde l'a brisé en l'exécutant. Voir aussi Matthieu 5, 13. 'Vous êtes le sel de la terre. Mais si le sel perd sa saveur, avec quoi la remplacera-t-on? Il ne sert plus qu'à être jeté dehors et foulé aux pieds par les hommes.'

Des dizaines d'écrivains ont écrit sur la vie, la mort et la carrière de Louis Riel, mais ils ont surtout parlé de ses activités politiques et de rébellion. Moi je vous parlerai principalement de ses rapports avec Dieu et qu'il avait les mêmes préoccupations que Jésus avait dans ce monde, c'est-à-dire de délivrer son peuple et de le conduire vers Dieu. Louis Riel avait compris tout comme Jésus que la religion, surtout celle dont la tête est à Rome, était un esclavage épouvantable et qu'il fallait définitivement s'en séparer. C'est donc pour cette raison que le gouvernement de Sir John A. Macdonald pressé par les églises chrétiennes a trouvé le moyen de l'éliminer de cette terre malgré les protestations qui fusaient de toutes parts. Louis Riel devait donc subir le même sort que celui qui l'a inspirer, Jésus de Nazareth, et c'est exactement pourquoi je m'attends à la même conclusion, puisque je fais la même chose, c'est-à-dire, ouvrir les yeux du monde.

Heureusement pour le monde et grâce à Dieu un grain de sel et une lueur de lumière se sont rendus jusqu'à moi. Alors je pourrai en quelque sorte continuer l'œuvre des disciples de Jésus et c'est ce que je fais à l'aide de mes livres.

On ne peut être sûr de rien en ce qui concerne l'histoire du passé, mais j'ai le vif sentiment qu'une très grande partie de la vérité au sujet de la vie et la carrière de Louis Riel a été volontairement omise ou cachée à l'histoire canadienne et au monde entier.

Louis Riel, le prophète du nouveau monde selon ses propres dires a passé beaucoup de temps en compagnie de prêtres, d'évêques et d'archevêques. Selon moi, c'est ce qui lui a été fatal. Il aurait aussi, selon l'histoire, étudié à Montréal pour devenir prêtre. Il a donc eu, toujours selon l'histoire, la chance de connaître la parole de Dieu, la Bible, la vérité, ce qu'il y a de vrai et ce qu'il y a de faut.

Sachant pour ma part que mon grand-père, il y a quatre-vingt ans passés s'est laissé dire par le prêtre de sa paroisse de ne pas laisser ses enfants lire la Bible, que cela pouvait mener à la folie. Hors, nous savons maintenant, encore selon l'histoire, que Louis Riel à plusieurs reprises fut accusé d'aliénation mentale. Il aurait été enfermé pour plusieurs années à St-Jean de Dieu, une institution gardée par des frères et des bonnes sœurs et supervisée par des prêtres, des évêques et surtout par l'archevêque qui a bien voulu se débarrasser de lui. Riel aurait été enfermé à Beauport aussi, une institution près de Québec, sous prétexte de le protéger contre ses poursuivants qui en voulaient à sa vie. Son bon ami, l'archevêque Taché, sous prétexte de le protéger le faisait garder prisonnier par les bons frères et les bonnes sœurs et quand il sera sorti, qui voudra bien croire quelqu'un qui sort de St-Jean-de-Dieu pour y avoir été incarcéré pour maladie mentale? Il est rusé l'ennemi.

Depuis le début de son histoire les historiens ou bien n'ont pas compris ou n'ont pas eu la liberté de parler ou encore ont eu peur de faire ce que je suis en train de faire moi-même présentement. Je comprends qu'il n'est pas exclu que je sois accusé d'aliénation mentale moi aussi et peut-être même d'être menacé de mort également pour oser défier l'histoire, l'église et le Gouvernement à ce sujet.

Connaître la vérité, spécialement celle qui contredit l'enseignement de l'Église Catholique Romaine ou des églises chrétiennes en général était et est toujours sans aucun doute de la folie pour ceux qui avaient à protéger cette ou ces institutions et Riel était dans une position pour causer beaucoup de dommage à Rome et au clergé.

Après avoir enfermé quelques prêtres et religieuses qui l'avaient trahi et après avoir pris contrôle de sa troupe, Riel a établi le samedi jour du Sabbat, jour du Seigneur, ce qui fut pour moi entre autres un indice important dans ma décision d'écrire à ce et à son sujet.

Quand on lit dans Exode 20, de 8 à 11: 'Souviens-toi du jour du repos pour le sanctifier. Tu travailleras six jour et tu feras tout ton ouvrage, mais le septième jour est le jour du repos de l'Éternel, ton Dieu: Tu ne feras aucun ouvrage, ni toi, ni personne sur tes terres.'

Sachant que la semaine ne contient que sept jours, le septième jour est donc sans contester le dernier jour de la semaine et non pas le premier.

On comprend que les églises chrétiennes ne disent pas la vérité, parole de Dieu, quand elles enseignent: 'Les dimanches (premiers jours de la semaine) tu garderas en servant Dieu dévotement.'

Cela a peut-être l'air de rien, mais premier est selon moi contraire de dernier.

Nous savons tous déjà que le diable aime à faire le contraire de Dieu. Puis Jésus, qu'on dit fils de Dieu a dit dans Matthieu 5, 17 - 18 et je cite: 'Ne croyez pas que je sois venu pour abolir la loi ou les prophètes; je suis venu non pour abolir, mais pour accomplir, car je vous le dis en vérité, tant que le ciel et la terre existeront, il ne disparaîtra pas de la loi un seul iota ou un seul trait de lettre jusqu'à ce que tout soit arrivé.'

Alors la Loi dont rien n'a changé, (parole de Dieu) puisque le ciel et la terre existent toujours a été changée en ce qui concerne le jour de l'Éternel, mais cela n'a pas été fait par les enfants de Dieu, mais plutôt par les ennemis de Dieu. J'ai composé une petite chanson sur ce sujet que j'aime bien et elle va comme ceci:

On m'a dupé, on m'a menti les dimanches avant-midi. On m'a dupé, on m'a menti, moi je l'prends pas et je le dis.

Le Seigneur nous a dit; le Sabbat c'est le samedi, les dimanches sont pour qui? C'est certainement pas pour Lui. On m'a dupé, on m'a menti les dimanches avant-midi.….

Lorsqu'on cherche un peu d'où le changement est venu on comprend très vite que cela vient de Paul. Actes 20, 7. 'Paul et sa gagne étaient réunis pour rompre le pain le premier jour de la semaine.'

Voir aussi 1 Corinthiens 16, 2. 'Paul ordonna qu'ils mettent de l'argent de coté le premier jour de la semaine.'

A noter ici qu'on ne parle pas du samedi ou du dimanche, mais bien du premier et du dernier.

Peu importe quels étaient les noms des jours de la semaine en ces jours-là, il demeure que le premier est contraire ou opposé à dernier.

Voir Matthieu 5, 19. 'Celui donc qui supprimera l'un des plus petits de ces commandements et enseignera à faire de même sera appelé petit dans le royaume des cieux; mais celui qui les observera et qui enseignera à les observer; celui-là sera appelé grand dans le royaume des cieux.'

Donc, selon Jésus, je serai appelé grand dans le royaume des cieux et Paul et les membres de ses églises seront, pour le moins, appelés petits dans le royaume des cieux.

Je suis sûr aussi que Louis Riel est appelé grand puisqu'il l'était.

Selon ce que je viens de découvrir, les églises n'ont pas suivi Jésus, le Christ, la parole de Dieu, mais plutôt Paul, l'opposé de Jésus, qui est donc antéchrist.

Il demeure aussi que Paul est opposé à Dieu comme le diable l'a toujours été. Il est opposé à Dieu aussi avec la circoncision qui est une alliance perpétuelle entre Dieu et ses enfants, mais comme de raison le diable voulait briser ça aussi.

Voir Genèse 17, 13. 'On devra circoncire celui qui est né dans la maison et celui qui est acquis à prix d'argent et mon alliance sera dans votre chair une alliance perpétuelle.'

Perpétuelle veut bien dire à jamais, pour toujours, n'est-ce pas?

Mais le diable n'a pas aimé ça et Paul non plus.

Voir Genèse 9, 16. 'L'arc sera dans la nue; et je le regarderai, pour me souvenir de l'alliance perpétuelle entre Dieu et tous les êtres vivants, de toute chair qui est sur la terre.'

Alors, une alliance entre Dieu et les hommes, c'est pour tout le monde, toute chair.

Perpétuelle est comme l'arc-en-ciel qui existe depuis le déluge et nous pouvons la voir presque a chaque fois que la pluie est terminée, une autre alliance perpétuelle qui dure à l'infinie.

Allez voir comment dans les écritures de Paul, ce diable s'est acharné à vouloir détruire cette alliance perpétuelle entre Dieu et les hommes et vous y trouverez des douzaines de références, dont celle-ci qui n'est pas la moindre. Toujours parlant de circoncision ici, vous verrez que cela est tout un souhait pour un prétendu apôtre.

Galates 5, 12. 'Puisent-ils être retranchés, ceux qui mettent le trouble parmi vous.'

La version anglaise va un peu plus loin. Elle dit: 'Pour ce qui est de ces agitateurs (le groupe de la circoncision, qui travaillaient de paire avec les apôtres de Jésus,) je (Paul) souhaiterais qu'ils aillent jusqu'au bout et qu'ils se coupent les parties.'

Nous savons tous que le souhait de Dieu est complètement diffèrent. Voir Genèse 1, 28. 'Dieu les bénit et Il leur dit: 'Soyez féconds, multipliez, remplissez la terre et l'assujettissez.'

Mais ça prend un hypocrite pour traiter le plus grand des apôtres (Pierre) à tort d'hypocrite. Voir Actes 16, 3. 'Paul voulut l'emmener (Timothée) avec lui et, l'ayant pris, il le circoncit, à cause des Juifs qui étaient dans ces lieux-là, car tous savaient que son père était Grec.'

Pauvre Timothée, selon Paul dans Galates 5, 2, tu es perdu. 'Voici, moi Paul, je vous dis que, si vous vous faites circoncire, Christ ne vous servira de rien.'

Ça doit être bien triste d'être condamné à l'enfer par son propre ami ou son propre père. La vérité est que si vous vous faites circoncire, c'est le faut christ qui ne vous servira de rien et c'est tant mieux pour vous.

On m'a souvent reproché de chercher des poux dans la Bible, mais Jésus a bien dit, Matthieu 7, 7: 'Cherchez et vous trouverez.'

Des poux n'auraient pas été si pire, mais des mensonges et des contradictions en grands nombres, ça, c'est plutôt grave.

J'ai cherché et j'ai trouvé et comme j'aime à partager tout, y compris la vérité et bien voilà, je partage mes trouvailles avec vous, mes lecteurs.

J'espère seulement que cette semence tombe dans une terre fertile et non pas dans l'oreille d'un sourd ou dans l'œil d'un aveugle qui ne veut pas voir. Je souhaite qu'elle produise des fruits en grande quantité pour Dieu, car Il nous a envoyé plusieurs hommes et femmes qui se sont donnés beaucoup de mal pour que vous puissiez voir.

Il y a un autre passage de la Bible qui vient confirmer les paroles de Jésus, qui celui-ci nous vient de Dieu Lui-même. Jérémie 31, 36. 'Si ces lois viennent à cesser devant moi dit l'Éternel, la race d'Israël aussi cessera pour toujours d'être une nation devant moi.'

Alors, nous savons tous que la nation d'Israël est de plus en plus vivante et de plus en plus forte. J'ai lu quelque part qu'elle est la quatrième force militaire mondiale, c'est beaucoup mieux que le Canada.

Le malheur de Louis Riel a sans aucun doute dans mon esprit sain été de se confier à ses amis prêtres, évêques et archevêques, qui eux ont appris de leur maître (Paul) qu'il fallait faire taire sans tarder un tel d'illusionné. Le message dont je parle se trouve dans Tite 1, 11: 'Auxquels il faut fermer la bouche! Ils bouleversent des familles entières, enseignant pour un gain honteux ce qu'on ne doit pas enseigner.'

Il fallait donc coûte que coûte lui fermer la gueule à Louis Riel par n'importe lequel moyen, mais cela ne s'avérait pas trop facile, puisque Riel avait beaucoup d'amis aussi et plusieurs étaient de grandes influences. Il a dû cependant fuir pendant plusieurs années d'un bout à l'autre du pays et au sud et il a aussi dû faire très attention à qui il parlait de ses trouvailles, ce qu'il n'a pas toujours su faire.

Fermer la bouche, vous savez ce que cela signifie en terme de la mafia? Paul était Romain, un des plus anciens Parrains.

Vous voyez, Louis Riel, comme plusieurs d'entre nous, a cru longtemps que les gens d'églises étaient des gens de Dieu. Ça, c'était une très grosse erreur de sa part. Ses ennemis étaient partout et très nombreux, mais heureusement pour lui, il avait beaucoup d'amis aussi.

Quoi de mieux que de laisser la justice s'en occuper? On ne peut quand même pas accuser la cour de sa majesté de meurtre et c'est passablement difficile d'accuser le Gouvernement du même crime aussi. Les coupables de l'assassinat de Jésus de Nazareth et de Louis Riel ont échappé à la justice sur cette terre, mais comment feront-ils pour échapper à la justice de Dieu? Jésus a demandé à Dieu, son Père, de pardonner à ses assassins, me direz-vous. Oui et Abraham a demandé à Dieu d'épargner Sodome et Gomorrhe aussi, mais cela n'a pas empêché Dieu de détruire le mal, de faire justice.

C'est sûr aussi que le clergé avait une très grande influence sur les gouvernements de tous les temps, mais surtout du temps de Louis Riel. Nous comprenons cela quand nous constatons ce qui s'est passé dans les écoles résidentielles, les orphelinats et les pensionnats du Canada.

Je comprends que Louis fut confus par moments, puisque toutes ses trouvailles contredisaient tout ce qu'il avait appris depuis sa jeune enfance et il n'avait pratiquement personne pour l'encourager dans son cheminement. Bien au contraire on le regardait comme un retardé mental, ce qui a sûrement contribué à causer ses excès de colère. Ce faire traiter de fou n'est pas la chose la plus douce à entendre.

Lui, il le savait qu'il avait une mission à remplir venant de Dieu et il ne pouvait pas en parler à quiconque, même à ses amis sans être moqué et voir même ridiculisé. Moi je le comprends très bien, puisque cela m'arrive aussi. Mon propre frère m'a dit que je n'avais jamais étudié la Bible de toute ma vie, alors que je vie en dehors de sa province depuis trente ans. De quoi se mêle-t-il?

Cela a dû lui prendre une très grande quantité de courage à Louis Riel pour aller jusqu'au bout. Je suis même certain que son premier amour la sœur du curé, (Évelina) n'a pas compris sa passion pour sa mission, du moins elle ne l'a pas suivi et c'est sûrement parce qu'elle n'a pas eu le courage ou encore l'autorisation de le faire.

Cependant, si elle l'avait fait, cela aurait été un grand inconvénient pour Louis à cause de ses croyances à elle et de son frère le curé. Si elle avait suivi Louis Riel, on l'aurait sûrement accusé de folie et on l'aurait fait assassiner, elle aussi.

Cela m'aide à comprendre pourquoi celle que j'aime tellement n'a pas voulu de moi. C'est que Dieu ne permettra pas qu'une femme si belle et si gentille soit-elle vienne nuire à ma mission non plus. Je dois dire aussi que j'ai prié Dieu de ne pas la laisser venir à moi, si elle n'était pas bonne pour moi.

Selon l'histoire, Louis Riel était tellement amoureux d'elle que si elle l'avait compris et qu'elle était libre de se séparer de son frère, (le curé) pour qui elle jouait de l'orgue, je suis persuadé qu'il serait revenu la chercher et qu'ils auraient terminé leur vie ensemble, de cœur du moins. Le seul fait que Louis était amoureux de cette femme prouve qu'il était bien hétérosexuel.

Il y a cent vingt-cinq ans qui nous séparent et je sais que c'est techniquement impossible, mais Louis Riel était un homme dont j'aurais pu aider à comprendre ce qu'il lui est arrivé. Peut-être que lui aussi aurait pu m'aider. Il se peut aussi qu'il ait tout compris lui-même et que les historiens ou encore les membres de son entourage (les prêtres) lors de sa mort ont falsifié ou encore ils ont fait disparaître des documents, des lettres et des poèmes que Louis gardait religieusement en sa possession, surtout ce qui était compromettant pour leur église et leur enseignement. Un chose est très certaine, selon moi, l'histoire ne révèle pas tout ce qui s'est passé.

Lors de son procès il exprime un désir presque violent de se séparer de Rome, (l'Église Catholique Romaine) ce qui contredit le fait déclaré qu'il était lié d'amitié avec les deux ptraîtres qui l'accompagnaient à l'échafaud.

Je sais que si jamais je me retrouvais dans une situation semblable je demanderais qu'on enlève ses deux personnes (ceci dit modérément) de devant ma face et tôt ne serait pas assez tôt. Il est évident que ses papiers ont été scrutés à la loupe avant que ceux qui ont été estimés acceptables par les membres du clergé furent remis à sa famille. Il n'y a pas que les rapports des médecins qui l'ont examiné et qui ont rendu compte au Premier Ministre, Sir John A Macdonald qui furent censurés. Si jamais mes livres sont censurés par la bête, il n'en restera pas grand chose non plus, tout comme les écrits de Louis Riel d'ailleurs. La vérité n'est pas bienvenue dans le monde, du moins jusqu'à présent. Nous devrions tous savoir aussi qu'il y a beaucoup des dires de Jésus qui ont été censurés et qui ont disparus.

Je n'arrive pas à croire non plus et je ne croirai jamais non plus que Louis Riel ait appelé les prêtres qui l'accompagnaient dans la cour où a eu lieu son exécution; 'Mon père.' Il était tout simplement trop près de Jésus et écoutait Jésus beaucoup trop pour faire une telle chose. Louis Riel savait ce que Jésus a dit à ses disciples de ne pas appeler personne sur la terre père et je suis sûr aussi que Louis Riel a été fidèle jusqu'à sa mort.

Les docteurs ont déclaré dans leurs rapports que Louis avait encore des problèmes en ce qui concerne la politique et la religion et ça c'était juste avant sa mort. C'est donc dire que juste avant sa mort, il avait encore sa mission à cœur, peu importe ce que certains ont voulu faire accroire au monde. Il s'était séparé des prêtres, des évêques et de l'archevêque Taché et même des religieuses qui l'ont trahi. Il est évident pour moi que ces prêtres avec l'aide du Gouvernement ont essayé de changer l'histoire de Louis Riel en leur faveur en faisant de lui un catholique, ce qu'il n'était plus depuis longtemps.

Une autre chose dont je suis presque certain, c'est que Louis Riel n'aurait jamais autorisé un prêtre à célébrer la messe au-dessus de son corps mort et s'il avait pu l'empêcher, il l'aurait fait. Il aimait Dieu de tout son cœur, de toute son âme et de toute sa pensée et cela fut démontré à plusieurs endroits et cela même jusqu'à sa mort.

Louis Riel avait compris le message de Jésus lorsqu'il dit dans Matthieu 22, 37 - 39: 'Tu aimeras le Seigneur, ton Dieu de tout ton cœur, de toute ton âme et de toute ta pensée. C'est le premier et le plus grand commandement. Et voici le second qui lui est semblable: Tu aimeras ton prochain comme toi-même.'

Louis Riel servait Dieu du meilleur de sa connaissance et il ne l'a pas trahi, surtout qu'il n'avait pas peur de la mort. Il s'est débattu contre ses propres avocats à son procès pour démontrer qu'il était sain d'esprit, ce qui l'a vraisemblablement conduit à l'échafaud et il en était conscient, mais pour lui la vérité primait, peu importe les conséquences et cela même au prix de sa vie. Ceci est la raison principale pour laquelle je dis que Louis Riel est un héros. Si vous pensez qu'il était mental pour agir ainsi, pensez à Jésus qui a donné sa vie pour nous amener la parole de Dieu que la plupart du monde refuse encore de nos jours. Je sais que je risque ma vie moi aussi en écrivant ce livre et surtout en le faisant publier.

Non, ce n'était pas de la folie, mais de l'intégrité et de l'amour pour la vérité et la justice, ce que les membres du gouvernement et les membres du clergé manquent et manquaient beaucoup en ces jours-là.

Il nous faut chercher beaucoup pour trouver des références sur les pensées et les connaissances de Louis Riel, mais nous n'avons pas besoin de chercher longtemps pour savoir à quel point plusieurs le cherchaient pour le faire mourir. J'aurais bien voulu avoir assez d'argent pour acheter ses poèmes qui étaient à vendre sur le marché, il n'y a pas très longtemps. Ils ont été vendus pour la somme de $26,000.00 à Winnipeg, je pense. Mais de toutes façons, ce qu'il en restait n'était que du censuré, j'en suis certain.

Le secrétaire de Louis Riel fut acquitté à cause de déficiences mentales (un fou quoi), mais on l'a jugé assez sain d'esprit pour témoigner au procès de Louis quelques jours plus tard. Il était un disciple de Louis et lui aussi avait des problèmes avec la religion et la politique. Ils ont dû penser qu'il était fou parce que lui aussi a tout fait pour être reconnu coupable. Lui aussi avait compris beaucoup de choses qui ne sonnaient pas bien chez l'enseignement de l'Église Catholique et de la chrétienté en général. Comme de raison, tous ceux qui ne pensent pas comme eux (les chrétiens) sont un peu fous. Avez-vous déjà lu Christian en commençant par la fin? Cela donne an ti chris. C'est quand même assez étonnant, surtout après avoir trouvé ce que j'ai trouvé. Je veux dire beaucoup, beaucoup de preuves qui le confirment.

La ressemblance entre l'histoire de Louis Riel et celle de Jésus est sans contredit très évidente. Les deux voulaient sauver leur peuple, les deux aimaient leur Dieu au point de risquer et de donner leur vie, les deux se sont fait moquer, les deux ont dû fuir leurs ennemis pour survivre et les deux ont été jugés et pendus aux poteaux. Cependant, Paul a trouvé le moyen de dire que Jésus de Nazareth et Louis Riel étaient condamnés et ce n'est pas surprenant, puisque le diable condamne tout le monde. Voir Galates 3, 13. 'Christ nous a rachetés de la malédiction de la loi, étant devenu malédiction pour nous, car il est écrit: Maudit est quiconque est pendu au bois.'

Je suis sûr que la liste des ressemblances entre Jésus et Louis Riel pourrait s'allonger sur une longue distance. Je vais sûrement en ajouter d'autres au cours de mes prochains écrits. Je suis persuadé aussi que Louis Riel voulait faire connaître la parole de Dieu, la vérité au reste du monde, comme Jésus l'a fait et comme j'essaye de le faire aussi depuis déjà près de quinze ans. J'ai eu la chance de comprendre avant qu'il ne soit trop tard qu'il était plus prudent de ne pas communiquer mes connaissances aux prêtres et aux pasteurs des églises qui eux m'ont prouvé que la vérité n'était pas toujours bonne à dire ou je devrais plutôt dire, qu'elle était risquée à dire et qu'elle n'était pas du tout bienvenue dans ces églises.

Jésus nous a bien mis en garde contre les prédateurs de ce monde, voir Matthieu 10, 16: 'Voici je vous envois comme des brebis au milieu des loups. Soyez donc prudents comme les serpents et simples comme les colombes.'

Mais même en étant des plus prudents et des plus simples, le seul fait de parler de ces vérités qui embêtent les églises surtout chrétiennes est un grand risque pour la vie d'un disciple de Jésus.

Si vous parlez de ces vérités qui contredisent l'enseignement des églises chrétiennes à quelqu'un qui a une entreprise comme l'église à défendre et à protéger, ne vous attendez pas à être bienvenu, ni vous, ni la parole de Dieu (la vérité). Méfiez-vous, c'est très sérieux, mais cela en vaut la peine, car le travail pour Dieu n'est jamais perdu, parce que Dieu ne vous fera rien perdre de ce qui vous revient. Vous pouvez compter sur Lui, il n'y a personne de plus honnête ou de plus juste que Lui.

Je suis quand même très étonné cependant que Louis Riel ait été suivi par un si grand nombre de personnes, quoique je ne crois pas que c'était pour ses connaissances bibliques. Il était sûrement une des rares personnes sur lequel les habitants de son entourage pouvaient compter et qui était assez instruite pour communiquer avec le gouvernement du temps et capable de comprendre les ruses de Sir John A Macdonald et de l'archevêque Taché, qui lui portait bien son nom. Une chose est certaine, c'est que Louis Riel était vraisemblablement entouré de loups ravisseurs à deux pattes.

Louis Riel a été très lent à prendre femme même s'il savait que Dieu veut qu'il soit fécond et qu'il fasse sa part pour peupler la terre, mais il a sûrement, tout comme moi, réalisé cette volonté de Dieu tardivement, puisque les prêtres ne prêchent pas tellement ce passage-là de la Bible pour eux-mêmes. Il se savait prophète, puisqu'il l'a lui-même déclaré, ce qui fait qu'il n'était pas sans savoir que les femmes de prophètes terminent en de jeunes veuves et leurs enfants en de jeunes orphelins. Il n'a pas fait mentir cette vérité, puisque cela c'est produit en moins de cinq années dans le cas de Riel et sa famille. Je ne serais pas surpris d'apprendre un jour que sa femme et ses enfants non pas vécu très longtemps après la mort de Louis, parce qu'ils en savaient beaucoup trop sur les mensonges et les contradictions dont Louis avait trouvé dans le Nouveau Testament. Je pense aussi qu'il en est de même pour tous les jeunes autochtones et Métis, pensionnaires de ces écoles résidentielles de l'Ouest. J'ai appris qu'il y en avait au moins quatre milles qui sont décédés ou ne sont pas retournés chez eux vivants.

Peut-être qu'eux aussi ont eu ironiquement la malchance de trop en savoir. Le ministère de Louis Riel avait fait son œuvre parmi les autochtones et les Métis qui se sont retrouvés sur son chemin. Le message de Paul était déjà écrit en ces jours-là, à savoir qu'il fallait faire taire un tel ou de tels individus.

Louis avait par contre subit les influences du monde du clergé, prêtres, évêques et archevêques et de Paul et compagnie, celui qui a dit qu'il n'était pas bon pour l'homme de toucher à la femme, (1 Corinthiens 7, 1) contrairement à la parole de Dieu; Genèse 2, 18, qui a dit que ce n'est pas bon pour l'homme d'être seul.

Paul va encore plus loin quand il dit souhaiter que tous les hommes soient comme lui, 1 Corinthiens 7, 7, c'est-à-dire sans femme ni enfant. Avait-il pensé continuer la procréation entre hommes et sans la femme, vu qu'il aime à faire le contraire de Dieu? C'est plutôt difficile de faire des enfants sans toucher à la femme. Moi j'aurais été bien malheureux si je n'avais pas pu toucher à cette merveille qu'est la femme. J'ai d'ailleurs composé une de mes chansons préférées à ce sujet et elle va comme ceci.

Ce Parfum De Rose

Merci mon Dieu, merci mon Dieu, merci mon Dieu.

1

Merci mon Dieu pour ce doux parfum de rose.
Merci mon Dieu d'avoir fait tant de belles choses.
Quand sous les cieux un jour Tu créas la femme!
En me donnant pour elle une fervente flamme.

Te reconnaître, Toi grand Seigneur.
Moi petit être à qui Tu as donné la fleur.
Elle est fanée, qu'à n'a-t-on fait?
Toi seul pourrait la ramener comme elle était.

C'est nous l'arôme, le jardin de ton royaume.
Ta création fait de ta main, ton ambition.
Ton ennemi, celui qui détruit le monde.
Il a fané ma belle fleur cet être immonde.

Tu nous bénis; Tu nous as dit:
'Soyez féconds et remplissez toute la terre.
Multipliez et dominez les animaux.
Et tous les poissons de la mer.'

Merci mon Dieu pour ce doux parfum de rose.
Merci mon Dieu d'avoir fait tant de belles choses.
Quand sous les cieux un jour Tu créas la femme!
En me donnant pour elle une fervente flamme.
Merci mon Dieu de m'avoir fait à ton image.
Merci mon Dieu, merci mon Dieu, merci mon Dieu.

Ce n'est pas un prêtre, ni un évêque, ni un archevêque, ni un Cardinal, ni même un pape qui aurait pu écrire une telle chanson à mon Dieu.

Si Paul avait pu faire à sa tête il aurait créé la fin de monde il y a de ça deux milles ans avec son plan de ne pas toucher à la femme. Paul a par contre créé beaucoup de pédophiles et d'homosexuels avec ses vues sur la façon de vivre des hommes. Des hommes qui ne savent pas contrôler leurs impulsions. Il va sans dire que les églises en arrachent ces derniers jours et ce n'est pas fini, elle va tomber la grande Babylone, car c'est déjà écrit. On a déjà commencé à s'attaquer à la tête, puis les pieds sont dans la merde depuis très longtemps, c'est juste que la tête garde le couvercle sur le pot de cette merde, mais quand cela bouille, il y a des vapeurs qui s'échappent.

Quand tous les témoins se réuniront pour témoigner contre cette bête, elle ne pourra plus camoufler ses péchés et tout l'or et les richesses qu'elle a accumulé au cours des derniers deux milles ans ne pourront pas suffire à racheter tous ses mensonges, ses meurtres, ses infamies et ses scandales de toutes sortes.

Quand Louis Riel a mentionné souhaiter se séparer de Rome, c'est qu'il ne voulait pas être associé à un tel monstre et c'est ce monstre qui l'a fait mourir.

Peut-être n'a-t-il pas toujours su identifier les messages de Dieu ou encore n'a-t-il pas toujours su à qui en parler avec assez de prudence, mais une chose est certaine, Dieu lui parlait. Du moins moi, je peux le comprendre, car Dieu me parle sur une base continuelle et Il me le prouve constamment avec des messages qui ne peuvent venir que de Lui. Comme Dieu Lui-même l'a dit, voir Nombres 12, 6. 'Écoutez bien mes Paroles! Lorsqu'il y a un prophète parmi vous, c'est dans une vision que moi l'Éternel je me révélerai à lui, c'est dans un songe que je lui parlerai.'

Ce livre que je suis en train d'écrire en est la preuve.

Vous pouvez parier gros que les églises de Paul feront tout en leur pouvoir pour l'interdire ce livre qu'est le mien. Pourquoi est-il si difficile pour les païens de croire en cette vérité? Est-ce par jalousie ou encore par envie peut-être que les membres du clergé ont toujours refusé de croire de tels prophètes? Par contre, ils n'ont jamais eu de problèmes à croire des idiots qui ont cru voir la vierge apparaître. La vierge qui n'était plus vierge lorsqu'elle est décédée est morte et enterrée depuis très longtemps, laissez-la donc reposer en paix bande d'idolâtres.

Louis Riel avait compris cela. Il n'avait pas de chapelet avec lui sur l'échafaud même s'il était accompagné de deux ptrêtres. Riel a dit le notre Père comme Jésus nous l'a enseigné. On peut comprendre qu'il n'a pas pu aller s'enfermer dans sa chambre pour prier. Voir Matthieu 6, 6.

Ce jour-là fut pour lui un grand jour de gloire, puisqu'il a eu une réponse à sa prière très rapidement, il fut délivré du mal en quelques minutes. Cette dernière prière de sa part est une autre preuve que Louis Riel connaissait la parole de Dieu et qu'il a servi Dieu jusqu'à son dernier souffle. Puis la vérité fut étouffée avec lui pour un autre cent quelques années.

Jésus n'a jamais demandé de prier sa mère, n'y lui-même d'ailleurs. Jésus a même demandé de ne pas faire comme les hypocrites qui font toutes sortes de grimaces devant les assemblées avec des faces de mi-carême et de ne pas répéter de vaines prières. Jésus a aussi demandé de prier pour ceux qui nous persécutent et c'est pour cela je pense, que Louis Riel a toléré ces deux prêtres à son exécution. Faut croire aussi qu'il n'a pas eu le choix et qu'il aurait sans aucun doute préféré avoir Gabriel Dumont à ses cotés dans ses derniers moments. Je me demande encore ce qui a bien pu empêcher Dumont de venir le délivrer.

Riel leur a sûrement démontré à ces prêtres ce que c'était qu'être un enfant de Dieu. Ces deux prêtres auraient bien voulu enterrer Riel aussi, puisque Jésus a dit; voir Matthieu 8, 22. 'Laisse les pécheurs enterrer les cadavres.'

Et c'est sûrement ce qu'ils font de mieux, ces pécheurs, enterrer les morts. Selon ce verset Jésus n'avait rien à faire avec eux (les morts) et il était pressé d'aller ailleurs. Ce passage démontre aussi qu'il n'y a plus rien à faire pour les morts et que ceux qui prient pour eux agacent les esprits y compris l'Esprit de Dieu.

Riel fut perçu par l'abbé Fourmond comme étant antéchrist alors que presque tout ce que l'abbé était et a fait est antéchrist. Je m'explique rapidement ici.

Le prêtre se fait appeler père, alors que Jésus, le Christ dit de n'appeler personne sur terre père, Matthieu 23, 9. 'Et n'appeler personne sur la terre votre père, car un seul est votre père, celui qui est dans les cieux.'

PS. Il parlait à ses disciples et ses disciples l'écoutent. Pour cette raison je ne peux pas croire que Louis Riel a appelé l'abbé Fourmond père contrairement à ce qui est écrit dans le livre de l'histoire de Louis Riel.

Le prêtre célèbre le sacrifice de la messe, alors qu'il est écrit que Dieu n'aime pas le sacrifice. Voir Osée 6, 6; 'Car j'aime la piété et non les sacrifices et la connaissance de Dieu plus que les holocaustes.'

Et aussi Matthieu 12, 7: 'Si vous saviez ce que signifie: Je prends plaisir à la miséricorde et non aux sacrifices, vous n'auriez pas condamné des innocents.'

Comme Louis Riel et Jésus! C'est clair que Dieu n'aime pas les sacrifices et Jésus le confirme.

Le prêtre demande aux hommes de venir se confesser à lui, alors qu'il est écrit, voir Jérémie 17, 5: 'Maudit soit l'homme qui se confie dans l'homme, qui prend la chair pour son appui et qui détourne son cœur de l'Éternel.'

Ce n'est pas peu dire et ce n'est pas moi qui ai inventé ces paroles, elles sont bien là dans la Sainte Bible.

Le prêtre prie la vierge et tous les saints, (des morts) ce qui est de la pure idolâtrie en plus d'inciter tous ses fidèles à faire de même. Voir Exode 20, 3 - 4. 'Tu n'auras pas d'autres dieux devant ma face.

Tu ne feras pas d'image taillée (les médailles, le crucifie, les statues les chemins de croix et j'en passe) ni de représentation quelconque des choses qui sont en haut dans les cieux, qui sont en bas sur la terre et qui sont dans les eaux plus bas que la terre.' (l'enfer)

Dieu sait qu'ils en ont fait des images des anges, de Jésus, de la vierge et de tous les saints qui n'en sont pas vraiment, puisque Jésus a déclaré qu'un seul était bon et il ne parlait pas de lui-même, mais du Père qui est dans les cieux. Avez-vous vu quelque part où Jésus priait sa mère?

Les prêtres brûlent encore de nos jours de l'encens, ce qui est selon Dieu une autre abomination. Voir Ésaïe 66, 3. 'Celui qui immole un bœuf est comme celui qui tuerait un homme, celui qui sacrifie un agneau ('l'agneau de Dieu qui enlève les péchés du monde.') est comme celui qui romprait la nuque d'un chien, celui qui présente une offrande est comme celui qui répandrait du sang d'un porc, celui qui brûle de l'encens est comme celui qui adorerait des idoles. Tous ceux-là se complaisent dans leurs voies et trouvent du plaisir dans leurs abominations.'

Les ennemies de Dieu ont dit que Dieu a sacrifié son fils unique, (un agneau de Dieu qui enlève les pêchés du monde) pour sauver le monde, alors que Dieu, Lui-même a dit que ceux qui font de tels gestes commettent des abominations. Ce que Dieu bien attendu n'a pas pu faire.

J'ai une autre chanson pour vous rappeler qu'un seul est bon, qu'un seul est Dieu.

Un seul, un seul, un seul

Il est le Tout-Puissant.

J'ai déjà parlé de leur jour du Seigneur (les dimanches) qui est contraire à la loi de Dieu et que Jésus a confirmé aussi.

Quant à la communion, tout le monde sait qu'ils ont donné du pain aplati au boute et qu'ils ont gardé le vin pour eux-mêmes. Rome (le Vatican) bat tous les records en achat de vin, j'ai lu ça quelque part un jour. Je suis à peu près sûr aussi qu'il bat tous les records avec les vaines prières.

Le pain et le vin était une représentation du corps et du sang de Jésus qu'il allait verser. Son corps est le pain du ciel, la vérité, la parole de Dieu qui venait de sa bouche, de celle de Louis Riel et de tous les disciples de Jésus comme moi, que les églises s'affairent à faire taire, comme ils ont fait avec Jésus, Louis Riel et tant d'autres. Moi j'en mange de cette vérité et cela ne plaît pas à tout le monde, croyez-moi.

Quant à l'abomination qui veut laisser croire au monde que Dieu le Père, qui n'aime pas le sacrifice aurait Lui-même sacrifié son propre fils à la mort, Dieu n'a pas pu commette une telle abomination. Lisez bien attentivement 2 Rois 16, 3 'Et même il fit passer son fils par le feu, suivant les <u>abominations</u> des nations que l'Éternel avait chassées devant les enfants d'Israël.'

Dieu aurait chassé des nations complètes devant les enfants d'Israël, parce qu'ils sacrifiaient leurs premiers fils, puis Dieu dit que c'est de l'abomination et Il l'aurait Lui-même sacrifié son fils supposé unique, c'est donc dire son premier fils?????? Ouvrez-vous les yeux sacripant, c'est ce que je m'efforce de faire pour vous, comme Jésus aimait le faire.

Suivez bien mon histoire et vous verrez avant longtemps qu'on va essayer de me faire passer pour fou et si on ne réussit pas on va me faire mourir, mais pour moi aussi la mort corporel sera une délivrance du mal. Cela ne fera aucun changement pour moi dans le sens que je continuerai d'être avec Dieu. Comme Jésus l'a si bien dit, j'ai des trésors au ciel. J'ai trouvé la perle rare et nul ne peut me l'enlever. Voir Matthieu 13, 44 - 46. 'Le royaume des cieux est encore semblable à un trésor caché dans un champ. L'homme qui l'a trouvé le cache; et, dans sa joie, il va vendre tout ce qu'il a et achète ce champ. Le royaume des cieux est encore semblable à un marchant de belles perles. Il a trouvé une perle de grand prix et il est allé vendre tout ce qu'il avait et il l'a acheté.'

Je me reconnais dans ces paroles. Je vendrai bientôt tout ce qui m'appartient, s'il le faut et je publierai tous mes livres. Il a été prophétisé aussi sous forme d'avertissement par Jésus que lorsque nous verrons l'abomination dont a parlé le prophète Daniel, il serait temps de faire attention. Voir et lire attentivement le message de Jésus dans Matthieu 24, 15. 'C'est pourquoi lorsque vous verrez l'abomination de la désolation dont a parlé le prophète Daniel, établie en lieu saint (la Bible) que celui qui lit fasse attention.'

Moi j'ai fait très attention, puis j'ai trouvé toutes ces choses, ces mensonges et ces contradictions et cela ne plaît pas du tout aux dirigeants de ces églises, surtout aux dirigeants des églises chrétiennes. Puis, moi aussi je vous demande de faire très attention, vous qui voulez devenir des disciples de Jésus, car les pièges sont dans les écritures, dans la Bible, tout comme Jésus nous a dit dans la parabole de l'ivraie. Faites attention à quoi vous lisez et faites aussi très attention à qui vous en parlez. Jésus nous a mis en garde. Voyez Matthieu 10, 21. 'Le frère livrera son frère à la mort et le père son enfant; les enfants se soulèveront contre leurs parents et les feront mourir.'

Il y a cinq ans que mon fils ne m'a pas parlé.

Chapitre 2

Louis Riel a fait attention à ce qu'il lisait lui aussi, puisqu'il a vu beaucoup de choses, beaucoup d'abominations qui causent la désolation comme moi aussi j'ai vu, mais pour ce que je puisse en déduire, il n'a pas été assez prudent pour échapper aux mains de ces tueurs.

Les prêtres et les pasteurs des églises chrétiennes sont spécialisés pour tromper et pour cacher la vérité. Méfiez-vous de ce que vous direz dans les études bibliques, spécialement si vous n'êtes pas avec des disciples de Jésus, car on n'hésitera pas à vous trahir ni à vous dénoncer.

Moi je peux vous dire qu'entre les quatre évangiles un seul évangéliste était vraiment un apôtre de Jésus et celui-là c'est Matthieu, le seul qui avait tout à perdre pour suivre Jésus. Tout ce qu'il avait à faire pour bien gagner sa vie était de s'asseoir et de prendre l'argent des gens, mais il a tout quitté pour suivre Jésus. Oui, il était un collecteur de taxes, mais il a compris qu'il venait de trouver une perle rare. C'est aussi le seul qui parle du royaume des cieux. C'est à croire que les trois autres n'ont pas connu Jésus, mais qu'ils ont rapporté des histoires qu'ils ont entendues. Une autre petite chanson.

Le Royaume Des Cieux

As-tu vu le royaume des cieux?
Il est dans la parole de Jésus.
Il est beau et grand et merveilleux,

Si tu crois, pourquoi ne l'as-tu pas vu?
Il te faut être né de nouveau,
Pour le voir et voir comme il est beau.
Le royaume, c'est le plus beau joyau.
Pour moi c'est mon billet pour là-haut.

Il a ôté le mal de ma vie,
Il m'a permis d'être très heureux.
Ce que j'ai, oui Jésus l'a promis
À tous ceux qui laissent tout pour mon Dieu.
C'est lui qui détient la vérité
Et sa parole ne va pas nous tromper.
Allez voir ce qu'il dit dans Matthieu,
Lui seul parle du royaume des cieux.

J'ai trouvé cette pierre précieuse,
C'est une perle d'une grande valeur.
La vérité, elle n'est pas trompeuse,
C'est pourquoi Jésus parle aux pécheurs.
Car ils sont prisonniers du péché,
Le repentir est la seule sortie.
Jésus nous a dit la vérité.
Écoutez-le comme le bon Dieu l'a dit.

As-tu vu le royaume des cieux?
Il est dans la parole de Jésus.
Il est beau et grand et merveilleux.
Si tu crois, pourquoi ne l'as-tu pas vu?
Il te faut être né de nouveau,
Pour le voir et voir comme il est beau.
À mon Dieu ce que j'ai, j'ai donné
Pour l'avoir toute l'éternité.

Jésus a dit que le diable est un meurtrier depuis le début, du moins c'est ce qui est écrit dans Jean 8, 44. Quand on pense à toutes les tueries qui ont été commises depuis le commencement, nous devons nous demander combien ont été commises au nom des religions. On a qu'à se rappeler les croisades, les inquisitions, les guerres et maintenant on pourrait y ajouter les écoles résidentielles.

La guerre où Israël fut presque complètement détruite par Rome de 67 - 73 où plus d'un million et demi ont été tués et surtout celle de 1939 - 1945 où plus de six millions de Juifs ont été assassinés et dont Hitler fut approuvé et appuyé par Rome. Nous ne savons pas non plus exactement combien d'enfants Rome et le Roi Hérode ont fait mourir afin de trouver celui qui allait apporter la parole de Dieu au monde.

Hitler a répandu le même mensonge que Paul à savoir, que ce sont les Juifs qui ont tué Jésus. C'est écrit dans 1 Thessaloniciens 2, 15, alors que Jésus fut assassiné par les soldats romains. Hitler avec ce mensonge a convaincu son peuple de faire la guerre aux Juifs et celle-ci emportait la vie de six millions de Juifs et Paul et son disciple Jean ont réussi à semer la haine contre les Juifs dans le monde entier. C'est à cause de cet énorme mensonge que les Juifs ont subi les représailles de presque tous les peuples de la terre et ce n'est pas fini.

Israël est le peuple de Dieu et les ennemis d'Israël sont les ennemis de Dieu et malheur à celui et tous ceux qui s'y attaquent. Quand Jésus a annoncé qu'il allait mourir, il a dit que ce sont les païens qui allaient le crucifier et non pas les Juifs. Voir et lire Matthieu 20, 17 - 19. 'Et ils le livreront aux <u>païens</u> pour qu'ils se moquent de lui, le battent de verges et le <u>crucifient</u>.'

Ce n'est donc pas vrai que ce sont les Juifs qui ont fait mourir Jésus. Les Juifs exécutaient ceux qui leur semblaient coupables par lapidation, tandis que les Romains, des païens, eux exécutaient par crucifixion. Ce n'est quand même pas un mystère que de dire que Jésus a été exécuté par crucifixion, donc par des Romains et non par des Juifs, comme Paul et le Jean de Paul l'ont dit et qu'Hitler a perpétué ce mensonge et les églises chrétiennes le font toujours.

L'évangile de ce Jean est très accablant pour les Juifs et je ne crois tout simplement pas que le Jean de Jésus aurait fait une telle chose. Je vais vous donner quelques autres indices pour confirmer mes dires.

Jean, 3, 16. Ici Jésus est le Fils unique de Dieu.

Luc, 3, 38. 'Adam fils de Dieu.' Maintenant, si Jésus est fils unique de Dieu, de qui Adam est-il le fils? Selon la Bible qui est supposée être la vérité absolue, l'un fait l'autre menteur! Pour couvrir ce mensonge un évêque de l'Église Catholique, il n'y a pas tellement longtemps a déclaré qu'Adam et Jésus étaient un seul et même homme. C'est peut-être très génial de couvrir un mensonge par un autre, mais ce n'est pas tellement intègre.

Nous sommes tous les enfants de Dieu, lorsqu'on nous faisons la volonté du Père qui est dans les cieux. Voir Matthieu 12, 50. Voir aussi Deutéronome 32, 18 - 19. 'Tu as abandonné le rocher qui t'a fait naître et tu as oublié le Dieu qui t'a engendré. L'Éternel l'a vu et il a été irrité, indigné contre ses fils et ses filles.'

Dieu en a beaucoup d'enfants. Moi je suis son fils aussi. Oui, Dieu a beaucoup d'enfants et Il n'a pas eu besoin de femme pour faire Adam, ni de fertiliser une vierge pour faire Jésus. Puis, si Jésus n'est pas de la semence de Joseph, directe lignée de David, il ne peut tout simplement pas être le Messie, c'est-à-dire le Christ, comme cela a été annoncé par les prophètes. Isaac de qui est-il le fils? Oui, Dieu a permis que Sara enfante à l'âge de 91 ans, mais Il n'a pas couché avec elle et le Saint-Esprit non plus.

Jean 8, 42 - 44, Jésus leur dit: 'Si Dieu était votre Père, vous m'aimeriez, car c'est de Dieu que je suis sorti et que je viens. Je ne suis pas venu de moi-même, mais c'est lui qui m'a envoyé. (Ce qui est sorti de Dieu et qui vient de Dieu est la parole de Dieu qui est venue dans le monde dans la bouche d'un grand prophète, dans la bouche de Jésus.) Pourquoi ne comprenez-vous pas mon langage? Parce que vous ne pouvez écouter ma parole. Vous avez pour père le diable et vous voulez accomplir les désirs de votre père, il a été un meurtrier dès le commencement et il ne se tient pas dans la vérité, parce qu'il n'y a pas de vérité en lui. Lorsqu'il profère le mensonge, il parle de son propre fonds, car il est un menteur et le père du mensonge.'

C'est la description typique de Paul.

Dans la même conversation, Jean 8, 56, ce Jésus dit: 'Abraham votre père, a tressailli de joie de ce qu'il verrait mon jour, il l'a vu et il s'est réjoui.'

Maintenant, ici dans la même conversation ce Jésus aurait dit; 'Si Dieu était votre Père;' Il aurait aussi dit; 'Si vous étiez les enfants d'Abraham.' Puis il a dit vous avez pour père le diable.' Et il aurait aussi dit; 'Abraham votre père.'

Non, Jésus ne s'est pas trompé, mais cet auteur n'est qu'un menteur et il s'est mélangé dans ses mensonges. Le Jean de Jésus n'aurait pas fait de Jésus un menteur non plus et il n'aurait pas inventé des histoires aussi embarrassantes. Jésus nous a dit que nous reconnaîtrions l'arbre à ses fruits, Matthieu 7, 15 - 20, moi aussi je dis, faites attention.

Il y a plusieurs autres exemples pour supporter ce que je dis, entre autres, le Jean de Jésus n'aurait pas négligé de parler de la mort de son frère Jacques. Le Jean de Jésus n'aurait pas négligé de parler de la transfiguration, un miracle presque inimaginable. Il n'aurait pas non plus négligé de parler de Pierre marchant sur les eaux, un autre miracle presque inimaginable. Le Jean de Jésus n'aurait pas écrit que Jésus était un agneau, un animal.

Il y a un grand nombre de contrariétés et de mensonges dans l'évangile de Jean, c'est à faire très attention. Si vous voulez mon sincère avis, rayez-le de votre vocabulaire, car il n'a servi qu'à la confusion de millions de personnes, à la persécution de millions d'autres et aux meurtres de millions de Juifs. Si vous voulez en savoir plus à ce sujet trouver mon autre livre intitulé; Le Vrai Visage De L'Antéchrist.

C'est sûr que Louis Riel semblait confus par moment, mais croyez-moi, il y a de quoi l'être aussi. C'est sûr aussi qu'il ne pouvait pas trouver d'appui chez ses amis prêtres, évêques et archevêques, parce qu'eux avaient tout intérêt à cacher la vérité autant qu'ils en étaient capables.

Ils n'étaient quand même pas entrés dans cette grande institution, cette grande industrie qu'est leur religion pour aider des gens comme Jésus et Riel à la détruire.

Le temps n'était pas encore venu, mais je pense qu'il approche. Selon moi, sachant que Dieu est très précis dans tout ce qu'Il a fait et tout ce qu'Il a encore à faire, je pense que deux milles ans exactement à partir de la mort de Jésus sur la croix est très critique. Le compte à rebours pourrait vraiment avoir commencé avec la déchirure du rideau du temple par le doigt de Dieu. Si c'est le cas il se pourrait très bien que j'aie la chance de voir ce jour de mon vivant sur terre.

Selon moi beaucoup de détails confirment mes calcules. Daniel a été informé du temps de la fin et selon moi, il est la vraie révélation. Pour commencer, à partir de Daniel dont on lui a dit que ces choses arriveraient dans un temps, des temps et la moitié d'un temps. Voir Daniel 12, 7. Un temps = mille ans, des temps = deux milles ans et la moitié d'un temps = cinq cents ans. Selon ces paroles cela sera dans un temps, deux temps et la moitié d'un temps à partir du temps où Daniel en a été informé. Je pense que Daniel était là cinq cents ans avant Jésus, Jésus était là il y a de ça deux milles ans, ce qui fait que cela a été dit, il y a deux milles cinq cents ans.

Jusqu'à présent tout cela concorde. Nous arrivons à la fin de notre monde actuel, c'est-à-dire au règne du diable. Le règne de Jésus, le règne de la parole de Dieu est juste sur le point de commencer. Cela devrait se produire deux milles trente-trois ans après la naissance de Jésus. Ce règne doit durer mille ans, ce qui nous mène à trois mille cinq cents ans du moment où Daniel s'est fait dire; dans mille ans plus deux milles ans plus cinq cents ans. Je pense sincèrement que cela commence avec ce que j'écris présentement. Dans une vingtaine d'années les bons seront séparés des méchants et ils brilleront dans le royaume de leur Père et les méchants iront grincer des dents de leur coté. C'est écrit dans Matthieu 13, 42 - 43. Que celui qui a des yeux pour voir regarde et comprenne!

Il y a un autre calcul qui s'additionne très facilement et qui fait beaucoup de sens. C'est le calcul de la semaine de Dieu. Dieu a créé le monde en six jours et Il s'est reposé le septième jour, le dernier. Maintenant plusieurs savent qu'un jour pour Dieu est comme mille ans et que mille ans sont comme un jour. Nous en avons plusieurs témoignages. Voir pour commencer Psaumes 90, 4. 'Car mille ans sont, à tes yeux comme le jour d'hier quand il n'est plus.'

Mon second témoignage me vient de Pierre, le plus influent des apôtres de Jésus et sur la foi du quel Jésus a fondé son église. Voir 2 Pierre 3, 8. 'Mais il est une chose, bien-aimés, que vous ne devez pas ignorer, c'est que, devant le Seigneur, un jour est comme mille ans et mille ans sont comme un jour.'

Il me semble que Pierre a écrit ce message pour moi. Alors nous pouvons nous entendre là-dessus, pour Dieu mille ans sont comme un jour. Alors selon les écritures, c'est-à-dire, tous les prophètes qui sont passés avant moi, il y a six mille ans qu'Adam a été créé, six jours de Dieu.

Son jour de repos est donc sur le point de commencer. Comme Il ne pouvait pas se reposer tant et aussi longtemps que le diable était libre sur la terre, Il n'a pas pu se reposer encore. Son jour de repos va commencer au moment où le diable sera lié pour mille ans. Cela est écrit dans Apocalypse 20, 1 - 2.

Jésus aussi confirme que Dieu est toujours à l'œuvre. Voir Jean 5, 17. 'Mon Père agit jusqu'à présent; moi aussi j'agis.'

Selon moi dans ce message, Jésus nous dit que le Père qui est dans les cieux n'a pas encore pris son jour de repos. Jésus avait une bonne raison pour nous dire de ne pas répéter de vaines prières. Maintenant six milles ans pourraient vouloir dire 2,190000 jours qui pourraient vouloir dire 2190 millions d'années. Cela entrerait en quelque sorte en accord avec les scientifiques d'aujourd'hui. La connaissance s'est accrue.

Vous me direz peut-être que je viens de dire de rayer l'évangile de Jean de votre vocabulaire. C'est vrai et c'est pour une excellente raison que je l'ai fait. C'est-à-dire que je sais que la parole de Dieu qui nous dit que l'ivraie et le blé seront ensemble jusqu'à la fin du monde, ce qui veut dire, je pense que l'évangile de ce Jean est envahi par l'ivraie, c'est-à-dire par les mensonges. Bien lire Matthieu 13, 24 - 30.

Le reste du Nouveau Testament est aussi plein d'ivraie et c'est à faire très attention à ce que vous lisez. Un des premiers indices qui m'a mis sur la piste de l'antéchrist fut qu'approximativement quatre-vingt-quinze pour cent du Nouveau Testament ou plus fut écrit par Paul et compagnie, lui qui dit avoir été aveuglé par Jésus, qui lui Jésus s'est toujours efforcé d'ouvrir les yeux des aveugles. Cela ne fait pas de sens du tout. Je doute fortement que Jésus ait passé du temps en compagnie de Paul. Puis, lorsque j'ai eu lu attentivement cette histoire un peu louche de Paul que Jésus aurait rendu aveugle, j'ai découvert quelques contradictions. Voir Actes 9, 7, 'Les hommes qui l'accompagnaient demeurèrent stupéfaits; ils entendaient bien la voix, mais ils ne voyaient personne.'

Maintenant, si nous allons dans Actes 22, 9, nous y trouvons une contradiction flagrante. Ici la même histoire est raconter par le diable, le menteur lui-même. 'Ceux qui étaient avec moi virent bien la lumière, mais ils n'entendirent pas la voix de celui qui parlait.'

Nous n'avons pas besoin d'être un génie ni un universitaire pour comprendre que l'histoire est tout à fait contraire d'un endroit à l'autre. Dans un endroit ils entendent et ne voient rien, dans l'autre ils voient, mais n'entendent rien. La décision vous appartient de croire ou pas aux mensonges, mais moi je préfère et de loin la vérité. Ajoutez à ce mensonge plus de cinq cents autres mensonges et contradictions dont j'ai trouvé dans la Bible, surtout dans le Nouveau testament et vous comprendrez vous aussi qui est l'antéchrist et pourquoi j'ai réagi de la sorte.

Selon 1 Jean 4, 3, le frère de Jésus, l'antéchrist était déjà dans le monde en ces jours-là. Si vous voulez vraiment savoir qui rend aveugle regardez ce qui est écrit dans Actes 13, 10 - 11. Paul dit: 'Homme plein de toute sorte de ruse et de fraude, fils du diable, ennemi de toute justice, ne cesseras-tu point de pervertir les voies droites du Seigneur? Maintenant voici, la main du Seigneur est sur toi, tu seras aveugle et pour un temps tu ne verras pas le soleil. Aussitôt l'obscurité et les ténèbres tombèrent sur lui et il cherchait, en tâtonnant des personnes pour le guider.'

Je sais pour ma part pour avoir lu beaucoup sur la vie de Jésus que lorsqu'il m'était la main sur quelqu'un, cette personne fut guérit immédiatement. Paul a aveuglé cet homme et en a aveuglé des milliards d'autres depuis. Le diable aussi est très puissant et surtout méchant, séducteur et très rusé.

Mais croyez-moi, Jésus ouvrait et ouvre toujours les yeux des aveugles et il le fait avec la parole de Dieu et prenez ma parole ou la parole de Dieu, Jésus n'a jamais aveuglé personne, bien au contraire. Jésus n'est pas venu pour punir ni pour condamner, mais pour nous instruire, nous libérer du malin et nous sauver de la mort, c'est-à-dire du péché. La seule façon qu'il peut le faire, c'est quand on l'écoute et qu'on se repent de nos péchés, qu'on se tourne vers Dieu en qui mettre notre confiance et qu'on demeure loin du péché. 'Va et ne pêche plus.' Qu'il a dit à plusieurs reprises!

Paul au contraire, lui un meurtrier qui ne s'est jamais repenti, voir 1 Corinthiens 4, 3 'Car je ne me sens coupable de rien.'

Paul rend aveugle, ce qui veut dire punir, il juge, Il jure partout où il passe contrairement à l'enseignement de Jésus, Il est responsable de plusieurs assassinats des disciples de Jésus, il livre à Satan un nombre incalculable de personnes et il ne se sent coupable de rien et ça même après sa soi-disant conversion à Jésus.

Voir ce que Jésus a dit à ce sujet. Matthieu. 7, 1 - 2. 'Ne jugez point, afin que vous ne soyez pas jugés, car on vous jugera du jugement dont vous jugez et l'on vous mesurera avec la mesure dont vous mesurez.'

Paul dans 1 Corinthiens. 6, 2 - 3. 'Ne savez-vous pas que les saints jugeront le monde? Et si c'est par vous que le monde est jugé, êtes-vous indignes de rendre les moindres jugements? Ne savez-vous pas que vous jugerez les anges? Et nous ne jugerions pas, à plus forte raison, les choses de cette vie.'

Non seulement Paul jugeait les autres, mais il forçait ni plus ni moins les autres, ses disciples à juger aussi.

Il n'a pas perdu de temps pour juger les anges du ciel non plus et il l'a même maudit. Voir Galates 1, 8 - 9, ce qui est un blasphème en ce qui me concerne. 'Mais, quand nous-mêmes, quand un ange du ciel annoncerait un autre évangile que celui (mensonger) que nous vous avons prêché, qu'il soit maudit. Nous l'avons dit précédemment et je (Paul) le répète à cette heure; si quelqu'un vous annonce un autre évangile que celui que vous avez reçu, qu'il soit anathème!'

Paul ne se contente pas seulement d'envoyer des gens en enfer, de les livrer à Satan, il essaye aussi d'y envoyer des anges. On ne parle pas des Hell Angels ici, mais bien d'un ange du ciel, un ange de Dieu, puis les évangiles de Paul sont presque tous contraires aux évangiles de Jésus, donc antéchrist.

Voyez maintenant comment lui Paul juge les autres. Voir, 1 Timothée 5, 24. 'Les péchés de certains hommes sont manifestes, même avant qu'on les juge, tandis que chez d'autres ils ne se découvrent que dans la suite.'

Voir maintenant Romains. 3, 4 'Et que tu triomphes lorsqu'on te juge.'

Paul encore dans 1 Corinthiens. 5, 3. 'Pour moi, absent de corps, mais présent d'esprit, j'ai déjà jugé, comme si j'étais là, celui qui a commis un tel acte.'

Et voilà l'esprit qui devait venir est dans le portrait. Voir 1 Corinthiens. 4, 3 - 4. 'Pour moi, il m'importe fort peu d'être jugé par vous ou par un tribunal humain, je ne me juge pas non plus moi-même, car je ne me sens coupable de rien.'

L'esprit a parlé. Voir Paul dans 1 Corinthiens. 11, 31. 'Si nous nous jugions nous-mêmes nous ne serions pas jugés.'

Voir Actes 23, 2 - 3. 'Le souverain sacrificateur Ananias ordonna à ceux qui étaient près de lui (Paul) de le frapper sur la bouche. Alors Paul lui dit; 'Dieu te frappera, muraille blanchie! Tu es assis pour me juger selon la loi et tu violes la loi (romaine, je suppose) en ordonnant qu'on me frappe!'

Il vient de dire que cela lui importe peu d'être jugé. Qu'est-ce que cela aurait été si cela avait été important pour lui? Il était extrêmement dangereux pour un Juif, quel qu'il soit de frapper un Romain en ces jours-là. Voyez-vous? Il savait qu'il y avait une armée de soldats romains dehors pour le protéger contre n'importe lequel Juif ou n'importe quel tribunal israélien. Paul appelle le grand chef muraille blanchie, eux qu'il appelle ses frères et pères à plusieurs endroits et je suis certain que ce n'est certainement pas flatteur.

Lire maintenant Matthieu 5, 22. 'Mais moi (Jésus) je vous dis que quiconque se met en colère contre son frère mérite d'être puni par les juges; que celui qui dit à son frère Raca! Mérite d'être puni par le sanhédrin et que celui qui lui dira: 'Insensé!' Mérite d'être puni par le feu de la géhenne.'

Selon ces dernières paroles de Jésus, Paul mérite l'enfer, il mérite d'être puni par le sanhédrin et par les juges, puisqu'il s'est mis en colère contre son frère, puis il l'appelle muraille blanchie ce qui est aussi, sinon pire que Raca. Ce n'est pas trop bon pour un soi-disant apôtre, lui Paul, qui veut que tous les hommes soient comme lui, ses imitateurs. S'il te plaît Seigneur, tiens ce Paul et son enseignement loin de moi.

Les uns me diront peut-être; 'oui, mais le sanhédrin n'était pas son frère.' C'est ce que nous verrons. Lisez bien Actes 23, 1. 'Paul, les regards fixés sur le sanhédrin dit. 'Hommes frères, c'est en toute bonne conscience que me suis conduit jusqu'à ce jour.'

Ce qui est écrit ici, c'est que pour Paul, avoir arrêté les disciples de Jésus et de les avoir fait mourir n'a pas dérangé sa conscience le moins du monde, même après avoir été supposément converti à Jésus pour devenir un apôtre. Ouvrez-vous les yeux pour l'amour du Seigneur Jésus-Christ.

Jésus aurait dit qu'un autre viendra en son propre nom et vous l'accepterez. Jean 5, 43. Plusieurs n'ont pas encore compris que cet autre est Paul et qu'il ment et qu'il condamne, qu'il jure, qu'il juge, qu'il est des plus hypocrites, qu'il médit, qu'il se dit père, qu'il donne des noms, qu'il blasphème, qu'il a engendré des enfants sans toucher à une femme, qu'il se contredit, qu'il contredit Dieu et Jésus, qu'il se vente, qu'il se chicane avec ceux qu'il appelle ses frères, qu'il aveugle plus d'une façon, qu'il change la Loi, qu'il prêche lui-même et non Jésus de Nazareth, qu'il circoncis Timothée après avoir condamné la circoncision. Voir Genèse 17, 13, une alliance perpétuelle entre Dieu et les hommes, puis tout ça fut fait après sa soi-disant conversion à Jésus. Avant tout ça, il emprisonnait et tuait les disciples de Jésus. Puis selon lui-même, il ne sait jamais repentis non plus. C'est sûr que le diable est trop orgueilleux pour se repentir.

Comment peut-on croire que Jésus aurait choisi un disciple ou encore un apôtre pour faire et dire le contraire de tout ce qu'il a enseigné à ses apôtres avant Paul et pour leur mettre des bâtons dans les roues?

Moi, tout ce que je dis est pour vous ouvrir les yeux, parce que j'aime la vérité et je suis vraiment désolé de voir autant d'aveugles dans le monde.

Paul jure

Jurer ou faire serment, c'est de prendre Dieu comme témoin de ce qu'on dit ou ce qu'on fait.

Ce qui suit est quelque chose que les menteurs emploient beaucoup, mais que les disciples de Jésus ne font pas, simplement parce que Jésus nous a dit de ne pas le faire. Voir Paul dans 2 Corinthiens 1, 23. 'Or, Je prends Dieu à témoin sur mon âme, que c'est pour vous épargner, que je ne suis plus allé à Corinthe.'

Je suis d'accord pour dire que les Corinthiens ont été épargnés si Paul n'y est pas retourné. Voir aussi Romains 1, 9, 2 Corinthiens 11, 31, Philippiens 1, 8, 1 Timothée 5, 21, 2 Timothée 4, 1. Voir ce que Jésus a dit à propos de jurer ou de faire serment.

Matthieu. 5, 34 - 37. 'Mais moi, (Jésus) je vous dis de ne jurer aucunement, ni par le ciel, parce que c'est le trône de Dieu, ni par la terre, parce que c'est son marchepied, ni par Jérusalem, parce que c'est la ville du grand Roi. Ne jure pas non plus par ta tête, car tu ne peux rendre blanc ou noir un seul cheveu. Que votre parole soit oui, oui, non, non. ce qu'on y ajoute vient du malin.'

Puis, une fois de plus Jésus m'a montré qui était le diable. On ne peut pas être plus clair. Vous connaissez sûrement la définition de jurer ou de faire serment. Si je me souviens bien du petit catéchiste: 'Jurer ou faire serment, c'est prendre Dieu à témoin de ce qu'on dit ou, de ce qu'on affirme.'

Le faire c'est antéchrist. Est-ce que ça commence à cliquer?

PAUL HYPOCRITE

Voir Actes 23, 4 - 5. 'Tu insultes le souverain sacrificateur de Dieu? Et Paul dit: 'Je ne savais pas, frères, que se fut le souverain sacrificateur, car il est écrit: 'Tu ne parleras pas mal du chef de ton peuple.'

L'hypocrite, il travaillait pour les sacrificateurs. Voir Actes 26, 10. 'C'est ce que j'ai fait à Jérusalem. J'ai jeté en prison plusieurs des saints, ayant reçu ce pouvoir des souverains sacrificateurs, et, quand on les mettait à mort, je joignais mon suffrage à celui des autres.'

J'ai reconnu l'arbre à ses fruits. C'est à partir d'ici que Paul a sauvé sa tête en racontant la même histoire à tous ceux qui voulaient l'entendre jusqu'à Rome, c'est-à-dire qu'il pourchassait jusqu'à dans des villes étrangères, qu'il arrêtait, qu'il mettait en prison et qu'il faisait mourir les disciples de Jésus. Voir aussi Actes 26, 12. 'C'est dans ce but que je me rendis à Damas, avec l'autorisation et la permission des principaux sacrificateurs.'

Voir Actes 22, 4 - 5. 'J'ai persécuté à mort cette doctrine, (disciples de Jésus) liant et mettant en prison hommes et femmes et quand on les mettait à mort, je joignais mon suffrage à celui des autres.' Le souverain sacrificateur et tout le collège des anciens m'en sont témoins, j'ai même reçu d'eux des lettres pour les frères de Damas, où je me rendis afin d'amener liés à Jérusalem ceux qui se trouvaient là et de les faire punir.'

Voyez-vous que les sacrificateurs étaient les frères de Paul, ainsi que les frères de Damas. Ananias de Damas, le soi-disant disciple était l'un d'eux aussi. Actes. 9, 10 - 19. Voir aussi Actes 9, 20. 'Et aussitôt il prêcha dans les synagogues que Jésus est le fils de Dieu.'

Paul a déjà commencé à désobéir à Jésus dès le commencement de son ministère en entrant dans les synagogues. Bien lire Matthieu 10 surtout les versets 11 et 17.

C'est pour moi une chose claire que Jésus ne voulait pas que ses disciples n'entrent dans les synagogues. En plus, les Juifs n'auraient pas permis ni à Paul ni à aucun autre disciple de Jésus de prêcher dans les synagogues, spécialement pour dire que Jésus était le fils de Dieu. Cela était impossible du temps de Paul et même Jésus n'a pas pu le faire sans être accusé et exécuté. La seule fois dont Jésus l'a fait, ils ont essayé de s'emparer de lui. La preuve est dans Jean 19, 7. 'Les Juifs lui répondirent: 'Nous avons une loi; et selon notre loi, il doit mourir, parce qu'il s'est fait fils de Dieu.''

Je ne pourrais pas moi non plus prêcher dans les églises chrétiennes d'aujourd'hui et parler de mes connaissances sur les mensonges et les contradictions de Paul qui sont dans la Bible, pas plus que Louis Riel n'a pu le faire.

C'est bien lui, Paul n'est-ce pas, qui accusait Pierre d'hypocrisie? Voir Galates 2, 11 - 16.

Avez-vous compris maintenant qu'il n'y avait rien au monde qui pouvait faire plus plaisir aux Pharisiens, aux Sadducéens, aux gouverneurs romains et à César que de telles déclarations. Il est rusé l'ennemi. Tout ça s'est produit après la soi-disant conversion de Paul.

Paul s'est rendu jusqu'à Rome sauvant sa vie en disant aux rois et aux tribuns qu'il avait persécuté à mort les disciples de Jésus. Dire la vérité que c'est sur cet homme, ce Paul que les églises chrétiennes ont été fondées fait de moi une cible comme Jésus et Riel. Si vous pouvez compter toutes les personnes religieuses de ce monde et toutes les personnes qui croient que la Bible ne contient que la vérité, vous pourrez alors compter tous mes ennemis.

Voir Matthieu 10, 34. 'Ne croyez pas que je sois venu apporter la paix sur la terre; je ne suis pas venu apporter la paix sur la terre, mais l'épée.'

L'épée à deux tranchants c'est la vérité, la parole de Dieu et si elle cause des divisions, c'est que certaines personnes y croient et que d'autres n'y croient pas. Certaines personnes l'acceptent et d'autres la rejettent.

Maintenant laissez-moi traduire le verset 10, 37 de Matthieu en français pour vous si vous permettez. 'Celui qui aime son père ou sa mère plus que la parole de Dieu n'est pas digne de la parole de Dieu et celui qui aime son fils ou sa fille plus que la parole de Dieu, n'est pas digne de la parole de Dieu.'

La même chose va pour Matthieu 19, 14. 'Laissez venir les petits enfants à la parole de Dieu, car le royaume des cieux est pour ceux qui leur ressemblent.'

Je me demande combien de personnes aiment leurs idoles artistiques et sportives et leur religion plus que la parole de Dieu. Je sais seulement que c'est beaucoup. Comme Jésus l'a si bien dit, ce n'est pas la paix dans ma famille non plus. Très peu de mes proches sont prêts à regarder la vérité en face, mais pour eux ce n'est pas à cause de leurs idoles artistiques ou sportives, mais plutôt à cause de leur religion. Leur religion est pratiquement devenue leur dieu. Ils ont reçu en quelque sorte un terrible lavage de cerveau venant des mensonges de leurs pères spirituels et ils sont devenus aussi pires qu'eux.

C'est sûr que Louis Riel n'a pas été épargné par ce fléau non plus. Il y a quelques indices que Jésus soit passé par-là lui aussi.

Dire que Jésus et tous ses disciples et apôtres et les personnes comme Louis Riel ont risqué leur vie et elles sont décédées pour avoir essayé d'éclairer les autres qui plus souvent qu'autrement ne voulaient pas voir ni entendre la vérité, s'en est presque décourageant.

J'espère juste que Dieu me donne la force et le courage d'aller jusqu'au bout et ça pas seulement pour le salut des autres, mais pour le mien aussi.

Voir Matthieu 10, 22. 'Vous serez haïs de tous à cause de mon nom, (la parole de Dieu) mais celui qui persévérera jusqu'à la fin sera sauvé.'

Moi j'ajouterais, vous serez haïs de tous ceux qui n'aiment pas Dieu. Voir aussi Matthieu 24, 12 - 13. 'Et, parce que l'iniquité se sera accrue, la charité du plus grand nombre se refroidira, mais celui qui persévérera jusqu'à la fin sera sauvé.'

C'est ce que Jésus a fait, persévérer jusqu'à la fin et je crois sincèrement que Louis Riel a fait la même chose, contrairement à ce que les ptrêtres de son histoire ont voulu laisser croire, c'est-à-dire, qu'il serait redevenu catholique. Je ne croirai jamais à cette histoire à moins que Louis Riel lui-même m'en avise du contraire. Il a prouvé qu'il n'avait pas peur de la mort à son procès et à plusieurs endroits avant le moment crucial. Une des preuves est celle où il dit le Notre Père et il n'a apparemment pas de chapelet avec lui.

Quant au fait que l'amour du plus grand nombre s'est refroidit et que l'iniquité s'est accrue, ne vous y trompez pas, nous y sommes rendus. Je ne serais pas surpris si Dieu avait de la difficulté à trouver une vierge de quatorze ans de nos jours pour enfanter un autre prophète comme Jésus, par contre, Il n'aurait pas de misère à trouver un homme de soixante ans pour l'ensemencer.

Catholique selon la valeur des lettres en chiffres veut tout simplement dire antéchrist. Je m'explique tout de suite. Pour ceux qui ne le savent pas que la valeur des lettres se lit comme suit. A = 6, B = 12 et C = 18 et ainsi de suite jusqu'au bout.

C = 18
A = 06
T = 120
H = 48
O = 90
L = 72
I = 54
Q = 102
U = 126
E = 30

Total 666, le numéro de la bête, mais détrompez-vous, ce n'est pas la bête, mais seulement qu'un membre, la tête peut-être. La bête est encore plus puissante que l'Église Catholique, quoique cette église est passablement puissante elle-même et elle l'a prouvé au fil des ans.

Quand il a été prophétisé que la charité du plus grand nombre se refroidira, on ne nous a pas donné de date précise, mais pas plus tort qu'hier aux nouvelles la preuve fut faite qu'on est rendu à ce jour. Le 26 avril 2010 sur un trottoir de la ville de New York, un homme qui vient juste de sauver la vie d'une autre personne fut poignardé et gît dans son sang pendant une heure jusqu'à sa mort pendant que 25 personnes passent à côte de lui sans se préoccuper de venir à son secours ni d'appeler à l'aide. Une seule personne sur vingt-six a finalement appelé à l'aide. Quatre pour cent de la population de huit point trois millions! Trois cents trente-deux milles personnes sur huit point trois millions seulement ne sont pas encore tout à fait refroidies et ça selon les calcules des sondages de nos jours avec un pourcentage d'erreur de cinq pour cent, un sur vingt.

Laissez-moi vous dire que cet homme qui est décédé hier sur ce trottoir est beaucoup plus chanceux que les vingt-cinq autres personnes qui ne se sont pas préoccupées de lui.

Il faut dire que New York n'est pas une ville facile à vivre. Je l'ai visité en 1981 et j'ai aussi vu à trois endroits différents des hommes qui je pense étaient soûls, couchés sur le trottoir et quand j'ai voulu voir ce qu'il en était, les gens autour de moi m'ont dit de ne pas m'en mêler si je ne voulais pas être poignardé. Par contre, voir une personne qui meure au bout de son sang sur un trottoir sans ne rien faire est de la lâcheté pure et simple.

CHAPITRE 3

Pour demeurer quelque peu dans le calcule, on sait qu'ordinateur en anglais, qui est computer fait aussi le compte et nul ne peut dire le contraire que cet instrument peut être un outil très important et utile pour la bête et pour détecter les prédateurs.

C = 18
O = 90
M = 78
P = 96
U = 126
T = 120
E = 30
R = 108

Total 666, mais comme je l'ai dit, l'ordinateur n'est qu'un outil, mais un outil que la bête n'hésitera pas à se servir pour trouver ceux qui ont la marque de la bête et ceux qui ne l'ont pas.

Quand ce jour sera arrivé, il faudra fuir tout comme Noé a dû fuir lors du commencement du déluge et comme Lot et sa famille ont dû fuir quand Dieu en a eu assez avec la dégénération de Sodome et Gomorrhe.

Avec tous les adultères, les avortements, les idolâtres, les mariages gais, les tueries et les meurtres, la fornication en général qui se passe dans le monde et j'en passe, il y en a trop, nous ne sommes plus très loin de la colère de Dieu une autre fois. On ne nous a pas dit combien de temps cela durait du temps de Noé ou de Lot, on nous a seulement dit que Dieu est lent à la colère. Voir

Psaumes 86, 15. 'Mais Toi Seigneur, Tu es un Dieu miséricordieux et compatissant, lent à la colère, riche en bonté et en fidélité.'

Il est aussi très riche en justice, ne vous y trompez pas.

Jésus nous en a averti à plusieurs reprises. Voir Matthieu 24, 20. 'Priez pour que votre fuite n'arrive pas en hiver, ni un jour de sabbat.'

Matthieu 10, 23. 'Quand on vous persécutera dans une ville fuyez dans une autre!'

Ce que Louis Riel a dû faire à maintes reprises. Voir aussi Matthieu 24, 18. 'Que celui qui sera dans les champs ne se retourne pas en arrière pour prendre son manteau!'

Les avertissements sont là, il suffit d'être prêt quand l'heure sera venue et ne croyez surtout pas que c'est une corvée de la dernière minute. Rappelez-vous seulement que Dieu n'aime pas trop l'hypocrisie.

N'oubliez pas non plus que Noé s'est fait moquer de lui et on a bien rit de lui ainsi que de Lot, de Jésus, de Louis Riel et on se moquera de moi aussi. C'est bien beau savoir qu'il faut fuir, mais encore faut-il savoir où aller et quoi faire.

Vous devez savoir à cette heure-ci que je ne suis pas trop méchant en calcul. Il y a un autre petit calcul que j'ai fait et c'est à la suite du message de Jésus qui dit qu'il y en a beaucoup d'appelés, mais peu d'élus. Voir Matthieu 22, 14. 'Car il y a beaucoup d'appelés, mais peu d'élus.' Voir Matthieu 7, 14. 'Mais étroite est la porte, resserré le chemin qui mènent à la vie et il y en a peu qui les trouvent.'

C'est donc dire que lorsque Jésus, la vérité, la parole de Dieu aura séparé les brebis peu nombreuses des boucs (méchants) en grand nombre qui seront jetés dans la fournaise ardente où il y aura des pleures et des grincements de dents, il y aura peu d'élus sur qui régner à moins que tous les justes depuis le commencement du monde ne soient ressuscités comme les prophètes avant Jésus l'ont dit. Voir pour commencer Ézéchiel 37, 1 - 14. 'La main de l'Éternel fut sur moi et l'Éternel me transporta en esprit et me déposa dans le milieu d'une vallée remplie d'ossements. Il me fit passer auprès d'eux, tout autour; et voici, Ils étaient fort nombreux, à la surface de la vallée et voilà ils étaient complètement secs. Il me dit: 'Fils de l'homme, (qui en passant veut dire prophète, comme Jésus s'est souvent qualifié lui-même) ces os pourront-ils revivre?' Je répondis: 'Seigneur Éternel, Tu le sais.' Il me dit: 'Prophétise sur ces os et dis-leur: Ossements desséchés, écoutez la parole de l'Éternel! Ainsi parle le Seigneur, l'Éternel à ces os: Voici je vais faire entrer en vous un esprit et vous vivrez et vous saurez que je suis l'Éternel.'

Je prophétisai selon l'ordre que j'avais reçu. Et comme je prophétisais, il y eut un bruit et voici il se fit un mouvement et les os s'approchèrent les uns des autres, je regardai et voici il leur vint des nerfs, la chair crût et la peau les couvrit par-dessus; mais il n'y avait point en eux d'esprit. Il me dit: 'Prophétise et parle à l'esprit! Prophétise, fils de l'homme et dis à l'esprit: Ainsi parle le Seigneur l'Éternel: Esprit viens des quatre vents, souffle sur ces morts et qu'ils revivent!'

Je prophétisai, selon l'ordre qu'Il m'avait donné. Et l'esprit entra en eux et ils reprirent vie et ils se tinrent sur leurs pieds: C'était une armée nombreuse, très nombreuse. Il me dit: 'Fils de l'homme, ces os c'est toute la maison d'Israël Voici, ils disent: 'Nos os sont desséchés, notre espérance est détruite, nous sommes perdus!' 'Prophétise donc et dis-leur: Ainsi parle le Seigneur, l'Éternel:' Voici, j'ouvrirai vos sépulcres, ô mon peuple et je vous ramènerai dans le pays d'Israël. Et vous saurez que je suis l'Éternel, lorsque j'ouvrirai vos sépulcres et que je vous ferai sortir de vos sépulcres, ô mon peuple! Je mettrai mon esprit en vous et vous vivrez; Je vous rétablirai dans votre pays et vous saurez que moi, l'Éternel, j'ai parlé et agi, dit l'Éternel.'

C'est un message un peu long, mais j'ai pensé que c'était nécessaire. On peut en apprendre plus encore dans Matthieu 25, 46. 'Et ceux-ci iront au châtiment éternel, mais les justes à la vie éternelle.'

Voir aussi Daniel 12, 2. 'Plusieurs de ceux qui dorment dans la poussière de la terre se réveilleront, les uns pour la vie éternelle et les autres pour l'opprobre, pour la honte éternelle.'

Parole de Dieu, ne vous y trompez pas. Voir aussi Jean 5, 29. 'Ceux qui auront fait le bien ressusciteront pour la vie, mais ceux qui auront fait le mal ressusciteront pour le jugement.'

Ce qui manque ici dans cette dernière phrase, c'est sans repentance. Je pense qu'il est temps pour une autre chanson afin de vous faire réfléchir sur tout ceci. Elle s'intitule;

De Quel Côté Es-tu?

Seras-tu de la bande à Jésus?
Seras-tu du côté de celui?
Qui a sacrifié sa vie,
Pour que tu puisses voir aussi!
Qu'il te dit la vérité,
Qu'a voulu te cacher son ennemi!
Seras-tu de la bande à Jésus?
Seras-tu du côté de celui?
Dont on a versé le sang,
Les méchants étaient contents.
Toi le seras-tu aussi,
Comme il s'est souvent réjoui son ennemi?
Seras-tu de la bande à Jésus?
Seras-tu du côté de celui?
Qui nous a fait la promesse,
que nous vivrons l'allégresse,
Lorsqu'on sera accusé,
Qu'on sera outragé par l'ennemi.
Seras-tu de la bande à Jésus?
Seras-tu du côté de celui?
Qui a dit d'être prudent,
Quand la bête montre des dents!
Quand nous s'ront persécuter,
Et qu'il faudra fuir au loin l'ennemi!
Seras-tu de la bande à Jésus?
Seras-tu du côté de celui?
Quand il reviendra chercher,

Ceux qui sont ses bien-aimés,
Du côté droit ses brebis,
Et de l'autre côté son ennemi.
Moi je suis de la bande à Jésus.
Oui je suis du côté de celui.
Qui a dit la vérité,
Pour laquelle il s'est donné!
Et nous allons triompher,
Comme il l'a bien dit sur son ennemi.
Oui je suis du côté de Jésus.

Toi qui lis ces pages, l'es-tu? Si tu n'es pas avec Dieu dans ce monde, tu ne pourras pas l'être non plus dans l'autre et c'est toi seul qui peut décider de ton sort. Penses-y bien.

Lorsqu'ils ont demandé à Jésus s'il était vraiment le rois des Juifs, il a répondu: 'Tu le dis.'

Il y avait deux choses importantes pour qu'un homme puisse devenir roi d'Israël. La première qui est très importante, il fallait qu'il soit descendant direct du roi David, ce que Jésus était s'il est le fils biologique de Joseph, son père. Voir Luc 1, 31 - 33. 'Et voici, tu deviendras enceinte et tu enfanteras un fils et tu lui donneras le nom de Jésus. Il sera grand et sera appelé Fils du Très-Haut et le Seigneur Dieu lui donnera le trône de David, son père. Il régnera sur la maison de Jacob éternellement et son règne n'aura pas de fin.'

Ceci est une preuve de plus que Jésus est fils de l'homme, prophète, devenu fils de Dieu, lorsqu'il a tout abandonné pour se consacrer uniquement aux affaires de Dieu.

C'est à ce moment-là seulement que Dieu a déclaré, Matthieu 3, 17: 'Celui-ci est mon fils bien-aimé en qui j'ai mis toute mon affection.'

La deuxième chose également très importante, il fallait que cet homme choisi de Dieu soit oint de Dieu. C'est ce qui s'est passé au baptême de Jésus. Jésus est vraiment le roi des Juifs en tant qu'homme et non pas en tant que Dieu, quoique Dieu soit le Roi des rois et Roi de toute la terre.

Il est écrit que la vérité nous affranchira. Voir Psaumes 72, 14. 'Il les affranchira de l'oppression et de la violence.'

Si je traduis cela en mes mots, je dirais qu'il me libérera du mal et de l'esclavage qu'est la religion. C'est réussi dans mon cas, Jésus est victorieux et je lui en suis très reconnaissant. Un grand merci à mon Dieu pour tout ce qu'Il a fait pour moi.

Jésus a dit que les prostituées devanceront les scribes et les pharisiens dans le royaume des cieux. Elles devanceront également tous les dirigeants des églises chrétiennes. Moi je peux vous dire que j'ai parlé à des dizaines de ces dirigeants et à des centaines de chrétiens qui m'ont rejeté avec ma parole de Dieu, mais que les quelques prostituées avec qui j'ai parlé ont écouté ce que j'avais à dire et non seulement elles ont écouté, mais elles ont aussi accepté la vérité. Elles ne perdront pas leurs récompenses, parole de Jésus, voir Matthieu 10, 42.

En général toutes les personnes qui ne sont pas attachées à une religion quelconque sont plus réceptives à recevoir la parole de Dieu, c'est quand même étrange. Ce fut pour moi un petit calcul facile à faire, c'est que celles qui ne vont pas à l'église trop souvent sont moins affectées pas le lavage de cerveau que les autres reçoivent en y allant.

Je défie n'importe qui de prendre n'importe lequel des messages dont je parle dans ce livre-ci et d'aller en parler à votre pasteur ou à votre père (ce qui est du pareil au même) de votre église et vous serez avisé de ne plus toucher à mon livre, vous serez avisé de le détruire et de vous tenir aussi loin que possible de tout ce qui me touche. Vous voyez, ça peut être très contagieux la parole de Dieu, la vérité.

Une autre chose dont je vous conseille de faire si vous allez à l'église et ça, c'est de bien prendre note de ce qui se dit dans les sermons de vos prédicateurs. Vous y constaterez qu'ils prêchent Paul à plus de 90% et Jésus juste un petit peu, juste assez pour que vous pensiez qu'ils disent la vérité. Vous n'entendrez jamais un prêtre lire en chaire Matthieu 23, 9. 'Et n'appelez personne sur la terre votre père, car un seul est votre Père, celui qui est dans les cieux.'

Avez-vous déjà entendu un prêcheur parler de Lévitique 18, 22? 'Tu ne coucheras pas avec un homme comme on couche avec une femme, c'est une abomination.'

Comment est-ce qu'un prêtre catholique pédophile et homosexuel pourrait-it en parler, surtout lorsque sa condition est connue de ses paroissiens? De nos jours cette abomination court les rues et nous pouvons difficilement allumer la télévision sans voir ou entendre un de ceux-là. C'en est devenu une écœuranterie et je souhaiterais qu'on puisse tous les mettre dans une réserve à part des autres pour les empêcher de contaminer le reste. On ne prêche pas contre soi-même. Pas beaucoup de prêtres non plus prêchent Matthieu 3, 11. 'Moi je vous baptise d'eau, pour vous amenez à la repentance, mais celui qui vient après moi est plus puissant que moi et je ne suis pas digne de porter ses souliers, lui il vous baptisera du Saint-Esprit et de feu.' Le baptême Jésus a donné à ses disciples est la vérité, la perole de Dieu et ils n'étaient pas des bébés.

Cela ne veut dire qu'une chose et ça, c'est fini le baptême d'eau, pour ceux qui suivent Jésus de toutes façons. Jésus a passé trois années de sa vie à enseigner ses disciples risquant cette même vie presque continuellement pour les sortir de l'esclavage de la religion. (la vérité vous affranchira). Jésus ne les a pas baptisés avec de l'eau non plus. Jésus a baptisé avec la vérité, la parole de Dieu. Ce qui veut dire que le baptême hypocrite de bébés naissants ne vient pas de Dieu et ne les emmènent pas vers Dieu non plus.

Les prêtres ne prêchent pas Matthieu 23, 9 non plus, puisque eux se font appeler 'père.' Ils ont même poussé leur audace et se faire appeler st père.

Matthieu 10, 17. 'Ils vous battront de verges dans leurs synagogues.'

Cela dit aux disciples de Jésus de rester hors de la religion Judaïque également. Avec tout ce que j'ai déjà dit sur la religion catholique; père, confession, baptême, communion, prière, idolâtrie, et encore beaucoup de choses, les preuves sont nombreuses qu'elle est des plus antéchrist. Pourquoi donc antéchrist au lieu d'antichrist?

Antéchrist est un mot qui m'intrigue un peu plus que normal. En anglais le mot est antichrist. Si vous le lisez à l'inverse, c'est-à-dire de commencer par la dernière syllabe, cela vous donnera Chris ti an, ce qui veut dire chrétien en français. En anglais chrétienté vient de Christ (Christianity) ou d'antichrist, tandis qu'en français, le mot semble venir de croyance, crédible, crédibilité. Je pense qu'on a voulu volontairement remplacer le i par le é pour tromper le monde, pour dévier l'attention de ceux qui cherchent le nom de la bête dont le numéro est 666. Je pense aussi que l'église catholique avait une grande influence sur la façon d'écrire les mots, surtout en ce qui la concerne. Voir Apocalypse 13, 18. 'C'est ici la sagesse. Que celui qui a de l'intelligence calcule le nombre de la bête, car c'est un nombre d'homme et son nombre est six cent soixante six.'

Je ne me croix pas plus sage ni plus intelligent qu'un autre, par contre j'écoute mon Dieu qui m'a fait dire par Jésus d'être prudent comme un serpent et d'être simple comme une colombe. Si vous voulez vous faire tuer rapidement vous n'avez qu'à trouver le nom de la bête et d'aller le dire à votre père à votre église. Je l'ai trouvé ce nom de la bête qui était bien dissimulé à l'aide d'un changement d'une seule voyelle, le i pour le é dans chrétienté.

Un homme de Dieu ne vous aurait pas défié de le trouver ce nom, mais il vous aurait au contraire mis en garde contre cette bête en vous disant qui elle est. Ce n'est sûrement pas un sujet pour jouer au plus fin ou encore au chat et à la souris avec.

C'est un sujet bien trop sérieux pour ça. Le plus écœurant de tout, c'est que c'est le créateur de cette bête qui défie le monde de trouver son nom. Il a du culot ce diable. Le nom est Italien tout comme celui qui le porte et toutes les preuves nécessaires accompagnent ma déclaration. Il reste à voir combien de temps je survivrai une fois que ce livre sera publié. C'est certain aussi que si d'autres l'ont trouvé et en ont parlé, ils ont été éliminés.

C = 18
H = 48
R = 108
I = 54
T = 120
I = 54

E = 30
N = 84
T = 120
É = 30

Total 666. Le voilà le nom de la bête et croyez-moi, elle est puissante cette bête et elle a déjà prouvé qu'elle ne se gênait pas pour tuer ceux qui l'embêtaient et qui l'embêtent toujours. Moi je sais que son règne tire à sa fin, qu'elle me tue ou pas.

Ce livre me vient de Dieu et il me survivra, puisqu'il est dans les mains de Dieu. Elle est tellement bête la bête, que ses propres membres cherchent le nom de la bête depuis des centaines d'années et le moins que je puisse dire, c'est qu'ils auront l'air bête et ils seront sûrement très embêtés lorsqu'ils l'apprendront.

Les Témoins de…….J, ceux qui se disent témoins de Dieu entre autres prennent en vain le nom de Dieu à la face du monde, brisant ainsi le deuxième commandement de Dieu et en se faisant, ils font que la plupart de ceux qui parlent d'eux en bien ou en mal, le brisent aussi. Même Jésus n'a pas osé prononcer le nom de Dieu et il y referait en terme de; 'Mon Père qui est dans les cieux.' Les anciens prophètes se referaient à Lui avec le mot; 'l'Éternel.' C'est ce que Dieu Lui-même a toujours fait aussi. Il a dit: 'Moi, l'Éternel, J'ai parlé, J'ai agis.'

La religion, qui je pense est l'une des plus dangereuses est la Baptiste évangéliste, parce qu'elle ressemble, selon moi, plus que toutes les autres à un ange de lumière. Lire 2 Corinthiens 11, 14. 'Et cela n'est pas étonnant, puisque Satan lui-même se déguise en ange de lumière.'

Croyez-le, il le sait. Les preuves sont nombreuses que Paul est le créateur des religions chrétiennes et c'est évident que Jésus était contre.

Paul est probablement l'auteur de toutes les religions, surtout chrétiennes nées depuis l'an trente-trois de notre air et peut-être même plus tôt. Tout ce que l'antéchrist a pu faire pour contrarier Dieu et Jésus, il l'a fait. C'est lui qui a établi la hiérarchie des sept églises, c'est lui Paul, l'ennemi mortel de Jésus et de tout ce qui est vrai et saint. Louis Riel l'avait découvert et il l'avait compris aussi et c'est pour cela qu'il devait mourir. Matthieu 13, 39. 'L'ennemi qui l'a semé, c'est le diable.'

C'est aussi pour cette raison très importante que Louis Riel a demandé qu'on se sépare de Rome. Dieu m'a aimé beaucoup pour me permettre de me séparer de Rome, de l'église catholique, il y a de ça quarante-huit ans. Plusieurs événements très désagréables ont permis de m'ouvrir les yeux comme un curé qui nous a fait perdre une maison pour laquelle j'ai travaillé très fort dans mon enfance pour réussir à la bâtir.

Ce même curé qui s'est servi de notre maison pour abriter ses maîtresses et dont sa propre fille a hérité à sa mort. Lorsque tous ces crimes et ces scandales feront surface au temps du jugement, cela ne sera pas trop beau pour les ennemis de Dieu. C'est sûr qu'il y aura des pleures et des grincements de dent.

Le Jugement

Peut-on seulement s'imaginer le temps que cela pourrait prendre pour juger toutes les âmes de toutes les générations depuis le commencement du monde si cela n'était pas fait au décès de chacun? Heureusement et Jésus l'a dit que tous les noms de ceux qui sont sauvés sont déjà écrits dans le livre de vie. Je peux m'imaginer ce que les fils du diable feront lorsque Jésus me dira: 'Toi bénit de mon Père, viens te placer à ma droite.'

Les fils du malin se dresseront comme un avocat de la couronne pour dire: 'C'est un obsédé sexuel, il a été aussi menteur que nous tous, il a abandonné sa femme et ses enfants, Il n'a pas toujours payer ses dettes, Il n'a pas toujours honoré ses parents, Il a persécuté nos églises, on ne peut pas dire qu'il aimait son frère, iI a agi improprement avec ses sœurs, il a volé, peu, mais quand même, il l'a fait, il a sacré comme tout le monde, Il s'est masturbé et gaspillé le germe de vie, Il s'est bagarré plus souvent qu'à son tour, il n'était pas soumis aux autorités.'

Le Grand Juge leur demandera: 'Aurez-vous fini bientôt?' Mais le malin voudra continuer ses accusations. Alors le Juge dira: 'Je ne me souviens pas de rien de tout cela.'

Puis, les fils du malin viendront en grands nombres amener d'autres accusations encore plus accablantes. 'Tu as dit que si un homme avait commis l'adultère dans son cœur, il est coupable d'adultère, il est coupable de ça aussi et s'il a assassiné quelqu'un dans son cœur, il est coupable de meurtre aussi.'

Le Juge leur dira encore une fois: 'Je ne me souviens pas de tout ce dont vous l'accusez.'

Alors le diable se mettra en colère et accusera Dieu d'être impartial et injuste. Dieu lui donnera une taloche qui l'enverra se promener pour une longue distance, mais comme le diable est entêté et tenace, il n'abandonnera pas aussi facilement et il reviendra à la charge de nouveau.

'Il a bouleversé le monde entier en décapitant la Sainte Bible comme personne ne l'a fait avant lui.'

Et le Grand Juge lui répondra: 'C'est Moi qui lui ai demandé de le faire, parce que toi, tu y as mis le mensonge à profusion pour tromper mon peuple.'"

"Mais il est écrit dans l'Apocalypse 22, 19, que si quelqu'un retranche des paroles du livre de cette prophétie, Tu retrancheras sa part de l'arbre de la vie et de la ville sainte d'écrits dans ce livre."
"Ce n'est pas Moi qui ai condamné avant le jugement, c'est toi qui l'as fait et tu le sais très bien, mais comme tu es un menteur depuis le début et que toi et tes adeptes ne se sont jamais repentis de vos péchés, vous n'aurez jamais droit à la vie éternelle, mais vous aurez droit à la honte éternelle. L'accusé ici présent, lui s'est repenti et c'est pourquoi j'ai oublié et ça selon ma propre parole, tout ce qu'il a pu faire de mal depuis sa naissance. Il a cru en Moi et il a écouté ma parole, il m'aime et contrairement à toi, il déteste le mal et il aime la vérité. Il prendra donc la place qui lui revient dans mon royaume."

Alors ce sera la danse et des chants de joie dans le clan des justes et des pleures et des grincements de dent dans l'autre clan. Je peux juste m'imaginer ce que ça serait si Dieu se rappelait de tout ce que nous avons fait de mal sans s'être repentis. Il n'aurait pas d'autre alternative que de donner raison à son ennemi et de dire à ces âmes perdues: Voir Matthieu 25, 41. 'Retirez-vous de moi maudits; allez dans le feu éternel qui a été préparé pour le diable et pour ses anges.'

Lorsque Jésus a commencé son ministère il disait, voir Matthieu 4, 17. 'Dès ce moment Jésus commença à prêcher et à dire: 'Repentez-vous, car le royaume des cieux est proche."

Si écouter cette seule parole était là la seule chance d'être sauvé, plusieurs l'ont tout simplement ignoré ou encore remplacé par celle-ci qui n'a jamais été dite par Jésus, mais plutôt par Paul, son ennemi dans Éphésiens 5, 2. 'Et marchez dans la charité, à l'exemple de Christ, qui nous a aimé et qui s'est livré lui-même à Dieu pour nous comme une offrande et un sacrifice de bonne odeur.'

Jésus s'est donné c'est vrai, mais il ne s'est pas donné pour mourir, mais plutôt pour que nous puissions vivre en nous instruisant sur la façon d'avoir la vie éternelle, en nous disant la vérité. Ceux qui pensent vraiment que la mort de Jésus sur la croix est un sacrifice de bonne odeur pour Dieu, ne connaissent pas Dieu.

La vérité ce n'est pas qu'il nous sauve avec sa mort, mais avec la vérité, avec la parole de Dieu, croyez-le. Croyez Dieu aussi qui a dit que son serviteur, Jésus en sauvera plusieurs (avec sa mort sur la croix, comme le menteur a dit? Non, non) avec sa connaissance.' Ça, c'est la vérité, la croyez-vous? Voir Ésaïe 53, 11. 'Par sa connaissance mon serviteur juste justifiera beaucoup d'hommes.'

Maintenant, si nous comparons ce dernier passage à celui-ci qui est de Paul aussi, que nous trouvons dans 1 Corinthiens 10, 20. 'Je (Paul) dis que ce qu'on sacrifie, on le sacrifie à des démons et non à Dieu.'

Ce qui voudrait dire que Dieu, selon Paul et Jean 3, 16 aurait sacrifié son fils à des démons.

Cela voudrait dire aussi que selon Paul, Jésus se serait sacrifié aux démons.

Je pense aussi que Paul s'est sacrifié pour ses démons. Il a certainement enseigné beaucoup de choses démoniaques et contraires à l'enseignement de Jésus comme jurer, juger, maudire, blasphémer, médire et il a surtout condamner plusieurs personnes à l'enfer et livré un grand nombre à Satan et en voici quelques exemples. 1 Timothée 1, 20. 'De ce nombre sont Hyménée et Alexandre que j'ai livré à Satan.'

Voir aussi 1 Corinthiens 5, 5. 'Qu'un tel homme soit livré à Satan pour la destruction de la chair!'

Le moins qu'on puisse dire, c'est que Paul avait une façon très étrange de sauver le monde et je ne crois pas qu'il ait appris cela de Jésus.

C'est sûrement de Paul que tant de gens ont appris à dire: 'Que le diable l'emporte!' Et encore: 'Qu'il ou qu'ils aillent au diable!' Et une autre expression qui est très souvent employée: 'Qu'ils pourrissent en enfer!' Aussi: 'Va au diable.'

Je le regrette, mais je l'ai sûrement fait moi aussi.

Dieu a déclaré, voir Jérémie 31, 34: 'Car je pardonnerai leur iniquité et je ne me souviendrai plus leur péché.'

Voir aussi Ésaïe 45, 25. 'C'est Moi, Moi qui efface tes transgressions pour l'amour de Moi et Je ne me souviendrai plus de tes péchés.'

Voyez-vous que la sincère repentance est la clef pour notre salut et c'est ce que Jésus a souffert et est mort pour nous le faire comprendre. C'est pour cette même raison que tous les apôtres et tous les disciples de Jésus ont aussi souffert et souffrent toujours pour essayer de vous ouvrir les yeux sur ce sujet. De grâce ne rendez pas leurs efforts et leur courage inutile.

N'oubliez pas non plus que lorsque vous vous êtes sincèrement repentis, votre péché a été effacé, alors de grâce cessez de le confesser de nouveau et de le rappeler à Dieu, qui Lui ne veut plus se souvenir de vos fautes repenties. Ceux qui le font n'ont tout simplement pas assez de foi en Dieu pour croire ce qu'Il a dit.

La repentance a tout à voir avec le royaume des cieux dont Jésus a parlé si souvent. Nous trouvons ces trois mots dans Matthieu et dans Matthieu seulement. Pourquoi, me demanderez-vous? Je dirai que Matthieu est le seul apôtre qui a vécu avec Jésus en ce qui concerne les quatre évangélistes? Luc était l'ami incontesté de Paul et ça jusqu'à ce que la mort les sépare. Voir 2 Timothée 4, 11. 'Luc seul est avec moi. Prends Marc et amène-le avec toi.'

Je pense qu'il est bon en ce moment-ci de faire quelques comparaisons.

Matthieu 19, 14, 'Et Jésus dit; Laissez les petits enfants et ne les empêchez pas de venir à moi; (la parole de Dieu) car le royaume des cieux est pour ceux qui leur ressemblent.'

Marc 10, 14. 'Jésus voyant cela fut indigné et leur dit: 'Laissez venir à moi les petits enfants; car le royaume de Dieu est pour ceux qui leur ressemblent.'

Luc 18, 16. 'Et Jésus les appela, et dit: 'Laissez venir à moi les petits enfants; et ne les empêchez pas; car le royaume de Dieu est pour ceux qui leur ressemblent.'

Luc et Marc non jamais suivi Jésus, mais Matthieu l'a fait et le Jean de l'évangile de Jean n'a jamais entendu ces paroles de Jésus. Par contre, le Jean que Jésus a choisi pour apôtre, lui les a entendues, mais on a pas grand chose de lui.

Voyez-vous que le royaume des cieux et le royaume de Dieu sont deux royaumes différents, deux endroits et deux époques complètement différentes? Le royaume de Dieu prendra lieu à la fin de tous les temps, tandis que le royaume des cieux est le royaume de ceux qui choisissent de vivre en dehors du monde, ceux qui ne prennent pas part au royaume du diable. Nous trouvons le royaume des cieux trente-deux fois dans Matthieu et nulle part ailleurs. Je vous conseil donc d'aller tous les lire et d'essayer de bien comprendre leur signification. Marc, Luc et le Jean de Paul n'ont tout simplement pas entendu parler du royaume des cieux, parce qu'ils n'ont pas connu et ils n'ont pas suivi Jésus.

Jésus a dit que le royaume des cieux était comme un poisson qu'on a vidé de ses déchets. Quand cela est transcrit en français, ça donne une personne qui s'est repenti, vidée de ses péchés. Voir Matthieu 13, 48.

Quand le mal, le diable, le péché est sorti de nous par la repentance sincère, nous entrons immédiatement dans le royaume des cieux et nous y demeurons tant et aussi longtemps que nous ne péchons plus. Moi je m'y sens si bien et parce que j'aime mon Dieu de tout mon cœur, de toute mon âme et de toute ma pensée, je ne veux plus jamais en sortir.

Maintenant, Jésus a dit que les religieux de son temps, les scribes et les pharisiens empêchaient ceux qui voulaient y entrer d'y entrer et qu'ils n'y entraient pas eux-mêmes. Voir Matthieu 23, 13. 'Malheur à vous scribes et pharisiens hypocrites, (prêtres, évêques, archevêques, cardinaux, papes et pasteurs et tous les produits de Paul) parce que vous fermez aux hommes le royaume des cieux; vous n'y entrez pas vous-mêmes et vous ne laissez pas y entrer ceux qui veulent y entrer.'

Si tous ces produits de Paul peuvent empêcher les hommes d'entrer dans le royaume des cieux avec leurs mensonges et leur lavage de cerveau, c'est donc dire que les disciples de Jésus avec la vérité, la clé du royaume des cieux peuvent vous ouvrir les portes du royaume des cieux. C'est ce que Jésus a fait quand il a donné à Pierre les clefs du royaume des cieux et c'est sûrement la raison pourquoi Paul s'attaque à lui si violemment. Allez lire Galates 2, 11. 'Mais lorsque Céphas (Pierre) vint à Antioche, je (Paul) lui résistai en face, parce qu'il était répréhensible.

Voir Matthieu 16, 19. 'Je te donnerai les clefs du royaume des cieux; ce que tu lieras sur la terre sera lié dans les cieux et ce que tu délieras sur la terre sera délié dans les cieux. Donc, vous tous, vous devriez être très prudent de la façon dont vous traitez les disciples de Jésus.

L'Église Catholique a menti quand elle a dit que Pierre est le premier évêque de Rome. Pierre a été amené à Rome en tant que prisonnier et il n'a jamais été un évêque de sa vie. Il n'aurait jamais désobéi à Jésus même au prix de sa vie. C'est à Rome qu'il a été assassiné, dans cette ville meurtrière, ville où les disciples de Jésus n'étaient pas du tout bienvenus.

Je sais qu'il serait extrêmement dangereux pour moi d'aller parler de mes découvertes dans la ville de Rome, je dirais même, que cela serait du suicide. Cela serait dangereux n'importe où, mais encore plus à Rome. Cela serait du suicide aussi d'aller parler de tout et même un peu des choses dont je connais dans des églises chrétiennes, qu'elles soient catholiques ou protestantes. Cela est même dangereux d'en parler à n'importe qui et je vous dis de faire particulièrement attention de ce que vous dites dans les assemblées d'études bibliques, qui sont, à mon avis, des assemblées de sondages pour justement détecter ceux qui comme moi suivent Jésus au lieu de Paul. Je me suis très rapidement rendu compte que moi, mes idées et mes connaissances sur la vérité n'étaient pas du tout bienvenus dans ces églises païennes. Pouvez-vous vous imaginer Louis Riel aller dire au pape à Rome que tout le reste du monde devrait se séparer de Rome? Il l'a dit en cour en Saskatchewan et on l'a tué.

Seul les apôtres comme Paul pouvaient vivre en paix à Rome. Paul est le premier évêque de Rome, le premier de sa catégorie. Pierre avait reçu instructions d'aller vers les brebis perdues de la maison d'Israël et je suis persuadé qu'il a été fidèle jusqu'à sa mort. Voir Matthieu 10, 5 - 6. 'N'allez pas vers les païens et n'entrez pas dans les villes des Samaritains; allez plutôt vers les brebis perdues de la maison d'Israël.'

Pierre était l'un des douze à qui Jésus a dit ces paroles et je suis persuadé tout au fond de mon cœur que Pierre a obéi à son Maître, à Jésus, peu importe ce que les menteurs ont bien voulu nous faire accroire. La seule et unique raison pour laquelle ils ont dit que Pierre est le premier évêque de Rome est pour enlever les soupçons de sur Paul et pour se donner du crédit en tant qu'église chrétienne.

Voir Actes 28, 30 - 31. 'Paul demeura deux ans entiers dans une maison qu'il avait louée. Il recevait tous ceux qui venaient le voir, prêchant le <u>royaume de Dieu</u> et enseignant ce qui concerne le Seigneur Jésus-Christ en toute liberté et sans obstacle.'

La seule façon que cela fut possible du temps de Paul à Rome était qu'il prêchait contre l'enseignement de Jésus et contre Dieu, comme ils le font encore de nos jours. Il était complètement défendu de prêcher la parole du vrai Dieu à Rome et les amis et disciples de Jésus étaient les ennemis de César. Selon Actes 18, 2, aucun Juif ne pouvait demeurer à Rome. 'Claude avait ordonné à tous les Juifs de sortir de Rome.'

Cela se passait du temps de Paul à Rome. Selon Jean 19, 12, on ne pouvait pas à la fois être ami de Jésus et de César. 'Si tu le relâches, tu n'es pas ami de César. Quiconque se fait roi se déclare contre César.'

Paul ne pouvait pas être ami de Jésus et César non plus ne pouvait pas l'être et pour pouvoir être en paix à Rome Paul se devait d'être du côté de César et contre Jésus, c'est aussi simple que ça.

Jésus a dit que le plus petit dans le royaume des cieux était plus grand que Jean-Baptiste. Je n'ai qu'une seule explication à donner pour cette déclaration et cela est que Jean-Baptiste aurait manqué de foi. Après tout ce qu'il avait vu et entendu, Jean-Baptiste a envoyé ses disciples demander à Jésus s'il devait en attendre un autre comme Messie. Voir Matthieu 11, 3. 'Es-tu celui qui doit venir ou devons-nous en attendre un autre?' Jésus a dû avoir envie de pleurer en entendant ça.

Dans Matthieu et selon les prophètes avant Jésus, lorsque Jésus fut questionné avant sa mort, il n'aurait pas ouvert la bouche, pour sa défense cela est. Voir Ésaïe 53, 7. 'Il a été maltraité et opprimé et il n'a pas ouvert la bouche, semblable à un agneau qu'on mène à la boucherie, à une brebis muette devant ceux qui la tondent, il n'a point ouvert la bouche.'

Allez donc lire Jésus dans Matthieu 26, 57 - 67 et dans Matthieu 27, 11 - 14. Vous y verrez que Jésus n'a pas ouvert la bouche pour sa défense. Après cela, allez lire Jésus à son interrogation dans Jean de 18, 12 à 19, 16. Vous y verrez que ce n'est pas le même Jésus et que celui-ci se débat comme Paul l'a fait à son procès. Voir Actes 23.

Voici une autre chose sur lequel on peut se questionner et qu'on trouve dans Jean 20. Il est dit ici que Jésus aurait été ressuscité le premier jour de la semaine. On nous a toujours dit qu'il était mort aux environs de trois heures le vendredi après-midi. Nous n'avons pas besoin d'un cours universitaire pour compter jusqu'à trois quand même. Jésus a dit lui-même qu'il devait passer trois jours et trois nuits dans le sein de la terre tout comme Jonas a passé trois jours et trois nuits dans le ventre d'un grand poisson. Voir Matthieu 12, 40. 'Car, de même que Jonas fut trois jours et trois nuits dans le ventre d'un grand poisson, de même le fils de l'homme sera trois jours et trois nuits dans le sein de la terre.'

Selon Jonas 2, 1 Jonas fut belle et bien trois jours et trois nuits dans le ventre d'un grand poisson.

Selon la parole de Dieu, Jésus est ou bien mort le jeudi et ressuscité le dimanche ou bien il est mort le vendredi et ressuscité le deuxième jour de la semaine. Mais de vendredi après-midi à dimanche matin, cela ne fait pas deux jours complets et seulement deux nuits. Pourquoi, à ma connaissance personne n'en a pas parlé avant moi? Cela me dépasse. Est-ce qu'on fait confiance aux dirigeants des églises aussi aveuglement? Ou encore, est-ce qu'on leur dit que c'est un mystère comme on a souvent fait? Cela est très possible, puisque que c'est le but principal du diable de tromper le monde exactement comme il l'a fait dans le jardin d'Éden. Nous n'avons pas besoin d'être un scientifique pour compter jusqu'à trois, n'est-ce pas?

En ce qui concerne la fin du monde, la fin des âges, le jour ou l'heure, Jésus a dit que même lui ne le sait pas, ni les anges du ciel, mais que seul le Père le savait. Par contre, Jésus nous a donné beaucoup d'informations à ce sujet. Voir Matthieu 24, de 37 à 42. 'Ce qui arriva du temps de Noé arrivera de même à l'avènement du fils de l'homme. Car, dans les jours qui précédaient le déluge, les hommes mangeaient et buvaient, se mariaient et mariaient leurs enfants, jusqu'au jour où Noé entra dans l'arche; et ils ne se doutaient de rien, jusqu'à ce que le déluge vint et les emportait tous. Il en sera de même à l'avènement du fils de l'homme. Alors, de deux hommes qui seront dans un champ, l'un sera pris et l'autre laissé. De deux femmes qui moudront à la meule, l'une sera prise et l'autre laissée. Veillez donc, car vous ne savez pas quel jour votre Seigneur viendra.'

Il y a deux choses très importantes à retenir dans ces derniers versets. Premièrement, c'est qu'une personne sur deux sera enlevée.

Le jour où Dieu n'aura plus rien à gagner, à laisser l'ivraie avec le blé, le mensonge avec la vérité, le menteur avec le juste est le jour où Il frappera de sa colère les impies de ce monde. Il faut croire que la force du bien n'a pas encore été renversée. Il a dit aussi que les puissances des cieux seront ébranlées. Matthieu 24, 29. Je suis presque sûr que c'est ce qui se passe présentement avec tous ces voyages dans l'espace.

La deuxième chose que Jésus a dit est qu'ils furent tous emportés. Qui furent emportés du temps de Noé? La réponse est toute simple, ce sont les impies. La même chose arrivera à l'avènement du fils de l'homme, c'est le fils de l'homme, Jésus qui l'a dit, pas moi. Alors le Paul qui a dit dans 1 Thessaloniciens 4, 17, qu'il sera enlevé, emporté avec tous ses adeptes confirme par le fait même qu'il n'est pas du côté des justes. C'est vrai qu'il sera emporté avec tous les mensonges qu'il a proférés, mais je ne peux m'empêcher de sympathiser avec tous ceux qui se sont laissés endormir, aveugler par ce misérable menteur.

J'espère seulement que mon livre sera lu assez tôt pour ouvrir les yeux du plus grand nombre. Une chose dont je suis certain est que c'est par la volonté de Dieu que j'écris toutes ces choses et ce n'est pas pour moi, car Dieu m'a déjà ouvert les yeux, mais Il a besoin d'ouvrir les yeux de beaucoup d'autres et il n'y a pas cent façons de le faire. Si je prends exemple sur Louis Riel, il vaut donc mieux pour moi que j'écrive au lieu de parler. C'est plus prudent comme un serpent et cela me permettra d'alerter beaucoup plus de personnes. Une autre chose à retenir au sujet de l'histoire de Noé et de ce que Jésus a dit à ce sujet, c'est que les impies ne s'attendaient pas au déluge, à leur perte, mais Noé et sa famille, eux le savaient et même s'ils le disaient, les impies se moquèrent d'eux jusqu'au jour où les eaux les emportèrent tous. Ceux qui se moqueront de mes livres et de mes écrits peuvent donc s'attendre au même sort. On ne se moque pas impunément de Dieu, de sa parole et de ses avertissements.

Je viens tout juste de comprendre pourquoi aucun de mes écrits n'ont pu être publiés jusqu'à présent. C'est que le jour où cela se produira, ma vie ne vaudra pas cher du tout. Il faudra me cacher et il n'y a pas beaucoup d'endroit où je pourrai le faire. Même en Israël, à Jérusalem, la ville du grand Roi, je serai en danger. Tout comme Jésus, je ne pourrai plus trouver une place pour me reposer la tête ou encore pour écrire en paix. Le moins que vous puissiez dire ou admettre, c'est que je prends les avertissements de Jésus sérieusement.

L'an dernier, aux nouvelles j'ai entendu qu'il y avait trois athées qui ont écrit des livres sur l'athéisme, qui ont vendu plus de dix millions de copies chacun et ça sans même être dérangé par Rome ou qui que soit. C'est que voyez-vous? Eux aussi sont avec le diable, on ne peut pas servir deux maîtres.

Pratiquement toutes les personnes religieuses du monde seront une menace pour moi, puisqu'elles croient défendre une institution qu'elles croient être la seule vraie et établie par Jésus alors que c'est Paul, le diable, l'ennemi de Jésus et de Dieu qui a fondé ces églises chrétiennes et bien d'autres.

Jésus n'a jamais prononcé les mots diacre, prêtre, évêque, archevêque, cardinal et même pape tout le temps dont Matthieu a passé du temps avec lui. Du moins, Matthieu ne l'a jamais mentionné. Par contre, Paul a passé beaucoup de temps a établir ses églises, cette hiérarchie, ce commerce lucratif.

Le pire est que ces personnes y compris mes propres sœurs et mon frère de sang ne prennent même pas la peine d'aller voir la vérité là où elle se trouve et cela même après avoir été informés.

Toutes ces même personnes qui disent que la Bible est la vérité absolue. La vérité que le mensonge et la vérité sont ensemble dans le même livre, dans la Bible est là elle aussi. Voir Matthieu 13, 26. 'Lorsque l'herbe eut poussé et donné du fruit, l'ivraie parut aussi.'

Jésus sema la vérité, mais le mensonge parut aussi, puis j'ai eu beau chercher, nul autre que Paul et ses enfants ne sont venu semer ce mensonge dans la Bible et contrarier Jésus, Dieu et les apôtres. Puis, Jésus qui a semé la vérité a dit que c'est le diable qui a semé le mensonge. Voir Matthieu 13, 39. 'L'ennemi qui l'a semé, c'est le diable.'

Louis Riel avait compris cela, mais il a eu le malheur de vouloir sauver des disciples de Paul, des prêtres, des évêques et des archevêques qui eux n'ont qu'un seul but dans la vie et ça, c'est de perpétuer le mensonge jusqu'à la fin, mais leur fin est arrivée ou plutôt leur règne achève. Le seul fait d'avoir compris ces choses me permettra peut-être de vivre un peu plus longtemps.

Juste avant mon mariage à l'âge de vingt-quatre ans, j'ai eu une longue discussion avec un prêtre qui allait nous marier. J'avais déjà compris beaucoup de choses sans pour autant réaliser que je parlais avec l'ennemi de Jésus. Je lui ai pointé que l'église faisait beaucoup de choses qui n'étaient pas conforme avec l'enseignement de Jésus. Il faut dire que je l'avais rencontré à la demande de ma future épouse du temps, qui elle avait un peu peur de mes connaissances de l'évangile. J'ai réussi à la sortir de l'Église Catholique, mais je n'arrive pas à la sortir des baptiste évangélistes.

Au prêtre j'ai parlé du baptême qu'ils font avant que les enfants ne s'ouvrent les yeux et ne croient en quoique ce soit. J'ai parlé de la confession, eux qui confessent les hommes alors qu'il est écrit; Jérémie 17, 5. 'Ainsi parle l'Éternel: 'Maudit soit l'homme qui se confie dans l'homme, qui prend la chair pour son appui et qui détourne son cœur de l'Éternel.'

J'ai parlé du deuxième commandement de Dieu (Exode 20, 4) qui dit de ne pas se faire d'images de ce qui est en haut dans les cieux, d'ici bas sur la terre et de plus bas que la terre, alors qu'eux, leurs églises sont remplies de ces images, de ces statues et de crucifix (chemin de la croix).

J'ai parlé du fait qu'il se fait appeler père alors que Jésus l'a complètement défendu à ses disciples. Sa seule réplique fut que l'église était jeune et qu'il fallait lui donner du temps.

J'ai riposté en disant que moi je n'avais qu'une vingtaine d'années et que j'avais très peu d'instruction. Comment se fait-il qu'une église qui est âgée de deux mille ans et qui a un milliard de membres n'a pas compris ces choses, alors qu'un jeune homme d'une vingtaine d'années et sans instruction les a compris? Tout ce qu'il a dit à mon épouse, c'est que ma foi était plus développée que la plupart des gens. Il m'a fait qu'une seule recommandation et cela était de joindre une religion, peu importe laquelle, mais qu'il me fallait coûte que coûte en joindre une pour mon salut.

Voyez-vous? Il savait très bien que si je joignais une religion, je demeurerais un esclave de Paul peu importe la dénomination et que le plus tôt serait le mieux, puisque je ne serais plus une menace pour sa paroisse. Je n'avais qu'une sixième année d'étude en ce temps-là.

Pour ce qui est de baptiser les enfants à bas âge, c'est ni plus ni moins que d'en faire des esclaves, des prosélytes à bon prix avant même qu'ils puissent choisir leur destiné ou s'ouvrir les yeux. Ils le font sous prétexte de les laver du péché de nos premiers parents alors que les enfants ne peuvent pas être tenus responsable de ça. Si vous en doutez allez lire très attentivement Ézéchiel 18 au complet et vous y verrez que l'enfant n'est nullement responsable du péché de ses parents ni les parents responsables des péchés de leurs enfants, ce qui fait du sens de toutes façons. Puis, regardez dans Matthieu 5, 17 pour voir ce que Jésus a dit à propos des prophètes qui sont venus avant lui, Ézéchiel y compris. 'Ne croyez pas que je sois venu pour abolir la loi ou les prophètes; je suis venu non pour abolir, mais pour accomplir.'

Vous avez bien lu, Jésus a dit qu'il n'était pas venu pour abolir la loi, par contre son ennemi, lui a dit que Jésus avait aboli la loi en mourant sur la croix. Lisez encore très attentivement Éphésiens 2, 15. 'Ayant anéanti par sa chair la loi des ordonnances dans ses prescriptions, afin de créer en lui-même avec les deux un seul homme nouveau en établissant la paix.'

Maintenant, voyez ce que Jésus a dit à propos d'établir la paix. Lisez bien Matthieu 10, 34. 'Ne croyez pas que je sois venu apporter la paix sur la terre; je ne suis pas venu apporter la paix, mais l'épée.'

CHAPITRE 4

Quand vous lirez dans le Nouveau Testament qui est de Paul à plus de 90 %, vous y verrez que Paul déteste la Loi et qu'il l'a aboli, qu'il dit qu'elle a vieillie et qu'elle a disparue, que nous ne sommes plus sous la loi, mais que nous sommes sous la grâce. Voir Romains 6, 14. 'Car le péché n'aura point de pouvoir sur vous, puisque vous êtes, non sous la loi, mais sous la grâce.'

Le péché n'a plus de pouvoir sur ceux qui ne crois pas en Dieu non plus, mais cela ne les empêchera pas de faire face au jugement, car qu'ils croient en Dieu ou pas le fait demeure que Dieu existe et qu'Il tient chacun de nous responsable de nos actes, surtout si nous ne nous sommes pas repentis. Paul a dit que le pêché n'a pas de pouvoir sur eux, mais ils disent qu'ils ont tous péché. Quelle grâce!

Toutes les bénédictions qui nous viennent de Dieu, nous viennent par l'obéissance à ses lois, à ses ordonnances, à ses ordres et à ses statuts. Vous pourrez trouver cette confirmation dans Genèse 26, 4 - 5.

Que je crois à la loi des hommes ou pas, si je tue quelqu'un il y a de forts risques que je sois puni par les lois du pays.

Je pourrais vous parler longtemps sur ce sujet, puisque Paul a passé beaucoup de temps à essayer de convaincre le monde que la loi n'existe plus et qu'elle a été remplacée par la grâce. Jésus a dit qu'on ne pouvait pas suivre Dieu et Mamon. Voir Matthieu 6, 24.

Moi je vous dis que vous ne pouvez pas suivre Jésus et Paul. Ou bien vous écoutez Jésus et demeurez sous la loi de Dieu ou vous écoutez Paul, le sans loi, le menteur, le meurtrier, le blasphémateur, le trompeur. et vous serez perdus avec lui. Vous ne pouvez pas être avec Jésus, celui qui dit la vérité et en même temps être avec ceux qui mentent, puisqu'ils ne se tiennent pas ensemble.

Selon 2 Thessaloniciens 2, 10, il faut recevoir l'amour de la vérité pour être sauvé, encore faut-il la connaître cette vérité. C'est ici que j'entre en jeu pour continuer le travail de Jésus. Pour prêcher la repentance comme il l'a fait et qu'il nous a demandé de le faire, pour guérir les malades comme il l'a fait et pour ressusciter les mort, les pécheurs, comme il l'a fait. Ce sont les malades qui ont besoins de médecin, les pécheurs qui ont besoins de la parole de Dieu, la vérité. Voir Matthieu 9, 12.

Il y a des moments où tout cela me semble inutile, c'est un peu comme essayer de sauver une personne de la noyade, cette même personne pourrait vous caler sans se préoccuper de votre bien-être, mais on le fait quand même en ignorant le risque et tout en étant prudent et en faisant pour le mieux. J'ai sauvé un ami d'enfance de la noyade un jour et j'ai eu la sagesse de le prendre par derrière de façon à ce qu'il ne puisse pas me griffer. Une chose que j'ai constaté à ce moment-là, c'est qu'il était complètement perdu. Il ne savait même plus où il était et cela a pris plusieurs minutes avant qu'il réalise ce qui se passait. Il n'y avait de l'eau qu'à la hauteur de ses épaules, mais dans sa panique il ne l'avait pas réalisé.

Je constate cependant que je suis vraiment impuissant devant l'immense tâche qui m'attend, que la puissance est dans la parole de Dieu et que Dieu est le Tout-Puissant. Je fais le travail que j'ai à faire et Dieu fera le sien quand son heure sera venue. J'ai cependant la fâcheuse habitude de vouloir sauver le monde, certaines personnes et moi-même, mais je dois me rappeler ce que Jésus a dit lui-même dans Matthieu 6, 10, 7, 21, 10, 24, 12, 50, 18, 14 et 26, 42. 'Que ta volonté soit faite Seigneur, sur la terre comme au ciel!' Et non la mienne. Et t'en mieux si c'est la mienne aussi. Je pourrais bien vouloir sauver des personnes qui ne veulent pas l'être et aussi des âmes que Dieu ne veut pas. Abraham l'a fait quand il a voulu que Dieu épargne Sodome et Gomorrhe. Voir Genèse 18, 31. 'Abraham dit: 'Voici, j'ai osé parler au Seigneur. Peut-être s'y trouvera-t-il vingt justes.' Et l'Éternel dit: 'Je ne la détruirai pas, à cause de ces vingt.'

Moi aussi je dis, pas ma volonté Seigneur, mais que la tienne soit faite et tout sera pour le mieux. Moi je veux juste faire comme Jésus et Louis Riel, c'est-à-dire de faire ce que Dieu me commanderas. Chose étrange, en grandissant j'avais l'impression de porter le monde sur mes épaules. Voici un autre chant de mes compositions que j'aime tout particulièrement.

C'est Bon Seigneur

C'est bon de connaître ta voix Seigneur.
C'est bon de connaître tes lois.
C'est bon de T'avoir comme Roi Seigneur.
C'est bon pouvoir compter sur Toi.
Garde-moi toujours sous ton aile.
Je veux toujours t'appartenir.
Nulle part, il n'y a de pareille.
Je fuis la colère à venir.
2
C'est bon de connaître ta paix Seigneur.
C'est bon de savoir que je t'aime.
C'est bon savoir, je Te connais Seigneur.
C'est bon Tu es la bonté même.
Tu m'as délivré du malin.
Un jour j'ai reçu ta parole.
Main'nant je n'ai plus peur de rien.
J'ai mis dehors toutes les idoles.
3
Tu m'as montré de ta bonté Seigneur.
En chassant de moi les démons.
Chez Toi, j'ai été invité Seigneur.
Heureux tous ceux qui Te verront.
Ils seront toujours dans la joie.
Pour avoir écouté Jésus.
Tous ceux qui ont porté leur croix.
Car Dieu les appelle ses élus.

4
Tu m'as montré de ta puissance Seigneur.
Par Jésus, Moïse, les prophètes.
C'est Toi qui est la délivrance Seigneur.
J'honore tes sabbats et tes fêtes.
C'est bon de connaître ta voix.
C'est bon de connaître tes lois.
C'est bon de T'avoir comme Roi.
C'est bon pouvoir compter sur Toi.

Toutes les abominations que j'ai constaté dans la Bible m'ont inspiré un autre chant et c'est:

L'abomination

L'abomination cause de désolation.
Est bien établie dans le temple de Dieu.
L'imagination de cette damnation.
Est là qui force le royaume des cieux. Matthieu 11, 12.
Ce sont les violent qui s'emparent de nos lieux.
Avec leur argent vous éloignent loin de Dieu.
Ils ont pour appui le mensonge qui détruit.
Un ange me l'a dit dans un songe une nuit.
2
Le temple, il est où, le sais-tu que c'est nous?
C'est Lui qui t'a fait à l'image de Lui-même.
T'a fait sans un sou et Jésus humble et doux.
Dit qu'Il est parfait et partage son domaine.
Ne croiras-tu pas ce que Dieu nous a dit?
Ouvre tes oreilles et entends son langage.
Ne verras-tu pas pour qui Jésus souffrit?
Ouvre ton esprit et reçois ses messages.

C'est sûr que cela m'attriste de voir tous ceux que j'aime refuser même d'aller voir dans les écritures les choses abominables que j'y ai trouvé, mais je ne peux quand même pas les forcer. Je suis presque sûr aussi que s'ils voyaient ce que j'ai vu, ils se rangeraient de mon côté, qui sait?

Certains d'entre eux se rangeront peut-être aussi du côté de ceux qui voudront ma mort ou encore, ils me déclareront aliéné mental, comme on l'a fait pour Louis Riel. Jésus aussi était attristé de voir que plusieurs de son peuple refusaient de le recevoir, de recevoir la vérité. Voir Matthieu 23, 37. 'Jérusalem, Jérusalem, qui tues les prophètes et lapides ceux qui te sont envoyés, combien de fois ai-je voulu rassembler tes enfants, comme une poule rassemble ses poussins sous ses ailes et vous ne l'avez pas voulu?'

Mais comme Jésus, moi aussi j'ai compris que les pleures et les grincements de dent ne sont pas pour les enfants de Dieu. Cela ne nous empêche pas d'être triste pour ceux qui n'ont pas encore vu le royaume des cieux. Si seulement j'étais certain d'avoir quelques élèves, je n'hésiterais pas une seule seconde pour ouvrir une école pour ces aveugles afin de leur ouvrir les yeux comme Jésus le faisait et le fait toujours pour ceux qui croient assez en lui pour l'écouter.

C'est la vérité, la parole de Dieu qui ouvre les yeux du monde. C'est la vérité, la parole de Dieu qui peut guérir les malades, c'est-à-dire les pécheurs. C'est la vérité, la parole de Dieu qui a la puissance et que les portes de l'enfer ne prévaudront rien contre elle. C'est avec la vérité, c'est avec la parole de Dieu, que tout ce que j'écris finira par ouvrir les yeux de quelques-uns.

La politique et la religion

La politique et la religion ont à mon avis toujours été connectées l'une à l'autre d'une façon ou d'une autre, puisque les guerres sont créées par l'une ou par l'autre ou par les deux. Prenez les révolutions des métis de 1870 et 1885 ont été créées par l'injustice de la part du gouvernement canadien de John A. Macdonald et la riposte de ce même gouvernement contre un peuple qui ne voulait plus être catholique ou chrétien.

Comme de raison, n'ayant plus la protection des prêtres, des évêques et des archevêques de leur temps, le gouvernement a plutôt choisi de dépenser de l'argent pour écraser ce peuple au lieu de lui faciliter la vie avec des accommodements raisonnables, comme des terres équitablement arpentées et de quoi se mettre sous la dent. Nous n'avons pas besoin de cours universitaires pour comprendre que les demandes du peuple de l'Ouest étaient plus que raisonnables et que les raisons véritables pour écraser Louis Riel et son peuple étaient tout autres que des raisons financières.

Selon mes calcules cela aurait été beaucoup moins dispendieux d'accommoder ce peuple, mais il fallait à tout prix faire taire ce mouvement de vérité, la parole de Dieu qui allait révolutionner le monde, surtout si cela se faisait de la part d'un métis.

Un demi-indien qui allait faire la morale au clergé et au gouvernement, on ne pouvait tout simplement pas se permettre ça. On n'avait pas pu le corrompre, alors il fallait donc l'éliminer.

Cependant, Riel se doit d'être heureux, car Jésus a dit, Matthieu 5, 10 - 12. 'Heureux ceux qui sont persécutés pour la justice, car le royaume des cieux est à eux. Heureux serez-vous lorsqu'on vous outragera, qu'on vous persécutera et qu'on dira faussement toute sorte de mal, à cause de moi. (La parole de Dieu) Réjouissez-vous et soyez dans l'allégresse, parce que votre récompense sera grande dans les cieux, car c'est ainsi qu'on a persécuté les prophètes qui ont été avant vous.'

Moi j'ai fait une chanson pour honorer Louis Riel et pour demander justice pour lui et son peuple, mais je n'en ai pas fait une pour John A. Macdonald, ni pour Paul, ni pour les églises chrétiennes ou autres que celle de Jésus.

Il N'était Qu'un Homme

Il n'était rien, il était juste, c'était personne.
Faisait le bien pour tout son peuple, c'était un homme.
Qu'on a élu, il s'est battu, il s'est donné.
Mais sa victoire est dans l'histoire, il a gagné.
Un patriote, un batailleur, un Canadien.
Traînant sa botte, un travailleur, jusqu'à la fin.
Le reconnaître tout comme un être exceptionnel.

Car par sa vie, il a payé, c'était Riel.
Refrain
Riel, toi le héros, toi pendu au poteau.
Tu n'as pas mérité, ce qu'on t'a infligé.
Riel, toi le héros, toi pendu au poteau.
Tu étais innocent, tu es parmi les grands.
Riel, toi le héros, toi pendu au poteau.
Ta cause n'est pas perdue, car elle est entendue.
Riel, toi le héros, tu as fait comme il faut.
Fidèle à ton Dieu, t'hériteras les cieux. Matthieu 5, 10.
2iè couplet
Jusqu'à la fin, ce Canadien avait la foi.
Dans son pays, qui l'a trahi, sait-on pourquoi?
Lui rendra-t-on, lui payera-t-on ce qu'on lui doit.
Pour s'qu'il a fait, pour ses bienfaits, c'est pour nos droits.
Son sacrifice, pour la justice, pour les colons.
Pour les Indiens et les Métis, les bûcherons.
C'est pas en vain, tout ce chemin, c'est notre gloire.
Car aujourd'hui, démocratie, c'est la victoire.

Jésus a été pendu au bois et Louis Riel aussi et selon Paul, ils sont tous les deux maudits pour cette raison et cela tout en déclarant la loi de Dieu une malédiction. Voir Galates 3, 13. 'Christ nous a rachetés de la malédiction de la loi, étant devenu malédiction pour nous,—car il est écrit: 'Maudit est quiconque est pendu au bois.—'

C'est quand même bien curieux, mais j'ai fait des recherches pour trouver un autre endroit dans toute la Bible où cela serait écrit sans résultat. 'Maudit est quiconque est pendu au bois.—', selon mes recherches ne se trouve que dans les écrits de Paul, c'est-à-dire, dans Galates 3, 13.

De dire que la loi de Dieu, c'est-à-dire d'aimer Dieu de tout notre cœur, de toute notre âme et de toutes nos pensées et notre prochain comme nous-mêmes est une malédiction, c'est de dire l'une des pires abominations qui soient et selon moi, seul le diable est capable d'un tel geste et Paul en a été capable. À vous de conclure.

Louis Riel se doit d'être réintégré dans l'histoire du Canada au même degré et au même titre que les Des-Ormeaux, Laviolette, Champlain, Cartier et bien d'autres, sinon en tant que politicien, en tant que prophète persécuté. On a parlé de bien d'autres martyres qui en n'ont pas fait autant ni pour leur peuple ni pour leur pays, ni pour Dieu. Ce n'est pas ni son peuple ni le pays que Louis Riel a trahi, mais bien l'Église Catholique Romaine qu'il a dénoncé avec raison d'ailleurs. On aurait plutôt dû lui donner une médaille d'honneur ou de courage pour ce qu'il a accompli. Mais de toutes façons, comme Jésus l'a déjà dit, sa récompense est dans le royaume des cieux.

Pour ce que j'en dis dans ce monde, c'est plutôt pour les hommes qui veulent lui rendre finalement justice et lui donner ce qui lui revient de plein droit, lui qui s'est battu pour les droits des hommes. L'Église Catholique a coûté beaucoup plus d'argent au pays que Louis Riel et ce n'est pas fini avec toutes les actions judiciaires qui se poursuivent contre elle et ses membres. Si Louis Riel avait été intéressé aux petits garçons comme plusieurs prêtres le sont, il aurait sûrement demeuré dans la prêtrise.

J'ai eu le malheur de créer une joke il y a de ça plusieurs années ou plutôt j'ai eu le malheur de la raconter à une amie devant ses enfants. Un des garçons qui l'a entendu est allé demander à son institutrice qui était une religieuse, une sœur et lorsqu'il nous l'a raconté, il ne pouvait plus s'arrêter de rire. C'était plutôt une devinette qu'une joke et elle va comme ceci. À quoi sert la pissette d'un prêtre à part que pour pisser? Comme de raison nous nous sommes, sa mère et moi empressés de lui demander qu'elle a été la réaction de la religieuse qui a quand même demandé la réponse qui est; ça sert d'os. La religieuse lui a dit qu'elle était bonne. Il faut bien rire un peu dans la vie et paraît-il que c'est très bon pour la santé. Certains, j'en suis sûr me le reprocheront, mais ces prêtres ont fait assez de mal et ils ont scandalisé assez d'enfants pour mériter cette petite risée.

Non seulement ils ont fait beaucoup de mal, mais en plus ils ont été camouflés et protégés par leurs supérieurs, ce qui est à mon avis un crime aussi grave sinon plus. Je ne les condamne pas, mais comme Jésus l'a fait, je leur demande comment pourraient-ils échapper au jugement de l'enfer? Seule la sincère repentance peut être la réponse et croyez-moi, Dieu connaît les cœurs et les pensées de tous. Pas moi, mais Jésus a dit qu'ils n'entraient pas dans le royaume des cieux. Voir Matthieu 23, 13. 'Malheur à vous scribes et pharisiens hypocrites, (officiers des églises de Paul et meneurs de religions) parce que vous fermez aux hommes le royaume des cieux, vous n'y entrez pas vous-mêmes et vous n'y laissez pas entrer ceux qui veulent entrer.'

Comme Jésus l'a dit, les prostituées et les collecteurs de taxes les devanceront.

Il m'est très difficile de savoir combien Louis Riel connaissait étant donné tout ce qui a été censuré à son sujet. Une chose est certaine, je vais faire en sorte que mes écrits soient diversifiés et distribués à plusieurs endroits différents et avec plusieurs personnes différentes de façon à ce que la bête si dangereuse soit-elle aura à trouver et à éliminer plusieurs personnes avant de tout éliminer ce que Dieu m'a donné. Je suis cependant persuadé d'une chose et ça, c'est que cette bête va faire tout en son pouvoir pour tout trouver et étouffer la vérité à nouveau. Pour tout vous dire, je ne connais personne à cette heure-ci à qui tout confier tout le matériel que j'ai sous la main et comment connaître celui ou celle qui me trahira. Je n'ai pas le pouvoir ni la connaissance ni les visions que Jésus avait pour connaître l'avenir, mais encore là, Dieu me préviendra peut-être à temps.

Jésus a eu un traître sur douze et moi je pense que j'aurai un fidèle sur douze. Je me console en pensant que Louis Riel a eu plusieurs amis fidèles comme Gabriel Dumont et son secrétaire Will Jackson et beaucoup d'autres, j'en suis sûr. En fait, j'ai déjà été trahi par plusieurs personnes de ma famille et des amis qui connaissent quelques informations et qui sont allées parler de mes découvertes à leur père de leur église et à leur pasteur.

Une chose qui est écrite depuis très longtemps, c'est que tous ceux qui n'auront pas le signe de la bête devront se cacher, fuir et ils seront persécutés à travers le monde, mais j'aime mieux souffrir pour un peu de temps que de souffrir toute l'éternité, puisque aucune souffrance ne puisse égaler les souffrances de l'enfer. S'il y a une prière que je voudrais répéter, ça serait celle de me donner la force de tenir bon jusqu'au bout peu importe la ou les menaces dont je ferai face.

Plusieurs ont pensé que Pierre était lâche pour avoir renié Jésus à trois reprises. Je voudrais bien les voir ceux-là ou encore voir leur réaction devant la mort certaine ou la torture. Pierre a été celui qui a eu le plus de foi, le plus de courage et le plus de repentance. Ce n'est pas pour rien que Jésus lui a remis les clefs du royaume des cieux. Ce n'est pas pour rien non plus, que Dieu a dispersé tous les apôtres ce jour-là, car s'Il ne l'avait pas fait, il ne serait pas resté grand chose de l'enseignement de Jésus. Non seulement Jésus aurait gaspillé trois années de sa vie, mais il serait mort pour rien, puisqu'ils auraient tous étés crucifiés avec leur maître et il ne serait rien resté ou presque rien de leurs témoignages.

Rome a tout fait pour éliminer la vérité, ceux qui répandaient la doctrine de Jésus dès le début. Rome a même essayé d'éliminer Jésus dès sa naissance et elle a prouvé au monde entier qu'elle est anti-Dieu et antéchrist. L'histoire est là toute écrite pour vous et Rome ne peut pas dénier le meurtre de tous les garçons de moins de deux ans autour de Bethléhem afin d'éliminer Jésus.

Rome malgré tous ses efforts et malgré tous les assassinats, comme les meurtres de Jésus, d'Étienne, de Louis Riel, de Pierre et de tous les disciples de Jésus depuis qu'il a commencé à enseigner n'a jamais pu éliminer la vérité. Matthieu 16, 18. 'Les portes de l'enfer ne prévaudront pas contre elle.' La vérité, la parole de Dieu. Cependant ce n'est pas parce que Rome n'a pas essayé avec toutes ses guerres, ses inquisitions et ses croisades. Rome en a fait du mal et je pense qu'elle en fera jusqu'à sa destruction totale et complète. Le diable a trop d'orgueil pour se repentir et la tête de la bête aussi.

Où iront tous ses affiliés après sa destruction? C'est pour moi un mystère de boule de gomme. Peut-être quelques-uns verront la lumière et se dirigeront vers elle, mais sûrement plusieurs voudront suivre leurs idoles jusqu'en enfer, là où sont leurs amis. Malgré tous les crimes et les menaces de la bête, me voici encore entrain d'écrire sur la vérité, la parole de Dieu et j'ai ici de quoi la faire sortir de ses gonds. La bête, je veux dire.

Ces jours-ci on parle beaucoup des résidences scolaires, surtout celles de l'Ouest canadien des années 1870s jusqu'à 1996. On parle surtout des abus infligés aux enfants indiens et Métis du Manitoba et de la Saskatchewan. Il m'est traversé l'esprit que la raison principale pour qu'ils soient enfermés et que plusieurs d'entre eux ne sont jamais retournés chez-eux pourrait bien être le fait qu'ils connaissaient les messages de Jésus qui auraient pu avoir été transmis par Louis Riel aux gens de son peuple. Pourquoi ont-ils été forcés si ce n'est pour une raison très sérieuse ou plutôt très critique pour la survie des religions catholique et chrétiennes?

Personne ne peut vraiment dire sans rire qu'ils l'ont fait par amour pour les Indiens ou les Métis, spécialement venant du Premier Ministre John A. Macdonald et appuyé par les membres du clergé de son temps. C'est sûr que les membres du clergé, comme toujours se foutent totalement du sort des indiens à part bien sûr de leurs propres intérêts sexuels et personnels.

Je crois cependant qu'une raison plus importante les a incités à prendre en charge ces enfants afin de découvrir qui aurait pu colporter la vérité dont Louis Riel avait semé avant sa mort. Le même principe de Paul s'imposait, il fallait à tout prix leur fermer la gueule. Cela expliquerait le pourquoi d'un si grand nombre d'enfants qui ne sont jamais retournés vivants à la maison. Ce n'est qu'une hypothèse, mais elle me semble plausible. Moi j'y crois, puisque Dieu ne me donne pas des visions inutiles.

Je suis allé lire sur une page de l'Internet à propos des résidences scolaires en anglais, qui elles sont fermées à cause de leurs mauvaises réputations depuis 1996, alors qu'en français, elles regorgent d'éloges. C'est quand même très curieux tout ça.

Aux nouvelles ces jours-ci, on parle beaucoup de l'air India comme étant la pire masse meurtrière de l'histoire canadienne. Laissez-moi vous dire que c'est totalement faut. Les religions chrétiennes ont tué beaucoup plus de personnes que cette décente d'avion et tout comme les responsables de cette décente d'avion, elles n'ont jamais été punies. Il en est de même pour ces membres du clergé et des autres auteurs de ces crimes qui n'ont jamais été punis pour la torture et le meurtre des enfants qui ont été prisonniers de ces meurtriers dans les résidences scolaires.

Lorsque j'entends sur les bulletins informatiques que des groupes religieux et des représentants du gouvernement sont présents à cette commission d'enquête gigantesque de guérison et de pardon pour ce qui s'est passé, j'en ai des frissons dans le dos.

Si Murray Sinclair qui est le commissaire en chef pour cette importante mission est vraiment sincère à vouloir trouver ce qui c'est vraiment passé, la vérité quoi, il se doit d'exclure les responsables, c'est-à-dire tous ceux qui ont intérêt à garder le couvercle sur cette marmite emmerdante pour eux.

On parle des victimes des résidences scolaires de l'Ouest comme des survivants, il ne faudrait pas oublier ceux qui n'ont pas réussit à survivre à ces crimes des mains de ces criminels. Ils ont été non seulement des victimes, mais des martyres pour avoir connu un peu de vérité. Cette dernière phrase est pour ceux qui pensent que je divague en disant que ma vie est en danger pour dévoiler cette vérité. Elle est puissante la bête et attendez, jusqu'à présent elle n'a été que sur la défensive, mais attention, elle sera sur son attaque offensive très bientôt. Lisez Matthieu 24, 22. 'Si ces jours n'étaient pas abrégés, personne ne serait sauvé; mais à cause des élus, ces jours seront abrégés.'

Ce qui s'est passé dans les résidences scolaires n'était que sur une petite échelle, le temps de la grande échelle, une échelle mondiale est tout près. Je ne veux pas diminuer le moindre du monde ce qui s'est déjà passé, les crimes de la bête sont très graves, mais il y a pire à venir. Pire qu'on a jamais eu, Jésus nous a dit, voir Matthieu 24, 21. 'Car alors, la détresse sera si grande qu'il n'y en a point eu de pareille depuis le commencement du monde jusqu'à présent et qu'il y en aura jamais.'

Cela semble terrible pour les enfants de Dieu, mais ce n'est rien du tout à côté de ce qui attend les enfants du diable et ses anges. Moi je vois cela comme ceci, ça sera un enfer très court pour les enfants de Dieu tandis que ça sera un enfer éternel pour le diable, ses anges et ses enfants. À vous de choisir maintenant, car quand cette bonne nouvelle du royaume des cieux que je lance au monde entier pour servir de témoignage sera connue; alors viendra la fin. Il n'y aura plus de retour en arrière. C'est écrit dans Matthieu 24, 14. 'Cette bonne nouvelle du royaume des cieux sera prêchée dans le monde entier, pour servir de témoignage à toutes les nations, alors viendra la fin.'

C'est sûr qu'il y aura de la résistance de la part de la bête, mais avec la rapidité de l'Internet d'aujourd'hui, les nouvelles font le tour du monde en peu de temps. La bête voudra sûrement que le monde n'en parle pas pour essayer d'étouffer l'affaire le plus rapidement possible, mais vous savez que les controverses, les scandales on en parle plus que toutes autres choses. Vous savez aussi que les nouvelles voyagent à la vitesse de la lumière de nos jours. On en a eu la preuve avec les déclarations du pasteur Jones qui veut brûler le Qur'an le samedi du onze septembre. En moins de deux jours la nouvelle était répandue à la grandeur du monde.

Jésus a été assassiné parce que la bête voulait faire taire la vérité, Louis Riel a été étouffé pour taire la vérité, un million et demi de Juifs ont été tués de 67 à 73 pour taire la vérité que Jésus a semé, les enfants des résidences scolaires de l'Ouest ont été torturés et assassinés pour taire la vérité que Louis Riel a semé. Beaucoup d'autres ont été tués pour les mêmes raisons et si Sinclair découvre la vérité, prenez ma parole, on le fera taire lui aussi.

Rien n'est plus important pour la bête que de sauvegarder l'anonymat en ce qui concerne ces meurtres crapuleux, mais viendra un jour qu'elle ne pourra plus le faire et c'est alors qu'elle va se déchaîner jusqu'au jour où elle sera enchaînée pour mille ans. C'est alors seulement qu'il fera vraiment bon vivre sur cette terre pour tous les enfants de Dieu.

Dans Apocalypse 11, 10, il est écrit que deux prophètes ont tourmenté les habitants de la terre et la raison pour que les habitants de la terre soient tourmentés est très simple, ces habitants de la terre viennent de découvrir qu'ils vivaient dans le mensonge, qu'ils avaient écouté et suivi le menteur, le créateur de religions, Paul, au lieu d'écouter Jésus, celui qui dit la vérité et qui a voulu vous affranchir, vous délivrer de ces mêmes religions, vous délivrer du mal.

Jusqu'à présent je ne vois aucun endroit ni personne à qui parler qui serait sans risque pour ma vie, puisque les religions sont antéchrists, les gouvernements sont antéchrist, la police et l'armée sont aussi assermentées, ce qui est aussi antéchrist selon Jésus dans Matthieu 5, 34 - 37.

Si vous lisez bien ces trois versets, vous constaterez que Jésus dit que ce qu'on ajoute à notre parole vient du malin et on ne peut pas être plus antichrist que le diable.

Au temps des rois anciens un roi avait presque toujours un sage, un conseiller, un prophète ou encore un voyant pour le conseiller et malheur à celui qui se trompait. La prison et même la mort l'attendait. Si j'étais le conseiller de Stephen Harper, notre Premier Ministre, je lui dirais sûrement que l'avortement ne plaît pas à Dieu ni les mariages gais. Je lui dirais aussi que les serments pratiqués dans leurs cérémonies, en cour et l'assermentation de nos officiers de police et d'armée sont antéchrists. Je lui dirais sûrement aussi que pour avoir la bénédiction de Dieu il faut premièrement être de son côté. Je ne vois pas pourquoi une promesse solennelle ne ferait pas tout aussi bien l'affaire que les serments sur la Bible. Je ne crois pas que c'est vraiment nécessaire de mêler Dieu à nos affaires de corruption d'ici bas sur terre. Paul le faisait, mais il a prouvé qu'il n'était pas du côté de Dieu.

Peut-on s'imaginer ce qui arriverait si demain le pape, les évêques, les archevêques, les cardinaux, les prêtres et les pasteurs de toutes ces religions Chrétiennes se levaient pour dire qu'il faut renverser le Gouvernement Canadien, parce qu'il est antéchrist? Ce qui arriverait s'ils disaient qu'il faut prendre les armes si nécessaire? Tous ceux pour qui la religion est leur dieu n'hésiteraient pas longtemps pour écouter leurs idoles. Ils n'ont pas hésité non plus pour prendre les enfants qui avaient une possibilité de connaître des messages de Jésus que Louis Riel aurait pu répandre. Leur stratagème a du fonctionné, puisque même en passant la majeure partie de ma vie à lire dans la Bible, il a fallu qu'un rêve que j'ai eu de Jésus à l'âge de quarante-huit ans vienne m'ouvrir les yeux sur la réalité que nous étions dominés par la bête. Dieu a sa façon bien à Lui de venir nous chercher, encore faut-il le reconnaître. Merci

Jésus, merci Louis Riel et merci mon Dieu. J'espère que vous aimer les chants dont j'ai fait pour mon Dieu, parce que j'en ai beaucoup.

Celui-ci est spécial.
Les Messages De Jésus.

'Je suis venu vous annoncer la Sainte Parole de mon Père. Matthieu 4, 17.
Un autre au dessein mensonger paru pour vous dire le contraire. Matthieu 13, 39.
Moi j'ai dit que rien de la loi, ni de la loi, ni des prophètes. Matthieu 5, 17.
Rien jamais ne disparaîtra, non pas même un seul trait de lettre. Matthieu 5, 18.
2
Mais que vous a dit le menteur? J'ai anéanti cette loi. Éphésiens 2, 15.
Pour vous rapprocher du Seigneur en donnant ma chair sur la croix. Éphésiens 2, 16.
Il est rusé cet ennemi, manipulant la vérité. Genèses 3, 1 et 2 Corinthiens 12, 16.
A fait de même au paradis pour faire tomber dans le péché.
3
On m'a demandé quel était le plus grand des commandements. Matthieu 22, 36.
Le Seigneur Dieu qui a tout fait, tu aimeras éperdument.
De tout ton cœur, âme et pensée, aime Le, oui de tout ton être. Matthieu 22, 37.
Ton prochain à égalité. Matthieu 22, 39. C'est ça la loi et les prophètes. Matthieu 22, 40.
4
Mais que vous a dit le menteur? Que toute la loi est accomplie ! Galates 5, 14.
Il ne parle pas du Seigneur dans cette seule parole qu'est celle-ci.
Aime ton prochain comme toi-même. Galates 5, 14. Moi j'ai dit d'abord d'aimer Dieu. Matthieu 22, 37.

Les pécheurs aiment ceux qui les aiment, ça ne leur ouvre pas les cieux. Matthieu 5, 46.

5

Qui est ma mère, qui sont mes frères? Qui sont mes sœurs et mes amis?

Tous ceux qui écoutent mon Père, en vérité je vous l'ai dit. Matthieu 12, 50

C'est vous qui êtes la lumière qui doit briller le jour, la nuit. Matthieu 5, 16.

Vous êtes le sel de la terre. Matthieu 5, 13. Prenez garde à celui qui séduit. Matthieu 24, 4.

6

Comme des brebis parmi les loups dans le champ moi je vous envois! Matthieu 10, 16.

l'Esprit qui parlera pour vous, surtout ne vous inquiétez pas. Matthieu 10, 19 - 20.

Soyez prudents comme des serpents, soyez simple comme les colombes. Matthieu 10, 16.

Mon Père qui est le Tout-Puissant connaît chaque cheveu qui tombe. Matthieu 10, 30.

7

Voici venir cette moisson dont j'ai parlé à ma venue. Matthieu 13, 39.

Temps de la grande division, on verra briller les élus. Matthieu 13, 41 - 43.

Vous verrez les anges du ciel arracher toute iniquité. Matthieu 13, 41.

La jeter au feu éternel, le royaume sera épuré. Matthieu 13, 43.

8

Quand vous aurez pour ennemi quelques gens de votre maison! Matthieu 10, 36.

Ne craignez pas pour votre vie, elle ne vaut pas la perdition. Matthieu 10, 39.

Je vous ai apporté l'épée. Matthieu 10, 34. Alors il faut prendre sa croix. Matthieu 10, 38, 16, 24.

Car l'épée c'est la vérité, prenez, soyez digne de moi. Matthieu 10, 38.

1
Je suis venu vous annoncer la Sainte Parole de mon Père. Matthieu 4, 17.
Un autre au dessein mensonger paru pour vous dire le contraire. Matthieu 13, 39.
Moi j'ai dit que rien de la loi, ni de la loi, ni des prophètes. Matthieu 5, 17.
Rien jamais ne disparaîtra, non pas même un seul trait de lettre. Matthieu 5, 18.
Non pas même un seul trait de lettre.

Comme vous pouvez le vérifier vous-mêmes cette dernière chanson ne vient principalement que des messages de Jésus.

C'est Jésus, le vrai prophète, le fils de l'homme, c'est lui-même qui l'a dit qui il était. Regardez aussi ce qui est écrit dans Matthieu 9, 8. 'Quand la foule vit cela, elle fut saisie de crainte et elle glorifia Dieu, qui a donné aux hommes un tel pouvoir.'

Dieu a donné aux hommes comme Jésus, Moise, Joseph et Riel le pouvoir d'ouvrir les yeux du monde, même si ceux-ci sont fermés à clef. Moi je sais une chose et ça, c'est qu'Il m'a donné assez de matériel, je pense, pour mettre dans ce livre de quoi ouvrir les yeux du monde entier. Je souhaite seulement que ce livre soit transcrit dans toutes les langues du monde. Matthieu 28, 19 - 20. 'Allez, faites de toutes les nations des disciples et enseignez-leur à observer tout ce que je vous ai prescrit et voici je suis avec vous tous les jours jusqu'à la fin du monde.'

J'ai omis d'écrire et baptisez-les au nom du Père, du Fils et du Saint-Esprit, me direz-vous? C'est que voyez-vous, Jésus n'a jamais prescrit de baptiser et il ne baptisait personne lui non plus, du moins pas avec de l'eau. Il a baptisé ses disciples de vérité, de tout l'enseignement qui lui venait de Dieu, comme ne pas juger, ne pas jurer ou faire serment, ne pas s'inquiéter, de veiller et de prier, qui prier et des milliers d'autres messages et je suis sûr que la bête nous en a couper un paquet, surtout d'autres messages qui auraient pu empêcher ces églises chrétiennes ou autres de se former. L'eau et le feu ne font pas commun ménage. Jésus n'aurait jamais parlé du baptême à ses disciples avant son tout dernier jour pour son départ, ce que je trouve extrêmement curieux. Selon moi cette deuxième partie du verset 19 de Matthieu 28 a été rajouté et cela n'a pas été fait par Matthieu. Quand Jésus a donné ses instructions à ses apôtres, il n'a pas mentionné le baptême du tout. Voir Matthieu 10, 1-42.

Je me demande encore comment il se fait qu'il est demeuré assez de passages ou de messages dans la Bible pour me permettre d'identifier cette bête. Peut-être que c'est un piège tendu pour attraper des disciples comme moi qui ont le courage de dire la vérité même au risque de leur vie. Quoique j'ai aussi décelé des endroits où ils ont modifié des choses qui ne faisaient pas leur affaire et c'est sûrement suite à des recommandations faites par des lecteurs.

J'ai choisi le lavage des pieds des apôtres par Jésus qui en passant ne tient pas la route du tout et pour cause, puisque cela a été écrit pas le Jean qui n'est pas le Jean de Jésus, toujours selon moi. L'histoire est écrite dans Jean 13, 4. 'Jésus se leva de table, ôta ses vêtements et pris un linge pour se cacher le cul, ensuite il versa de l'eau dans un bassin et il se mit à laver les pieds de ses disciples et à les essuyer avec le linge avec lequel il s'était caché.'

Ce gars l'à, ce Jean aime les hommes nus et nous le verrons encore plus loin. Dans les plus nouvelles Bibles, Jésus enlève son vêtement extérieur au lieu de ses vêtements, mais lorsqu'il se rhabille, il met ses vêtements dans Jean 13, 12.

Ils ont maintenant changé une partie de l'histoire, parce que cela ne fait pas de sens que le fils de Dieu se mette tout nu devant ses hommes. Aujourd'hui on pourrait mieux comprendre, mais en ces jours-là on ne se mettait même pas à nu pour faire des enfants et c'était encore comme ça il y a moins de cent ans. Genèse 9, 25.

Noé a maudit son petit-fils parce que son fils cadet a vu la nudité de son père et il l'a condamné à l'esclavage, puis Jésus, le Fils de Dieu se serait déshabillé complètement nu pour laver les pieds de ses apôtres????? Il faut comprendre ici que Jésus ne portait qu'une tunique et une couche, un sous-vêtement.

Le même Jean qui, comme je l'ai dit aime la nudité des hommes a déshabillé Pierre aussi. Comme de raison s'il peut déshabiller le maître, pourquoi ne pas déshabiller aussi le plus considéré des apôtres, son capitaine, celui à qui les clefs du royaume des cieux ont été remises? Lire Jean 21, 7. 'Alors le disciple que Jésus aimait (le préféré, selon lui-même) dit à Pierre: 'C'est le Seigneur!' Et Simon Pierre, des qu'il eut entendu que c'était le Seigneur, mit son vêtement et sa ceinture, car il était nu et se jeta dans la mer.'

Lui, Pierre qui ne savait pas nager. Voir Matthieu 14, 30.

Ce sont deux histoires très peu crédibles qui ne se trouvent nulle part ailleurs. Comme je l'ai déjà dit, ce Jean a imité Jean-Baptiste qui a ouvert le chemin à Jésus, ce Jean a ouvert le chemin à Paul, l'esprit qui doit venir, le consolateur. Ce n'est juste qu'une très mauvaise imitation. Voir Jean 14, 16, 14, 26, 15, 26, 16, 7 et 16, 13. Nulle part ailleurs! Dans toute la Bible j'ai trouvé le mot consolateur six fois, une fois dans Job et 5 fois dans ce Jean. Les autres apôtres n'ont pas parlé du consolateur, parce que Jésus n'a jamais dit ces choses. Le consolateur dont ce Jean fait allusion, n'est nul autre que Paul, le diable en personne.

Jésus a tout dit ce qu'il avait à dire à ses apôtres et c'est certain que nous n'avons pas tout ce qu'il a dit et la bête n'aurait pas pu créer toutes ces religions, c'est triste à dire, mais elle n'aurait pas pu le faire sans la parole de Dieu. De la même façon que le diable a séduit et trompé Ève et Adam, il a trompé le monde entier avec l'histoire de Jésus. Seule la bête avait le désir et le pouvoir de faire une telle chose. Lisez Matthieu 24, 4. 'Jésus leur répondit: 'Prenez garde que personne ne vous séduise.'

Jésus avait portant bien averti de ne pas se laisser séduire, mais il est rusé l'ennemi.

Comme de raison la bête sait que sa fin viendra avec la vérité connue dans le monde entier et elle n'est pas pressée pour ça. Elle n'est pas sans savoir ni connaître les écritures et la vérité qui lui fait tellement peur. Elle y croit au point d'assassiner tous ceux qui répandent cette vérité et ses meurtres crapuleux sont en quelques sortes pour elle de la légitime défense pour sa survie. Tuer pour éviter la destruction qui pour elle viendra quand même. C'est ce qu'est sa politique.

Il me faut dire aussi que je suis heureux de participer à sa perte. En tuant les enfants de Dieu, elle ne fait que confirmer son identité.

C'est que voyez-vous? La bête croit en Dieu peut-être même plus que quiconque et elle tremble de peur, comme mon ami Jacques, frère de Jésus l'a dit. Voir Jacques 2, 19. 'Te crois qu'il y a un seul Dieu, tu fais bien, les démons le croient aussi et ils tremblent.'

Ils tremblent de peur que leur fin n'arrive et c'est pour cette raison qu'ils assassinent les disciples de Jésus et les prophètes, ceux qui répandent la vérité si dangereuse pour eux.

CHAPITRE 5

Il y a quelques temps je pensais que l'église catholique et elle seule était la bête, mais après mûre réflexion et un regard très approfondi sur les activités et les pratiques ou politiques des églises protestantes, j'ai dû conclure que même s'ils ont protesté les activités des catholiques, comme prier la vierge et les saints qui n'en sont pas et les confessions à un père qui n'en n'est pas un, eux aussi suivent Paul. En fait, pasteur veut dire la même chose que père, seul le mot a changé. Eux aussi, qui pour la plupart sanctifient le premier jour de la semaine contrairement à la loi de Dieu, aux commandements qui est la raison même pour obtenir la vie éternelle selon Jésus dans Matthieu 19, 17. 'Si tu veux entrer dans la vie, observe les commandements.'

La plupart de ceux qui ont poursuivi Louis Riel, qui l'ont condamné à mourir et qui ont mis sa tête à prix étaient protestants, des chrétiens et ils étaient dans le même bateau que les catholiques.

Selon les informations que j'ai trouvé, les églises Anglicanes, Unies et Catholiques étaient impliquées dans les résidences scolaires de l'Ouest ainsi que le Gouvernement Canadien et elles aussi ont participé à la torture et aux massacres de ces enfants métis et indiens.

Je suis très curieux de savoir combien de leurs parents qui connaissaient la vérité, fruits des efforts de Louis Riel ont aussi été assassinés trahis inconsciemment et bien involontairement par leurs enfants. Il serait très difficile aujourd'hui d'avoir des témoignages de ce que je déclare dans ce livre au sujet de ces massacres, puisque le dernier témoin s'est fait taire, il y a déjà plusieurs générations. Seules les visions que mon Dieu me donne peuvent être questionnées. C'est certain qu'elles seront débattues et critiquées, je n'en ai pas le moindre doute. Jésus nous a dit de ne pas s'inquiéter de ce que nous allions dire. Voir Matthieu 10, 19. 'Ce que vous aurez à dire vous sera donné à l'heure même.'

Lorsque j'ai commencé à écrire ce livre, je n'avais aucune idée de ce que j'allais dire ou plutôt, j'en avais très peu. Je suis rendu à une centaine de pages et je n'ai aucune idée de ce que sera la suite ni où cela se terminera.

Maintenant je vois qu'il est temps pour une autre belle chanson que j'aime beaucoup et qui est une preuve de plus que Dieu me parle.

Dernière Alerte

J'ai une grande nouvelle à vous annoncer
Moi je l'ai trouvé belle, car j'étais préparé.
Elle m'est venue de Celui Qui a tout créé
Ciel et mer et la terre et tous ses abonnés.
'Je vous ai donné Noé pour le démontrer
J'ai inondé la terre pour la nettoyer.
Avec Abram mon enfant Moi J'ai négocié
Il a sauvé des justes de deux villes brûlées.
2
Rappelle-toi de Joseph que J'ai exilé
Puis vendu à des passants et emprisonné
Pour sauver tout Israël mon peuple bien-aimé
D'une famine mortelle qui dura sept années.
Rappelle-toi de Moïse J'ai sauvé des eaux
Pour traverser la crise et beaucoup de fléaux
Il descendit ma Parole du mont Sinaï
À des enfants rebelles tous les jours J'ai nourri.
3
Sagesse de Salomon, force de Samson
Ne peuvent sauver ton âme de brûlants tisons
Et seul Jésus, le sauveur plein de compassion

Il laissa sa demeure on l'a pris pour rançon
J'ai envoyé mon cher fils pour vous informer
Et si vous vous me dites que vous le rejetez
Moi Je vous le dis que Je ne peux rien de plus,
Car J'ai vraiment tout fait, tout pour votre salut.
4
Maint'nant Je n'ai plus de temps, Je n'ai plus de sang,
Car il a été pris de bien trop d'innocents
Des bons amis de Jésus et de ses apôtres
Celui de ses disciples et celui de bien d'autres.
Voici venir la fin de ces tourments enfin
Il est temps de couronner mon fils bien-aimé
Toi seras-tu perdu ou seras-tu sauvé?
Qu'elle est ta destinée pour toute l'éternité?'
J'ai une grande nouvelle à vous annoncer
Moi je l'ai trouvé belle, car j'étais préparé.
Elle m'est venue de Celui Qui a tout créé
Ciel et mer et la terre et tous ses abonnés.
Oui je l'ai trouvé belle cette belle nouvelle
De me savoir sauvé pour toute l'éternité.

C'est une valse pour ceux qui aiment à fredonner. Plusieurs me demande pourquoi je fais ces choses et pourquoi j'écris sur les écritures de la Bible. Une seule réponse me vient souvent en tête, c'est que j'aime mon prochain comme moi-même et je veux qu'il sache toute la vérité que je connais. Alors je partage mes connaissances avec le monde entier si possible. Ce qui m'amène à une autre chanson.

J'aime Mon Prochain Comme Moi-même

Partie chantée
Aimer mon prochain comme moi-même me cause des problèmes.
On ne peut prendre d'une main tendre, allez donc comprendre.

Première partie parlée

Je suis entré dans un restaurant l'autre jour et un gentilhomme me salua.

Je lui ai dit salut aussi en l'invitant à me devancer même si j'étais entré le premier.

Il m'a dit; 'Non, vas-y, moi j'ai toute la journée.'

Alors j'ai dit; je suis sûr que cette jeune femme peut servir deux cafés en même temps.

Elle a donc mis deux tasses de café dans mon cabaret.

J'ai pris l'une d'elles et je lui ai donné.

'Non', il me dit d'un ton furieux.

'Tu ne me dois rien et je ne te dois rien non plus.' Et il a mis deux dollars dans mon cabaret.

J'ai donc pris un dollar que je lui ai remis en pensant: Si tu ne peux pas prendre, c'est que tu ne peux pas donner.

Partie chantée

Aimer mon prochain comme moi-même me cause des problèmes.

On ne peut prendre d'une main tendre, allez donc comprendre.

Deuxième partie parlée

Plus tard au même endroit, une jeune femme que j'aime bien est venue me servir.

Elle travaille sept jours la semaine debout pour joindre les deux bouts.

Elle avait un terrible mal de pieds qui m'a peiné.

J'ai écris quelques notes sur une serviette de papier en y ajoutant quelques billets pour acheter une paire de souliers confortables pour marcher sans peine jusqu'à ma table.

Elle m'a ramené la serviette en me disant qu'elle ne pouvait pas l'accepter.

Et elle s'en est retournée indignée.

Je n'ai pu m'empêcher tristement de penser:

Si tu ne peux pas prendre, c'est que tu ne peux pas donner.

Partie chantée

Aimer mon prochain comme moi-même me cause des problèmes.
On ne peut prendre d'une main tendre, allez donc comprendre.

Troisième partie parlée

Un homme que je connais est venu réparer mon entrée la même journée. Il a fait un très bon travail et je lui ai donné un peu plus qu'il ne s'attendait.

En plus, il m'avait épargné un bon montant.

Il a pris quarante dollars qu'il a voulu me retourner et il m'a dit: 'C'est plus que je n'ai mérité.'

J'ai donc repris vingt dollars de sa mais en lui disant; avec toi je vais partager.

Mais je n'ai pu m'empêcher de penser;
Si tu ne peux pas prendre, c'est que tu ne peux pas donner.

Partie chantée

Aimer mon prochain comme moi-même me cause des problèmes.
On ne peut prendre d'une main tendre, allez donc comprendre.

Quatrième partie parlée

À la fin de cette journée j'étais attristé en pensant à Jésus qui lui a tout laissé pour nous enseigner la parole de Dieu qu'avec nous il a voulu partager.

Chaque minute de chaque jour il a risqué sa vie jusqu'à ce qu'on la prenne. Il a donné beaucoup plus que je ne pourrai jamais donner. En guérissant, en ressuscitant et surtout en ouvrant les yeux des aveugles.

Encore aujourd'hui des milliers le rejettent et ne peuvent pas l'accepter, parce que je pense, ils ne peuvent pas donner.

Cette même journée quelqu'un m'a donné de bon cœur un dollar de plus que je lui avais demandé. Je l'ai gentiment accepté avec honneur, car moi, j'aime à donner.

Partie chantée

Aimer mon prochain comme moi-même me cause des problèmes.

On ne peut prendre d'une main tendre, allez donc comprendre, allez donc comprendre.

J'avais une toute autre chanson que j'appelle spirituelle déjà choisie pour un disque que je m'apprêtais à enregistrer, mais Dieu a fait que toutes ces mésaventures arrivent la même journée parce que, je pense, c'est le message qu'Il voulait passer avec mes autres chansons. Je suis certain que cette chanson va toucher quelqu'un un jour ou l'autre.

L'homme qui est venu réparer mon entrée avait une toute autre idée derrière la tête lorsqu'il m'a offert de venir faire ce travail. C'est pour cette raison qu'il avait un peu honte de prendre mon argent. La vérité est qu'il voulait venir jouer de la musique avec moi.

Lorsque je lui ai fait part de cette chanson, parce qu'il était concerné, il m'a avoué que j'avais raison. Il a fait plusieurs chansons lui aussi, mais presque toutes pour la vierge et c'est pour cette raison que nous n'avons pas pu nous entendre très longtemps. Il a beaucoup d'idoles et moi je n'ai qu'un seul Dieu.

Je n'ai absolument rien contre la mère de Jésus, je veux simplement lui donner juste la place qui lui revient. Lorsque j'ai besoin d'un docteur, je ne vais pas voir sa mère, je vais voir celui qui peut m'aider.

La jeune femme que j'aimais bien, je pense avait probablement cru que je voulais la séduire et qui sait, peut-être le gentilhomme aussi. Il s'est en quelque sorte excusé en sortant juste après son déjeuner.

Des milliers se sont fait prendre par le menteur concernant celle qui était vierge avant de connaître Joseph. Si vous lisez bien attentivement l'histoire vous comprendrez premièrement que Jésus n'était pas en mesure de faire des recommandations à propos de sa mère lorsqu'il était accroché à la croix. Lire Matthieu 27, 55 - 56. 'Il y avait là plusieurs femmes qui regardaient de loin, elles avaient accompagné Jésus depuis la Galilée pour le servir. Parmi elles étaient, Marie de Magdala, Marie, mère de Jacques et de Joseph, et la mère des fils de Zébédée.'

Donc, la mère de Jésus n'était pas près de la croix, selon Matthieu, un apôtre qui a réellement passé du temps avec Jésus et la mère de Jésus.

Maintenant lisez bien Jean 19, 25 - 26. 'Près de la croix de Jésus se tenaient sa mère et la sœur de sa mère, Marie, femme de Clopas et Marie de Magdala. Jésus voyant sa mère et auprès d'elle le disciple qu'il aimait, (comme s'il était le seul à être aimé de Jésus ou encore que Jésus avait un amant) dit à sa mère: 'Femme voilà ton fils.' Puis il dit au disciple: 'Voilà ta mère.' Et, dès ce moment, le disciple la pris chez-lui.'

Ce n'est pas étonnant qu'il y ait autant d'homosexuels dans les rangs du clergé. Je dis que ce Jean est un menteur pour plus d'une raison.

Premièrement, tous ceux qui étaient affiliés à Jésus de près étaient aussi en danger de mort ce jour-là, surtout ses disciples qui ont tous été dispersés comme l'histoire l'a décrit. Voir Matthieu 26, 31. 'Alors Jésus leur dit: 'Je serai pour vous tous, cette nuit, une occasion de chute, car il est écrit: 'Je frapperai le berger et les brebis du troupeau seront dispersées.''

Vous pouvez croire Jésus qui l'a dit et Matthieu qui l'a écrit. Les disciples de Jésus ont tous été dispersés et aucun d'eux n'était près de la croix de Jésus aux alentours de sa mort et cela fut ainsi principalement pour que nous puissions avoir les messages de Jésus aujourd'hui. Ils sont tous tombés, mais je suis sûr qu'ils se sont tous relevés et repentis, puisque Jésus a dit qu'ils seront tous avec lui pour juger les douze tribus d'Israël. C'est écrit dans Matthieu 19, 28.

Deuxièmement, Jésus était trop amoché pour parler aussi longtemps et s'il l'avait fait, il aurait condamné à mort ceux à qui il aurait parlé, ceux qu'il aimait. Ceux qui ont été témoins de la mort de Jésus pour l'avoir vu parmi ses apôtres, s'il y en avait, ils l'ont vu de loin. L'histoire du reniement de Pierre confirme qu'on voulait faire mourir aussi ceux qui suivaient Jésus. Voir Matthieu 26, 69 - 75.

Si Pierre ne l'avait pas fait, il n'aurait pas pu porter les clefs du royaume des cieux très loin, ni très longtemps. Troisièmement, les frères de Jésus vivaient encore, donc sa mère avait de la famille et n'avait aucunement besoin que ce soi-disant disciple, ce Jean la prenne chez lui. On prenait soin de nos parents dans ce temps-là et moi, je crois que la sainte famille pouvait faire ça. On naissait avec nos parents et les parents mouraient avec leurs enfants.

Puis, finalement si Jésus avait vraiment dit ces choses à Jean et à sa mère, Matthieu aurait été au courant de l'histoire et en aurait parlé lui aussi. Cette histoire m'amène à l'histoire des deux larrons, une autre histoire à deux versions qui se contredisent l'une l'autre.

Dans Luc 23, 43, Jésus aurait dit: 'Aujourd'hui même tu seras avec moi au paradis.'

Dans Matthieu, les deux larrons insultaient Jésus. Voir Matthieu 27, 44. 'Les brigands crucifiés avec lui, l'insultaient de la même manière.'

Lorsque je me rappelle mes jeunes années d'école, je me souviens qu'on nous demandait d'analyser les mots et les phrases. Je crois que je n'ai pas tout oublié.

Comment peut-on croire cette histoire qui est écrit dans Luc, alors qu'il est écrit ailleurs dans le Nouveau Testament, que Jésus n'était pas encore retourné vers son Père et que cela s'est produit seulement quarante jours après sa mort ou sa résurrection? Voir Jean 20, 17. 'Jésus lui dit: 'Ne me touche pas; car je ne suis pas encore monté vers mon Père.'

Maintenant, si j'essaye de récapituler tout ça, J'obtiens un beau mélange de bouillie pour les chats.

Matthieu 27, 44, 'Les deux brigands l'insultaient.'

Luc 23, 43, 'Un brigand repenti et sera avec Jésus le même jour au paradis.'

Jean 20, 17. On ne peut pas toucher à Jésus, parce qu'il n'est pas encore monté chez son Père et cela quatre jours plus tard.

Jean 20, 27. Jésus aurait dit à Thomas de le toucher dans ses plaies, mais Jésus n'était pas encore monté vers son Père.

Si je comprends bien ici, c'est que les saintes femmes qui ont suivi Jésus tout au long de son ministère ne pouvaient pas toucher à Jésus avant qu'il aille vers son Père, mais un disciple qui ne croyait pas à sa résurrection, lui, il le pouvait.

Jésus nous a dit que nous reconnaîtrions l'arbre à ses fruits, le menteur à ses mensonges, mais au risque de me répéter, je ne crois pas que ce Jean de l'évangile de Jean soit le Jean de Jésus, mais plutôt le Jean de Paul, c'est-à-dire un imposteur et un menteur.

Luc aussi était un grand ami de Paul. Je crois aussi que Marc était le Marc de Paul. Vous voilà avertis, à vous de faire attention quand vous lisez. Au-delà de quatre-vingt-dix pour cent du Nouveau Testament est de Paul et compagnie. L'ivraie parmi le blé. Le sans loi s'est infiltré dans les écritures, exactement là où il pouvait faire le plus de mal, le plus de dégâts et il n'a pas manqué son coup. La meilleure description de Paul, selon moi, me vient de Daniel ainsi que plusieurs autres messages important. Voir Daniel 11, 37. 'Il n'aura égard ni aux dieux de ses pères, ni à la divinité qui fait les délices des femmes, il n'aura égard à aucun dieux, car il se glorifiera au-dessus de tous.'

On peut certainement dire que Paul ne faisait pas le délice des femmes, lorsqu'il dit qu'elles doivent se taire dans les assemblées. Cela prouve aussi qu'il les connaissait très mal. On a vu également que Paul n'avait pas trop d'égard pour le juge dont il a dû faire face à son procès. Voir Actes 23, 3.

La fin viendra lorsque mon livre ou la vérité, les messages de Jésus seront connus à la grandeur du monde et la bête le sait très bien, c'est pourquoi elle fera tout en son pouvoir pour détruire cette œuvre qu'est ce livre. C'est certain que plusieurs personnes qui aiment Dieu voudront la détruire aussi, surtout avant d'avoir compris qu'elles ont été séduites par le menteur.

Je leur demande donc d'y penser à quelques reprises avant de détruire peut-être la seule chance qu'elles auront de recouvrir la vue. Personnellement, je ne connais personne autre au monde qui a osé écrire de la sorte et lorsque je ne serai plus là, je ne pourrai plus le faire, puis, je ne voudrais pas que la vérité ne s'éteigne en même temps que moi. La vérité est une pierre précieuse, une perle rare qu'on ne trouve sûrement pas trop souvent dans la vie.

Il est certain que ceux qui suivent les églises n'ont rien à craindre de la bête, mais ils ont tout à craindre de Dieu. La dernière personne avec qui j'ai discuté ne voulait pas croire que Jésus était contre les religions, alors je vais exposer plusieurs passages qui le prouvent.

Un dont j'ai déjà parlé est de ne pas appeler personne sur terre père, Rabbi ou maître, ni même directeur. C'est dans Matthieu 23, 8 -10.

Quand Jésus a donné ses instructions, il a dit que ses disciples seront battus de verges dans les synagogues, dans les églises. C'est écrit dans Matthieu 10, 17. Je sais aussi que je n'y serais pas trop bienvenu dans les églises Chrétiennes. On ne me permettrait pas de prêcher contre leurs politiques.

Il a dit de plutôt aller dans des maisons où les personnes sont dignes de nous recevoir. Ça, ce n'est pas dans les églises non plus. C'est écrit dans Matthieu 10, 11.

Il a dit que les scribes et les pharisiens, chefs d'église sont hypocrites et qu'ils ferment aux hommes le royaume des cieux. C'est écrit dans Matthieu 23, 13.

Il a dit que ces hypocrites dévoraient les maisons des veuves et qu'ils faisaient en apparences de vaines et de longues prières. C'est écrit dans Matthieu 23, 14.

Il a dit que ces hypocrites parcouraient la terre et la mer pour en faire des fidèles et lorsqu'ils en sont devenus, ils deviennent des fils de l'enfer encore pire qu'eux. C'est écrit dans Matthieu 23, 15.

Il a répété à plusieurs reprises que ces chefs d'églises étaient des aveugles. Matthieu 23, 16 - 22.

Il a dit plus tôt que ce sont des aveugles qui conduisent d'autres aveugles. C'est écrit dans Matthieu 15, 14.

Il a dit qu'ils négligent ce qui est le plus important dans la loi, la justice, la miséricorde et la charité. C'est écrit dans Matthieu 23, 23.

Il a dit qu'ils avaient l'air propre au dehors, mais qu'en dedans ils étaient pleins de rapine, d'ossements de morts (meurtriers) et de toutes sortes d'impuretés, qu'ils paraissaient justes aux hommes, mais qu'au dedans, ils étaient pleins d'hypocrisie et d'iniquité, Homosexualité, pédophilie. C'est écrit dans Matthieu 23, 28.

Il a dit que ce sont eux qui tuent les disciples et les prophètes de Dieu. C'est écrit dans Matthieu 23, 30 - 31. Est-ce que je suis désordonné en disant les mêmes choses que Jésus?

Il a dit qu'ils étaient des serpents, race de vipères et il leur demande comment ils pourraient échapper au châtiment de l'enfer. C 'est écrit dans Matthieu 23, 33.

Il a dit qu'ils tuent et crucifient les prophètes, les sages et les scribes et battent de verges d'autres dans leurs églises et les persécutent de ville en ville. C'est écrit dans Matthieu 23, 34.

Il a dit de ne pas prendre d'argent dans nos ceintures, que les ouvriers méritent leur salaire, c'est écrit dans Matthieu 10, 9.

Il a dit que nous serions persécutés lorsque nous parlerons de la parole de Dieu et combien, combien de personnes comme Louis Riel furent assassinées à cause d'elle?

Jésus a répété encore et encore que les chefs d'église étaient des hypocrites et des aveugles. Ce n'est pas pour racheter les péchés du monde qu'ils l'ont tué, mais bien parce qu'il se disait fils de Dieu et qu'il leur a dit ses quatre volontés. Voir Jean 19, 7. 'Selon notre loi, il doit mourir, parce qu'il s'est fait fils de Dieu.'

Jean-Baptiste a aussi été tué pour avoir dit la vérité.

Moi je la dis aussi, mais surtout je l'écris, sachant très bien que les paroles meurent et que les écrits demeurent, du moins c'est ce que dit le dicton. Je pense que Dieu fera en sorte que ceux qu'Il veut sauver auront la chance de lire et de comprendre ce qui est écrit, en ce qui concerne la vérité et qu'ils auront aussi assez de prudence et de simplicité pour demeurer en vie assez longtemps pour en instruire d'autres!

Avec l'Internet et la télévision aujourd'hui les nouvelles se répandent presque à la vitesse de la lumière et les controverses encore plus vite que le reste. J'espère juste ne plus être le seul à la faire connaître cette vérité une fois que ce livre sera sorti, mais ma plus grande espérance serait que je puisse faire des disciples dans toutes les nations comme Jésus me l'a demandé et qu'il y en ait assez pour que la vérité ne soit plus jamais étouffée comme elle l'a déjà été.

Tous ceux qui aiment vraiment Dieu de tout leur cœur, leur âme et pensée finiront sûrement par comprendre que ce que je dis n'est rien d'autre que la vérité qui peut être aussi vérifiée, si seulement on veut s'en donner la peine. Exception faite quelques détails peut-être comme mes visions et mes rêves! Mais je peux vous assurer que la bête va se déchaîner en apprenant la nouvelle jusqu'à ce qu'elle soit enchaînée pour mille ans. Cependant elle aura le temps de faire encore beaucoup de mal, surtout aux disciples de Jésus, les élus de Dieu et c'est à cause d'eux que ce temps sera abrégé. Vous pouvez lire cela dans Matthieu 24, 22.

Peut-on seulement s'imaginer des temps et des événements pires que la dernière guerre mondiale?

Ce n'est pas pour rien que Jésus a dit de ne pas nous retourner pour prendre notre manteau. Ceux qui ne l'accepteront pas (la parole de Dieu) seront invités à prendre la marque de la bête. Ils feront alors face au châtiment éternel qui est des milliers de fois pires que l'attente de la mort physique et les souffrances du corps humain, c'est-à-dire les tortures. Soyez prêts à mourir pour vivre plutôt que de vivre pour mourir. Jésus nous l'a dit et vous pouvez le lire dans Matthieu 10, 39 et Matthieu 16, 25. 'Car celui qui voudra sauver sa vie la perdra, mais celui qui la perdra à cause de moi (la parole de Dieu) la retrouvera.'

Laissez-moi traduire ce dernier passage complètement. Car celui qui voudra sauver sa vie en reniant la parole de Dieu perdra sa vie éternelle et celui qui perdra sa vie corporelle pour l'amour de la parole de Dieu retrouvera la vie éternelle.

Ne pleurez surtout pas la mort de Louis Riel, car il a retrouvé sa vie, parole de Jésus et lui vous pouvez lui faire confiance. Je suis sûr que son sort est plus agréable que celui de ceux qui l'ont fait mourir. Je suis sûr qu'il est assis à la même table que Jésus.

Voir Matthieu 8, 11. 'Or, je vous déclare que plusieurs viendront de l'orient et de l'occident et seront à table avec Abraham, Isaac et Jacob dans le royaume des cieux.'

Nous pouvons prendre exemple de Jésus, de Louis Riel et aussi des Juifs qui ont été amenés aux chambres à gaz durant la guerre 1939 à 1945. Voir encore Ésaïe 53, 7. 'Il a été maltraité et opprimé et il n'a pas ouvert la bouche, semblable à un agneau qu'on mène à la boucherie, à une brebis muette devant ceux qui la tondent, il n'a point ouvert la bouche.'

Le peuple de Dieu, qui est aussi le fils de Dieu a été amené aux chambres à gaz sans dire un mot plus haut que l'autre, comme s'il savait que cela ne servait à rien de faire plaisir aux fils du diable. Voir Osée 11, 1. 'Quand Israël était jeune Je L'aimais et J'appelai mon fils hors d'Égypte.' Voir aussi Matthieu 2, 15.

À noter ici qu'il a été dit que Jésus est semblable à un agneau qu'on mène à la boucherie et non pas l'agneau de Dieu qui enlève les péchés du monde.

Les Chrétiens dans leur zèle pour la bête ont fait de Jésus, fils de Dieu, qu'ils disent être Dieu un animal, un agneau. Quelle considération pour le Sauveur!

Quand le temps sera venu pour vous, mes frères et sœurs en Jésus-Christ, le conseil que je vous donne est aussi de ne pas ouvrir la bouche. Je ne parle pas ici des chances que vous aurez de témoigner la vérité devant les tribunaux ou des ministres quelconques, mais bien quand tout sera sens dessus dessous et que votre sort corporel sera sans issue. Voir Matthieu 10, 18 - 20. 'Vous serez menés, à cause de moi, (la parole de Dieu) devant des gouverneurs et devant des rois, pour servir de témoignage à eux et aux païens. Mais quand on vous livrera, ne vous inquiétez pas de la manière dont vous parlerez ni de ce que vous direz; ce que vous aurez à dire vous sera donné à l'heure même; car ce ne sera pas vous qui parlerez, c'est l'Esprit de votre Père qui parlera pour vous.'

Ceci est une autre preuve que Dieu le Père parle à ses enfants. Cela ne devrait pas vous surprendre, tout ce que j'écris dans ce livre.

C'est aussi l'Esprit de mon Père qui m'a inspiré ce livre. Ceux donc qui le rejetteront, rejetteront la vérité et rejetteront le Père. Il sera bon pour vous, Chrétiens du monde entier de vous souvenir de ce que Jésus a dit à Pierre, ce qui est écrit dans Matthieu 18, 18 et Matthieu 16, 19. 'Je vous le dis en vérité, tous ce que vous lierez sur la terre sera lié dans le ciel et tout ce que vous délierez sur la terre sera délié dans le ciel.'

Ne faites pas trop de grimaces aux disciples de Jésus. Je vous conseille donc de vous lier d'amitié avec eux (les disciples) et d'apprendre ce qu'ils ont à dire pour votre bien personnel et votre salut.

Si au contraire vous les dénoncez, votre vie ne vaut même pas la peine d'être vécue, vous êtes comme Judas qui a trahi Jésus et auquel il a été dit qu'il aurait mieux valu pour cet homme qu'il ne soit pas né. Voir Matthieu 26, 24. 'Mieux vaudrait pour cet homme qu'il ne fût pas né.'

Cela serait bien triste, mais c'est comme ça.

C'est sûr que cela est choquant d'apprendre qu'on s'est fait mentir, mais c'est encore pire de continuer dans le mensonge après avoir découvert la vérité, parce qu'alors vous n'aurez plus d'excuse.

Si seulement vous pouviez comprendre et connaître la joie de vivre dans le royaume des cieux, vous ne voudriez pas perdre une seule seconde à hésiter. J'ai ici une autre preuve que le royaume des cieux est bel et bien ici sur terre. Regardez vous-mêmes dans Matthieu 11, 12. 'Depuis le temps de Jean-Baptiste jusqu'à présent, le royaume des cieux est forcé et ce sont les violents qui s'en emparent.'

Croyez-le ou non, les violents ne pourront pas s'emparer du royaume de Dieu. Regardez aussi dans Matthieu 12, 28. 'Le royaume de Dieu est donc venu vers vous.'

Vous direz peut-être; 'Comment se fait-t-il que je connais toutes ces choses?' La réponse est dans Matthieu 13, 11. 'Jésus leur répondit: 'Parce qu'il vous a été donné de connaître les mystères du royaume des cieux et que cela ne leur a pas été donné.'

Et voilà, plusieurs mystères ne sont plus des mystères pour moi. Il y a un autre mystère que j'ai élucidé sans trop chercher. C'est celui où Jésus a dit à un de ses disciples de laisser les mort ensevelir les morts et de le suivre. Voir Matthieu 8, 21 - 22. 'Un autre, d'entre les disciples, lui dit: 'Seigneur, permets-moi d'aller d'abord ensevelir mon père.' Mais Jésus lui répondit: 'Suis-moi et laisse les morts ensevelir les morts.''

Qu'est ce que vous avez retiré de ce message? Je vais vous laisser le temps de travailler vos manèges un petit peu et je vous dirai un peu plus tard ce que moi j'ai trouvé.

Vous trouverez mes réponses quelques pages plus loin.

Dieu m'a parlé et j'en ai fait plusieurs chansons dont celle-ci:

Tu M'as Parlé Mon Dieu

Tu m'as parlé mon Dieu du royaume des cieux
Tu m'as dit que l'amour nous vient de Toi toujours
T'as fait de belles choses, je veux plaider ta cause
Tu m'as émerveillé pour Toi je veux chanter

C'est Toi qui es le Père du ciel et de la terre
Tu connais les secrets de la terre, de la mer
On veut s'approprier ce que tu as créé
Toi seul peut contrôler tout dans la voie lactée.

Toi seul peut tout changer nos cœurs et nos pensées
Que dois-je faire pour Toi, pour Toi qui est mon Roi?
Tu m'as donné la foi, vraiment je crois en Toi
Telle est ma destinée, pour Toi je vais chanter

C'est Toi qui es le Père du ciel et de la terre
Tu connais les secrets de la terre, de la mer
On veut s'approprier ce que tu as créé
Toi seul peut contrôler tout dans la voie lactée.

Tu m'as montré mon Dieu la vie n'est pas qu'un jeu
Partout des gens abusent d'autres qui s'en amusent,
Tout est à la dérive c'est la fin qui arrive
Mais moi je veux chanter toute l'éternité.

C'est Toi qui es le Père du ciel et de la terre
Tu connais les secrets de la terre, de la mer
On veut s'approprier ce que tu as créé
Toi seul peut contrôler tout dans la voie lactée.
Toi seul peut contrôler tout dans la voie lactée.

Lorsqu'on fait attention à ce qu'on lit et qu'on cherche comme Jésus nous l'a dit, puisque la vérité et bien cachée parmi les mensonges, on trouve un tas de choses intéressantes. On s'aperçoit d'abord que l'ivraie, le mensonge y est en grande quantité. Ai-je besoin de vous dire que le Nouveau Testament est de Paul à 90 - 95 pour cent? Vous pouvez vérifier vous-mêmes. Laissez-moi vous dire que Luc, Marc et Jean sont des disciples de Paul. Que la plupart des écrits qui sont supposés être de Pierre sont également de Paul! Que 99 % des Actes des apôtres sont de Paul! Que tout ce qui est du début de Romains jusqu'à la fin d'Hébreux est de Paul, à quelques exceptions près et qu'Apocalypse vient du Jean de Paul et de ses sept églises, si ce n'est pas de Paul!

Cela fait beaucoup d'ivraie et très peu de blé. Beaucoup de mensonges et très peu de vérité! Ce n'est pas pour rien que Jésus nous a dit de chercher, il savait très bien qu'on nous cacherait la vérité. Matthieu 7, 7. 'Demandez et l'on vous donnera, cherchez et vous trouverez, frappez et l'on vous ouvrira.'

Il nous a dit aussi; voir Matthieu 12, 33, qu'on reconnaîtra l'arbre à ses fruits. Ça non plus ce n'est pas pour rien.

Lorsqu'on a trouvé un paquet de choses, un paquet de contradictions, de choses qui sont contraires à l'enseignement de Jésus, contraires ou opposées à la loi de Dieu, nous savons à qui nous avons affaire. Jésus m'a aussi dit que c'était le diable. Voir Matthieu 13, 39. 'L'ennemi qui l'a semé, c'est le diable.'

J'ai trouvé plus de 500 mauvais fruits dans le Nouveau Testament et croyez-moi, ils ne sont pas de Jésus ni de l'un de ses disciples. La plupart des mensonges et des contradictions dont j'ai trouvé sont exposés dans mon deuxième livre que j'ai intitulé: Le Vrai Visage De L'antéchrist. Il y a dans ce livre assez d'informations pour vous donner assez de connaissances pour vous causer d'être poursuivis par la bête et même la mort.

Il y a beaucoup plus dans ce livre que la plupart des gens peuvent assimiler en un seul coup. Surtout pour ceux, spécialement qui croient dur comme fer à leur religion, à leurs prédicateurs et que la Bible nous révèle que la vérité.

Il y a une chose que Louis Riel avait et que je n'ai pas et ça, c'est un peuple qui était prêt à se battre pour lui. Je me sens très seul au monde, mais je suis avec Dieu et j'espère qu'Il m'enverra ses anges à temps pour me protéger.

S'il y a d'autres disciples je n'en ai pas entendu parler. C'est sûr qu'il ne m'arrivera rien que Dieu n'ait Lui-même permis. Voir Matthieu 10, 30. 'Et même les cheveux de votre tête sont tous comptés.'

Je peux vous dire que Dieu a passé beaucoup de temps au-dessus de la mienne, puisque j'en ai perdu plusieurs. Une chose est certaine, c'est que moi, je n'aurais pas pu les compter tous ni changer leur couleur sans un produit quelconque, ni compter les grains de sable de la mer dont mes bénédictions en sont presque aussi nombreuses et que je ne les connais pas toutes. Je ne suis pas sûr de pouvoir rencontrer un autre disciple, mais j'espère de tout cœur pouvoir le faire un jour de mon passage sur terre. Je sais que j'en rencontrerai plusieurs qui prétendent l'être.

Il a été dit par, je ne sais trop qui qu'une nouvelle Bible sera écrite avant la fin du monde, mais soyez sûr d'une chose, ce n'est pas les mensonges qui disparaîtront, mais les vérités que je vous ai mentionné, comme; 'N'appelez personne sur terre votre père.' Et Matthieu 5, 17 - 18.

Je pense qu'on va faire disparaître Matthieu au complet, puisqu'il comprend 90 % de la vérité du Nouveau Testament.

J'aimerais vous donner un exemple de ce que je dis. Prenez Jean 13, 4. Jésus se leva de table et enleva <u>ses</u> vêtements pour se retrouver complètement nu devant ses apôtres. Il n'avait qu'une tunique et une couche ou, si vous aimez mieux, un sous-vêtement. Dans les nouvelles Bibles il aurait enlevé son <u>vêtement extérieur</u>, mais lorsqu'il se serait rhabillé, il aurait remis <u>ses vêtements</u>, ce que nous pouvons lire dans Jean 13, 12.

Ce n'est qu'un petit détail, mais il montre bien qu'on puisse changer les écritures quand on y trouve des choses qui ne nous plaisent plus. Le responsable du changement n'a pas été assez brillant pour changer ce détail aux deux endroits. Cela a du déplaire aux disciples de Paul de ne plus pouvoir déshabiller Jésus comme ils l'entendent.

Personnellement, je ne crois pas à cette histoire le moins du monde. Je ne crois pas non plus à l'histoire de l'eau changée en vin dans Jean 2, 1 - 12. Jésus, le fils de Dieu qu'on dit Dieu aurait changé de cent vingt à cent quatre-vingt gallons d'eau en bon vin pour un groupe de personnes qui étaient déjà enivrés. En plus, Jésus qui était doux et humble de cœur aurait pratiquement dit à sa mère de se mêler de ses affaires. Jean 2, 4. En plus la mère de Jésus ne pouvait pas savoir que Jésus pouvait faire des miracles, puisqu'il n'en avait pas encore fait.

Aujourd'hui même, le 9 août 2010, j'en ai trouvé une autre un peu ridicule. Elle se trouve dans Luc 21, 16 - 19. 'Vous serez livrés même par vos parents, par vos frères, par vos proches et par vos amis et ils feront mourir plusieurs d'entre vous. Vous serez haïs de tous à cause de mon nom. Mais il ne se perdra pas un cheveu de votre tête.'

Ceci est très différent d'avoir ses cheveux tous comptés. Jean-Baptiste qui a eu la tête coupée, s'est-il soucié de perdre ses cheveux? Cette histoire de cheveu est totalement hors de contexte ici. Allez donc dire à quelqu'un qu'il va mourir pour voir s'il va s'inquiéter de ses cheveux.

Pour revenir sur; 'Laissez les morts ensevelir les morts,' voici ce que moi j'en ai déduit.

C'est sûr que les morts ne sortent pas de leur tombe pour faire ce travail, mais c'est probablement ce que les gens d'églises font de mieux, des morts qui enterrent les morts.

Laisse les morts ensevelir les morts = laisse les pêcheurs enterrer les cadavres. 'Toi suis-moi.' Veut dire que Jésus avait besoin de lui. Cela veut dire qu'il était un disciple qui n'avait pas péché. Cela voulait dire aussi que cela pressait plus que l'enterrement de son père et que c'était plus important. Cela voulait dire aussi que Jésus ne pouvait plus rien pour un mort.

Je suis persuadé aussi que Louis Riel avait trouvé beaucoup de ces choses, mais il n'avait pas la chance dans son temps de pouvoir les publier à la vitesse de l'éclair comme nous pouvons le faire aujourd'hui et encore là, j'aurai beaucoup de chance si je peux le faire avant que la bête ne détruise tout mon travail. En plus, moi j'ai eu la chance de découvrir son histoire, (Louis Riel) ce qui fut pour moi un très bon avertissement pour venir renforcer les messages de Jésus en ce qui concerne la prudence.

Cela me permet d'écrire plusieurs page avant qu'ils puissent me trouver. Il a dit une phrase en cour lors de son procès qui m'a beaucoup aidé. Il a dit: 'Tant de choses à dire et si peu de temps pour le faire.'

En me restreignant dans mes efforts pour convaincre les gens de regarder pour la vérité, cela m'a permis d'obtenir assez de temps pour écrire plusieurs livres et je suis sûr que lorsque le temps sera venu, Dieu permettra qu'ils soient publiés et répandus à la grandeur du monde.

Alors et seulement à ce moment-là, lorsque toutes les nations seront au courant viendra la fin du règne du diable, la fin du règne de la bête. Voir Matthieu 24, 14. 'Cette bonne nouvelle du royaume sera prêchée dans le monde entier pour servir de témoignage à toutes les nations. Alors viendra la fin.'

Moi je ne fais que de lancer ce mouvement de nouveauté, ce mouvement de fraîcheur, mais j'aurai besoin de milliers d'autres disciples pour le compléter et j'espère qu'ils répondront à l'appelle.

C'est sûr que la bête n'est pas pressée que ce jour arrive et elle fait tout en son pouvoir pour que cela ne vienne pas trop vite. Qui est-ce qui a intérêt à ce que la vérité ne se répande pas trop rapidement et partout dans le monde? Avez-vous deviné que ce sont toutes les religions du monde avec leur commerce satanique.

Je n'ai jamais entendu parler d'un prédicateur qui prêche le royaume des cieux comme je le fais, à part Jésus bien entendu et je suis à ma pension. C'est donc dire que je suis peut-être le premier depuis des années à le faire. Comme qui dirait, j'ai du pain sur la planche. J'espère juste pouvoir faire la multiplication des pains comme Jésus l'a fait. La seule façon que cela peut se faire est que ce livre et tous mes autres livres puissent tomber dans des oreilles de ceux qui peuvent aimer Dieu de tout leur cœur, âme et pensée.

Une chose est certaine, c'est que je serai totalement impuissant à contrôler la destiné de mes livres lorsqu'ils ne seront plus entre mes mains. Moi je souhaite juste que mes livres traversent la terre comme un ouragan et qu'ils laissent des traces partout sur leur passage et ça, ce n'est pas pour l'argent qu'ils pourraient me rapporter, mais afin d'instruire toutes les nations de ce qui les attend. Je sais que la bête va faire ce que Jacques, le frère de Jésus a dit dans Jacques 2, 19. 'Tu crois qu'il y a un seul Dieu, tu fais bien. Les démons y croient aussi et ils tremblent.'

Ils vont tuer les disciples de Jésus en tremblant dans l'espoir d'étirer leur temps sur terre, mais cette fois cela sera bien en vain, puisqu'il est écrit que viendra la fin pour eux.

Quand Jésus a dit juste avant son départ qu'il sera avec nous jusqu'à la fin des âges, il savait que malgré tous ses efforts la bête ne réussirait pas à éliminer toute la parole de Dieu. Elle ne l'a pas éliminé, mais elle a fait comme le serpent dans le jardin d'Éden, elle en a twisté le sens pour tromper. C'est ce que le diable fait depuis qu'il existe. Genèse 3, 1 - 5. Dieu a dit une chose, mais le diable a manipulé la vérité pour faire tomber nos premiers parents. Dieu a dit que la loi ne disparaîtra jamais et Jésus a dit qu'il n'en disparaîtra pas un seul trait de lettre, mais le diable lui a dit que la loi n'existe plus et que nous ne sommes plus sous la loi, mais que nous sommes sous la grâce par la foi. Puis ils disent qu'ils ont tous péché, quelle grâce!

La méthode du diable est toujours la même, ce qui devrait en principe nous mettre en garde contre lui, mais hélas trop de personnes n'ont pas pris au sérieux les détails qui nous semblent pourtant très simples. Laissez-moi vous rappeler ce qui s'est passé dans le jardin d'Éden.

Dieu a dit à Adam et Ève que s'ils touchaient ou mangeaient du fruit de l'arbre défendu ils mouraient sûrement. Qu'a fait le diable? Il leur a dit qu'ils ne mourraient pas, mais que leurs yeux allaient s'ouvrir et qu'ils seraient comme Dieu et qu'ils connaîtraient le bien et le mal. C'est exactement la même chose qui s'est passée avec la loi de Dieu. Seulement, si vous êtes rendu à lire ces lignes, vous savez où le diable a déposé son venin.

Ne croyez surtout pas que je suis né avec toutes ces informations. Je me suis fait prendre moi aussi pour un temps, mais je remercie Dieu de tout cœur de m'avoir ouvert les yeux et de m'avoir offert ce travail gigantesque qui est d'ouvrir les yeux du reste du monde, ce que je ne peux pas faire tout seul. La bête va probablement écourter ma vie et m'expédier dans l'autre monde où je trouverai Jésus, Abraham, Isaac, Jacob, Louis Riel et beaucoup d'autres.

Je voudrais préciser ou éclaircir ce qui est écrit dans Matthieu 10, 39. 'Celui qui conservera sa vie la perdra et celui qui perdra sa vie à cause de moi la retrouvera.'

Si je précise la pensée de Jésus, je dirais que lorsque la bête vous demandera de quel côté vous êtes, du côté de Jésus ou du côté de la religion? Si vous dites du côté de la religion afin de sauver votre vie, vous serez perdu et si vous perdez votre vie en disant du côté de Jésus, alors vous vivrez pour l'éternité et vous me rejoindrez à la même table de Jésus pour célébrer notre victoire.

La même chose est écrit dans Matthieu 16, 25. Dans Marc 8, 35, il y a une petite déviation. Il est écrit que celui qui perdra sa vie à cause de Jésus la sauvera. Cela est faut, celui qui perdra sa vie l'a perdu, mais il retrouvera la vie éternelle et non pas sa vie terrestre. C'est un petit détail, mais une énorme différence.

Dans Luc 9, 24, il est dit la même chose que dans Marc 8, 25. 'Celui qui voudra sauver sa vie la perdra, mais celui qui la perdra à cause de moi la sauvera.'

Comme de raison, c'est faut là aussi. Il y a une grande différence entre retrouver sa vie et la sauver. Il n'y a pas de mal a vouloir sauver sa vie, Pierre l'a fait et Jésus aussi en fuyant ceux qui voulaient les faire mourir. Jésus l'a fait presque continuellement durant la durée de son ministère.

Dans Luc 17, 33, c'est encore un peu différent. 'Celui qui cherchera à sauver sa vie la perdra et celui qui la perdra la retrouvera.'

Encore là, il n'y a rien de mal à chercher à sauver sa vie, ce qui est mal, c'est de renier la parole de Dieu et si on le fait pour sauver sa vie, c'est de la lâcheté. Moi j'ai prié pour que Dieu me donne la force d'être fort le jour où cela pourrait se produire.

Si Pierre qui a les clefs du royaume des cieux a eu peur de mourir lorsqu'il a renié Jésus, ne pensez pas être beaucoup mieux que lui ni plus fort. Cependant dans le cas de Pierre, cela était des plus nécessaire et c'est Dieu qui l'a permis ainsi pour que nous puissions tous avoir sa parole.

Comme je l'ai déjà dit, si les apôtres n'avaient pas tous fuis ce jour-là, nous n'aurions pas la parole de Dieu aujourd'hui, sinon très peu ou encore, Dieu aurait dû susciter un autre prophète comme Moise et Jésus. Voir Deutéronome 18, 18. Voir aussi Ésaïe 53.

Le pire à ce sujet est écrit dans Jean 12, 25. 'Celui qui aime sa vie la perdra et celui qui hait sa vie dans ce monde la conservera pour la vie éternelle.'

Voir si aimer sa vie est quelque chose de mal et que de la haïr est une façon d'obtenir la vie éternelle. Je ne sais pas où ce Jean a pris ses informations, mais je trouve que la vérité ici est pas mal tordue. Pour commencer le mot haïr ne devrait pas se tenir dans la bouche d'un disciple de Jésus a part peut-être pour parler du péché, du mal en général et de l'injustice. N'oubliez pas Genèse 3.

Je vous souhaite la meilleure chance du monde et surtout la force de résister au mal, de résister à la bête et surtout de ne pas avoir peur d'être délivré du mal de ce monde.

Je voudrais cependant y ajouter une lettre que j'ai intitulé: Si vous Saviez? Lettre d'un disciple de Jésus au monde entier. Je donne donc ma permission personnelle à tous ceux et celles qui veulent faire de cette lettre une bonne action en vu uniquement de faire connaître la vérité, d'en faire autant de copies qu'ils leur en semble nécessaire. Jacques Prince.

Si vous saviez?

Ce n'est pas facile de savoir où commencer, puisqu'il y a des centaines de mensonges et de contradictions à l'intérieur même des écritures, pour ceux qui veulent les voir bien entendu. Je ferai donc de mon mieux pour étaler quelques-uns de ceux qui sont susceptibles de vous toucher ou encore de vous ouvrir les yeux, ce que Jésus aimait bien faire.

Jésus a dit dans Matthieu 13, 25; 'Pendant que les gens dormaient, son ennemi (et il le dit que c'est le diable), est venu et a semé le mensonge qui s'est mêlé à la vérité que lui-même est venu nous annoncer.'

Ils sont là ces mensonges et je suis sûr que vous les verrez vous aussi si seulement vous vous donnez la peine de regarder. Peu importe ce que moi je dis, mais lui Jésus, écourtez-le comme Dieu l'a demandé. Voir Matthieu 17, 5.

Il y en a de ces mensonges de très grands et de très flagrants.

Prenez par exemple Jean 3, 16. Il est dit que Dieu a tant aimé le monde, alors qu'Il demande à ses disciples de se retirer du monde, de ne pas vivre dans le monde. Il nous dit ni plus ni moins que le monde est le chemin de la perdition. Je sais que le monde est le royaume du diable et la preuve est écrite dans Matthieu 4, 8 - 9.

Il est dit que Dieu a sacrifié son fils unique, ce qui laisse sous-entendre que Jésus est son premier-né alors qu'il est aussi écrit dans Luc 3, 38 qu'Adam est aussi premier fils de Dieu. Et finalement il est écrit que Jésus est fils unique de Dieu, alors qu'Adam est aussi fils de Dieu. Ça fait beaucoup de bagage dans un seul verset.

Maintenant il est écrit dans Genèse 6, 2 et je cite: 'Les fils de Dieu virent que les filles des hommes étaient belles et ils en prirent pour femmes parmi toutes celles qu'ils choisirent.'

Ce qui fait qu'il est dit ici que Dieu avait d'autres fils. Regardez aussi dans Deutéronome 32, 19: 'L'Éternel l'a vu et il a été irrité, indigné contre ses fils et ses filles.'

Eux et elles, ce n'était certainement pas Jésus.

Alors selon tous ces écrits, il n'est pas vrai que Jésus est fils unique de Dieu. Selon les croyances chrétiennes je serais même le frère de Dieu, puisqu'ils disent que Jésus est Dieu fait homme et ce même Jésus a dit: 'Que celui qui fait la volonté de son Père qui est dans les cieux, celui-là est son frère, sa sœur et sa mère.' Voir Matthieu 12, 50.

Rappelez-vous le Minuit Chrétien: 'Où l'Homme-Dieu descendit jusqu'à nous.'

Mais revenons à Jean 3, 16. Il est dit que Dieu a sacrifié son premier-né, puisqu'il est dit qu'il est fils unique. Lisez donc 2 Rois 16, 3: 'Et même il fit passer par le feu, suivant les abominations des nations que l'Éternel avait chassées devant les enfants d'Israël.'

Dieu aurait chassé des nations complètes devant les enfants d'Israël, parce qu'ils sacrifiaient leurs premiers-nés en disant que c'est une abomination et Il aurait fait la même chose? Et pourquoi? Pour sauver les enfants du diable, c'est-à-dire, les pécheurs. Voir 1 Jean 3, 6 - 10.

Je vous dirai que Dieu a suscité un prophète comme Moïse pour annoncer aux nations sa parole, la façon d'être sauvé c'est la repentance, ce qui veut dire, tournez-vous vers Dieu. Voir Deutéronome 18, 18. 'Je leur susciterai du milieu de leurs frères un prophète comme toi, (Moïse) Je mettrai mes paroles dans sa bouche, et il leur dira tout ce que Je lui commanderai.'

C'EST CE QUE JÉSUS A FAIT.

Ça, c'est la vérité que vous la croyez ou pas. Jésus est venu pour nous annoncer la bonne nouvelle, qu'il est possible d'être sauvé par la repentance, peu importe le péché, en autant que nous nous en détournions et seul Dieu peut nous en donner la force. Ça peut être impossible à l'homme, mais rien n'est impossible à Dieu. Quand Jésus a dit à la femme adultère qu'il ne la condamnait pas il a aussi dit: 'Va et ne pèche plus.' Jean 8, 11. Il n'aurait pas dit ces choses si cela était impossible.

Il a répété ce message à plusieurs reprises. Voir Jean 5, 14.

Il y a un message très important de Jésus dans Matthieu 24, 15: 'Quand vous verrez l'abomination en lieu saint (dans la sainte Bible) Que celui qui lit fasse attention!'

C'est ce que je vous demande aussi, de faire attention, non pas seulement à ce que vous lisez, mais aussi à qui vous parlez, parce que la bête est toujours prête à tuer.

Il y a une autre abomination dont j'aimerais que vous y réfléchissiez sérieusement. Vous la trouverez dans Matthieu 1, 18. Marie, sa mère ayant été fiancée à Joseph, se trouva enceinte par la vertu du St-Esprit.'

Que ce soit la volonté de Dieu que Jésus, le Sauveur soit né de Marie, qui était une jeune vierge de quatorze ans, je veux bien le croire, mais de dire que c'est le St-Esprit qui a fertilisé sa mère est de dire une abomination.

Le Saint-Esprit qui n'était pas encore dans le monde selon un certain auteur. Voir Jean 15, 26.

Quand on sait que Dieu dans sa colère a presque détruit toute la terre ainsi que ses habitants, parce que les fils de Dieu, quelques-uns de ses anges virent que les filles des hommes étaient belles et ils en prirent pour femmes et qu'elles aient eu des enfants avec eux. Voir Genèse 6, 1-7.

Si je comprends bien ici, on parle des anges, des esprits qui avaient des désirs sexuels. Il est possible aujourd'hui de parler de ces choses, parce que l'intelligence s'est accrue. Voir Daniel 12, 4.

Nous n'avons pas besoin d'être des génies de la science pour savoir de nos jours que nous sommes témoins de ce phénomène.

Mon père cherchait avec son cousin des bébés dans des souches à l'âge de douze ans, c'est ce qu'on leur avait fait accroire. Aujourd'hui un enfant de moins de deux ans connaît mieux. Oui, la connaissance s'est accrue.

Vu que l'intelligence s'est accrue à ce point mon espoir est que les gens de nos jours peuvent comprendre que si Dieu était tellement en colère et cela même au point de détruire tout ce qui bouge sur terre, parce que ses fils, ses anges faisaient des enfants aux belles filles des hommes, il me semble peu probable que Lui, Dieu ait fait la même chose en rendant Marie, mère de Jésus enceinte.

C'est sûr qu'il y a des choses mystérieuses et difficiles à comprendre, principalement à cause des mensonges et des contradictions qui sont dans les écritures, mais il y en a d'autres qui sont très simples et faciles à comprendre.

Prenez par exemple l'enlèvement de Paul dans 1 Thessaloniciens 4, 16 - 17: 'Car le Seigneur lui-même, à un signal donné, à la voix d'un archange, et au son de la trompette de Dieu descendra du ciel, et les <u>morts en Christ</u> ressusciteront premièrement. Ensuite, <u>nous les vivants</u>, qui serons restés, nous serons tous ensemble enlevés <u>avec eux</u> sur des nuées, à la rencontre du Seigneur dans les airs, et ainsi nous serons toujours avec le seigneur.'

Ça y ait, notre méchant moineau se retrouvera dans les airs. Moi je vous dis que nous ne sommes pas morts en Christ, mais que nous sommes vivants. Puis c'est à vous de choisir si vous voulez être enlevés ou pas. Moi je sais ce que Dieu a dit et c'est tout le contraire de Paul. Voir Matthieu 13, 41 - 42. 'Le fils de l'homme (ce qui veut dire prophète) enverra ses anges, qui arracheront de son royaume tous les scandales et ceux qui commettent l'iniquité: Et ils les jetteront dans la fournaise ardente, où il y aura des pleures et des grincements de dent.'

Alors moi et tous ceux qui ont suivi Jésus resplendiront comme le soleil dans le royaume de notre Père. Que celui ou celle et tous ceux qui ont des oreilles pour entendre, entendent.

Paul l'a dit lui-même qu'il sera enlevé et vous connaissez maintenant la suite.

Puis, il est prouvé que ceux qui sont morts en Christ sont perdus, comme ceux avec qui Paul a dit lui-même qu'il sera. Voir 1 Corinthiens 15, 18. 'Et par conséquent aussi ceux qui sont morts en Christ sont perdus.'

Et Voilà, les lettres de Corinthiens sont de Paul et celles de Thessaloniciens aussi. Paul a donc dit lui-même qu'il était perdu et il s'est dévoué pour amener avec lui autant de personnes qu'il pouvait et à en croire les gens de ma famille, il a réussi.

Il vous appartient donc de décider si vous voulez être enlevés aussi. Il est écrit dans Matthieu 24, 37, parole de Jésus, que ce qui arriva du temps de Noé arrivera de même à l'avènement du fils de l'homme. Ce qui arriva du temps de Noé, c'est que les impies furent enlevées. Paul qui a dit qu'il sera enlevé a déjà prononcé son jugement.

Il a été dit par Paul et compagnie que Jésus est mort pour racheter nos péchés. Moi je dis que si quelqu'un veut et aime nos péchés au point de donner sa vie pour les avoir, ça se doit d'être le diable. En ce qui concerne Jésus, il a dit que si nous le suivions, nous ne mourrions jamais, c'est-à-dire que nous aurons la vie éternelle, ce qui dit clairement qu'il n'est pas mort.

Puis, Jésus nous a dit aussi ce qu'il fera à ceux qui commettent l'iniquité. Voir Matthieu 7, 23: 'Alors je leur dirai ouvertement: 'Je ne vous ai jamais connus, retirez-vous de moi vous qui avez tous péché.'

Jésus répète le même message quand il parle du jugement des nations, voir Matthieu 25, 31 - 46. C'est ce qu'il dit aussi dans l'explication de la parabole de l'ivraie. Matthieu 13, 41.

Avez-vous encore envie de dire; on a tous péché?

Je terminerai avec deux messages différents, l'un de Paul et l'autre de Jésus.

Jésus nous a dit que pas un trait de lettre ne disparaîtra de la loi tant et aussi longtemps que le ciel et la terre existeront. Matthieu 5, 17 - 18. Dieu nous a dit, Jérémie 31, 36: 'Si ces lois viennent à cesser devant moi, dit l'Éternel, la race d'Israël aussi cessera pour toujours d'être une nation devant moi.'

Je ne sais pas si vous êtes aveuglés au point de ne pas voir le ciel et la terre ou encore de ne pas voir que la nation d'Israël existe toujours, mais la vérité est qu'ils existent toujours. Paul au contraire dit que nous ne sommes plus sous la loi, mais que nous sommes sous la grâce.

Paul dit aussi que la loi est dépassée et même qu'elle a disparue. Voir Éphésiens 2, 15: 'Ayant anéanti par sa chair la loi des ordonnances dans ses prescriptions.'

Il y en a un autre que j'appelle une terrible sinon la pire des abominations. Nous savons que le but du diable est de condamner tout le monde. Lisez Paul dans Hébreux 6, 4. 'Car il est impossible que ceux qui ont été une fois éclairés, (comme les apôtres) qui ont goûté au don céleste, (comme les apôtres) qui ont eu part au Saint-Esprit, (comme les apôtres) qui ont goûté à la bonne parole de Dieu et les puissances du siècle à venir, (comme les apôtres) et qui sont tombés, (comme les apôtres) soient encore renouvelés et amenés à la repentance, puisqu'ils crucifient pour leur part le fils de Dieu et l'exposent à l'ignominie.'

Il y a toujours de la place pour la repentance pour tous ceux qui la cherchent, même pour les derniers venus, tout comme il l'est écrit dans la parabole de Jésus qui est la parabole des ouvriers loués à différentes heures dans Matthieu 20.

Maintenant, si c'est impossible pour les disciples de Jésus d'être amenés à la repentance et d'être sauvés par elle, ce qui bien sûr contredit les messages de Jésus, c'est impossible pour tout le monde.

Mais voyons ce que Jésus a dit à ses apôtres qui l'ont suivi dans Matthieu 19, 27 - 28. 'Pierre, prenant la parole, lui dit: 'Voici, nous avons tout quitté et nous t'avons suivi, qu'en sera-t-il de nous? Jésus leur répondit: Je vous le dis en vérité, quand le Fils de l'homme, au renouvellement de toutes choses, sera assis sur le trône de sa gloire, vous qui m'avez suivi, vous serez de même assis sur douze trônes et vous jugerez les douze tribus d'Israël.'

Je ne sais pas ce que cela veut dire pour vous, mais ces paroles m'en disent long à propos des apôtres de Jésus. Comme je le disais, le diable en a contre tous ceux qui travaillent pour Dieu et le mieux vous travaillez et plus vous en faites pour Dieu, plus le diable s'acharnera contre vous. Rappelez-vous les histoires de Job, de Joseph en Égypte, de Daniel, de Louis Riel et de Jésus.

Ce n'est pas vraiment après l'homme que le diable en a, mais contre la vérité, contre Dieu. Depuis le commencement l'ennemi essaie de la supprimer. Il n'y est jamais arrivé et il n'y arrivera jamais, simplement et heureusement parce que Dieu est le plus fort.

Comparez vous-même. Jésus dans Matthieu 5, 17 - 18 versus Paul dans Romains 10, 4.

Jésus Matthieu 11, 19 versus Paul Galetas 2, 16.

Jésus dans Matthieu 10, 42

Jésus dans Matthieu 16, 27

Jacques 2, 14 - 24.

Et bien d'autres.

Je vous laisse donc digérer tout ça, car je sais que ça ne sera pas facile. Par contre, si jamais vous en voulez un peu plus, sachez que j'ai encore plus de cinq cents références que vous trouverez dans mon autre livre intitulé: Le Vrai Visage De L'Antéchrist.

Souvenez-vous que je vous ai averti de faire attention à qui vous parlez. Louis Riel s'est confié à son prétendu ami, un évêque et à plusieurs de ses amis prêtres et évêques et il est mort jeune en plus d'avoir été enfermé à Saint-Jean-de-Dieu et à Beauport pendant près de trois années sous prétexte de le protéger. Ils l'ont accusé de trahison contre l'état, mais en réalité, il avait commis une trahison contre l'Église Catholique, mais ce n'était pas contre l'église de

Jésus. L'église de Jésus ne l'aurait pas fait mourir ni condamné à mort.

Si vous parlez à quelqu'un qui a une entreprise comme une église à défendre et à protéger, ne vous attendez surtout pas à être bienvenus, ni vous ni la parole de Dieu. Jésus aussi nous a averti. Voir Matthieu 10, 16. 'Voici je vous envoie comme des brebis au milieu des loups. Soyez donc prudents comme les serpents et simples comme les colombes.'

Être prudent comme des serpents ce n'est certainement pas d'aller crier sur les toits tout ce que vous savez. Soyez donc simples comme des colombes et baissez le ton et dites-le prudemment.

Méfiez-vous, c'est très sérieux, mais cela en vaut la peine, car le travail pour Dieu n'est jamais perdu.

L'an dernier Dieu m'a fait savoir à travers un rêve que je devais vous faire connaître mes connaissances sur toutes ces choses.

Le rêve

Je pleurais et je disais à Dieu que cela ne servait à rien d'en parler à qui que soit, puisque personne, mais personne n'écoutait. Il m'a alors dit: 'Tu n'as pas à t'inquiéter pour ça, Moi Je te demande d'en parler peu importe ce qu'ils en pensent ou ce qu'ils en disent, de cette façon tous ceux à qui tu as parlé sauront que je leur ai envoyé quelqu'un. Alors ils ne pourront pas me le reprocher. Fin du rêve.

Ce fut pour moi le plus paisible des messages que j'ai reçu de Lui, mais c'était aussi un message qui me disait: Fais-le.

Si jamais vous avez peur de perdre l'esprit ou même si on vous en accuse, vous pourrez toujours leur répondre ceci, que vous trouverez dans Matthieu 5, 29 - 30. 'Il vaut mieux perdre un œil ou une main que de perdre tout notre corps.'

Moi j'ajoute qu'il vaut mieux perdre l'esprit que de perdre son âme.

Mon but avec cette lettre est de la faire circuler à la grandeur du monde et ça dans toutes les langues possibles. C'est aussi le but de

Jésus et de Dieu. Voir Matthieu 28, 19 - 20. 'Allez, faites de toutes les nations des disciples, et enseignez-leur à observer tout ce que je vous ai prescrit. Et voici je suis avec vous tous les jours jusqu'à la fin du monde.'

Alors, si vous voulez faire parti de la bande à Jésus, vous pouvez vous aussi faire plusieurs copies de cette lettre et la faire parvenir à autant de personnes que possible. Il vous est possible aussi de faire tout en votre pouvoir pour la faire arrêter et essayer de me faire exécuter, la décision vous appartient totalement et votre jugement devant Jésus (la parole de Dieu) aussi.

Bonne chance. Jésus a dit qu'il serait avec nous jusqu'à la fin des âges et vraiment la parole de Dieu est toujours là avec nous.

Une autre déclaration très importante de Dieu est celle-ci dans Ésaïe 42, 1: 'Voici mon serviteur que Je soutiendrai, mon élu en qui mon âme prend plaisir, j'ai mis mon Esprit sur lui, il annoncera la justice aux nations.'

Voir aussi Matthieu 12, 18. 'Voici mon serviteur que J'ai choisi, mon bien-aimé en qui mon âme prend plaisir, Je mettrai mon Esprit sur lui et il annoncera la justice aux nations.'

Maintenant, si Jésus était vraiment né Dieu, est-ce que Dieu aurait eu besoin de mettre son Esprit sur lui pour qu'il fasse tout ce qui lui était commandé? Dieu a dit que Jésus est son serviteur qu'Il a choisi, son bien-aimé. Choisissons-nous vraiment nos enfants biologiques?

C'est l'œuvre de Jésus que je continu en tant que son disciple.

Voir aussi Ésaïe 7, 14, qui est une autre preuve que Jésus est bien né comme tous les enfants et qu'il a dû tout apprendre comme tout le monde et puisqu'il n'a commencé son ministère qu'à l'âge de trente ans, il était donc soumis comme tout le monde aux lois des hommes. Mais j'y reviendrai un peu plus loin, un peu plus tard.

Voir Ésaïe 7, 14 - 15. 'C'est pourquoi le Seigneur Lui-même vous donnera un signe, voici, la jeune fille deviendra enceinte, elle enfantera un fils et elle lui donnera le nom d'Emmanuel. Il mangera de la crème et du miel jusqu'à ce qu'il sache rejeter le mal et choisir le bien.'

Excusez-moi, mais pour moi cela n'est pas la description d'un enfant né Dieu.

Ça, c'est la vérité, que vous la croyez ou pas. Jésus est venu pour nous annoncer la bonne nouvelle, qu'il est possible d'être sauvé par la repentance, peu importe le péché, en autant que nous nous en détournons et seul Dieu peut nous en donner la force. Cela peut être impossible à l'homme, mais rien n'est impossible à Dieu, à part le mal, bien sûr.

Il a été dit que ce prophète, Jésus en sauvera plusieurs, mais c'est avec la parole de Dieu, la vérité qu'il sauve et non pas avec sa mort sur la croix, comme tant de menteurs ont voulu vous faire accroire.

Voir Ésaïe 53, 11. 'Par sa connaissance mon serviteur juste justifiera beaucoup d'hommes.'

Maintenant pour revenir à Jésus qui n'a commencé son ministère qu'à l'âge de trente ans, il y a une explication pour ça aussi.

Il faut savoir que pour être un Rabbin il faut, en tous les cas il fallait pour un homme d'être âgé de trente ans, avoir au moins dix adeptes et être marié.

Maintenant, si nous faisons bien attention à ce que nous lisons dans le Nouveau Testament, nous pouvons compter treize fois où Jésus s'est fait interpeller par le nom; Rabbi,' sans qu'il le dénie une seule fois.

Il y a un message très important de Jésus dans Matthieu 24, 15: 'Quand vous verrez l'abomination en lieu saint (dans la sainte Bible) Que celui qui lit fasse attention!'

C'est ce que je vous demande, de faire attention, non pas seulement à ce que vous lisez, mais aussi à qui vous parlez, parce que la bête est toujours prête à tuer. N'oubliez jamais ce qui arriva à Jésus et à Louis Riel, cela est riellement arrivé, ce n'est pas des histoires inventées.

C'est vrai que la parole de Dieu est encore avec nous malgré tous les efforts de Paul et compagnie et tous les employés du diable pour nous la cacher.

Une autre chose est certaine, c'est que la bête a déjà commencé à me faire la guerre. Selon ce qui est écrit dans Apocalypse 11, ces deux prophètes auront le pouvoir de faire de grandes choses. Je ne crois vraiment pas tout ce que je trouve dans l'Apocalypse pour la simple raison que je pense qu'elle a été écrite par le Jean de Paul. L'auteur d'Apocalypse parle beaucoup trop des sept églises de Paul pour être le Jean de Jésus et ne pas être le Jean de Paul.

Voyez-vous, si c'était du mensonge nous pourrions attendre très longtemps avant qu'un homme puisse changer l'eau en sang. Cette année les plaies dans le monde se manifestent en grands nombres. Je n'oublie pas non plus que plusieurs de mes ennemis sont tombés presque en ma présence, que la province de la Colombie Britannique brûle presque sans arrêt depuis qu'elle m'a persécuté injustement. La province de l'Alberta aussi brûle et elle est inondée par des pluies continuelles et que la Saskatchewan ne cesse d'être inondée cette année. C'est presque une perte totale en ce qui concerne l'agriculture. Si jamais ils pensent que j'ai quelque chose à voir avec ces malheurs, ils auront une raison de plus d'essayer de me faire mourir.

Jacques Prince, qui vous invite à répandre la vérité comme Jésus nous le demande par la volonté de Dieu le Père.

Chapitre 6

La Parole De Dieu À répandre,

Celle Que Les Disciples De Jésus Doivent Répandre Et Aussi Les Mensonges Qu'ils Doivent Dévoiler tout comme Louis Riel a fait.

Jacques Prince Le 19 avril 2006

Il se peut for bien que je me répète à quelques occasions et que je fasse plusieurs fautes d'orthographes, étant peu instruit et trop peu fortuné pour faire faire les corrections qui selon ce qu'on m'a dit s'élèveraient aux alentours de $2000.00.

Il y a des choses qu'on ne peut pas répéter assez souvent et Jésus a presque toujours choisi des gens peu instruits pour le suivre, mais ils étaient honnêtes et courageux. Puis, si je me répète aussi souvent c'est que Paul et sa gagne ont répété les mensonges et les contradictions à profusion.

C'est un fait étrange si je continu aujourd'hui à écrire dans ce livre après avoir eu une nuit des plus déconcertante.

Au souper hier au soir j'ai mis la poêle sur le poêle avec de l'huile pour me faire une frite à la canadienne pendant que mon steak haché cuisait dans une autre. Les patates que j'avais en mains étaient trop grosses pour ma faim, alors je suis descendu au sous-sol pour en prendre une qui était plus appropriée.

J'ai constaté à ce moment-là que la pompe à l'eau faisait probablement défaut, car le sous-sol était en train de s'inonder très rapidement. J'ai débranché la pompe et je l'ai branché de nouveau à plusieurs reprises, mais cela ne changeait rien au problème. Je suis donc parti à la course chercher une pompe dont j'ai débranché dernièrement à la salle de réception qui m'appartient. Je ne pouvais pas prendre la pompe neuve que je viens tout juste d'installer là de peur que la salle ne s'inonde elle aussi. Je suis revenu à toute vitesse à la maison, ce qui j'en suis sûr n'a pas pris plus de dix minutes en tout et partout.

En arrivant à la maison j'ai immédiatement constaté via la fenêtre que l'huile laissée sur le poêle était en flamme. Je suis sorti rapidement de mon véhicule un peu affolé en me précipitant vers la porte d'entrée et j'ai réalisé que les clefs étaient demeurées dans la voiture. J'ai dû retourner à la course à ma wagonnette et puis revenir ouvrir la porte d'une maison pleine de fumée. C'était complètement impossible d'y respirer.

Le pire de tout était que mon chien et mon chat que j'aime énormément y étaient laissés à eux-mêmes. Mon coq qui vie au sous-sol pour l'hiver quoique bien perché m'a semblé bien inquiet. J'ai laissé les portes ouvertes pour une bonne quinzaine de minutes et parce que c'était venteux dehors la fumée a rapidement disparue. Il s'en est fallu de peu pour que la maison y passe aussi. Une fois le feu éteint et la fumée sortie, je suis allé chercher la pompe dans mon véhicule et j'ai couru jusqu'au sous-sol pour l'y installer.

Ce n'est pas aussi simple que ça quand on a pas tout ce qu'il faut pour le faire. Le tuyau était trop court pour joindre la seule sortie possible qui est la sortie de la sécheuse. Il y avait bien un autre bout de tuyau, mais les extrémités étaient de la même dimension, n'y l'une n'y l'autre ne voulaient laisser l'autre entrer. Quoi faire dans une telle situation, il n'y avait rien qui aurait pu m'aider à les rabouter. Il faut penser et agir très vite, car l'eau continuait de monter à vue d'œil.

Très bientôt mes bottes ne suffiraient plus et l'eau frisait le point de congélation, elle était très froide. J'ai donc pris un briquet qui me sert de temps à autres à allumer le poêle à bois du sous-sol et j'ai chauffé le bout d'un tuyau qui a rapetissé suffisamment pour permettre à l'autre bout d'embarquer par-dessus. Le tour était joué. Il m'a aussi fallu trouver une ficelle pour attacher le tuyau qui ne voulait pas demeurer en place à cause de la pression d'eau.

Il me fallait aussi encore trouver une corde d'extension pour faire fonctionner la pompe.

Cela est normalement une chose très simple, mais l'électricité et l'eau, c'est quelque chose dont il faut faire très attention quand ils se touchent. Il y en a une juste là au-dessus de ma tête en passant au travers du plancher qui sert à alimenter mon ordinateur sur lequel j'écris maintenant, mais sur le coup je n'y pensais pas. Il m'a fallu tenir cette pompe debout avec mes mains pendant une bonne heure avant que la plupart de l'eau ne soit expulsée et me permettre de la stabiliser avec une ficelle, craignant à chaque instant un choc électrique. À trois reprises les tuyaux se sont détachés l'un de l'autre me forçant à débrancher la pompe. Il m'a fallu descendre au sous-sol pour faire démarrer cette pompe qui refusait de le faire d'elle-même tous les dix minutes environ de six heures de l'après-midi à deux heures du matin.

Cette sacrée pompe refusait aussi de s'arrêter d'elle-même. Pas étonnant que j'aie eu une inondation au sous-sol de la salle, ce qui a formé une patinoire de deux pouces d'épais dans toute sa grandeur, il y a quelques mois. Il m'a fallu alors sortir au-delà de quatre cents chaudières de cinq gallons de glace. Tout un exercice de monter et descendre les marches d'un étage et de sortir dehors avec cinquante livres de glace. Ce fut deux journées de travail ardues dont j'aurais bien pu me passer.

Revenons à la maison maintenant. La pompe sortait environ cent gallons d'eau à tous les dix minutes. J'ai réalisé que ce n'était pas que la pompe ne fonctionnait pas, mais plutôt qu'elle ne fournissait tout simplement pas à sortir toute l'eau qui s'infiltrait, je ne sais toujours pas trop comment. À deux heures du matin alors que j'étais extrêmement tanné et suffisamment exténué, tombant de sommeil, j'ai décidé d'échanger cette pompe d'occasion pour celle toute neuve que j'ai installé dans la salle il y a quelques temps. Il me fallait encore faire très vite pour éviter le pire.

Alors dans un temps record j'ai débranché cette pompe d'occasion à la maison, j'ai conduit à la salle qui n'est pas très loin, j'ai débranché la pompe neuve, branché cette première pompe, retourné à la maison pour y installer la pompe neuve qui me permettra enfin d'aller me coucher à quatre heures du matin. Tout un marathon, mais un homme se doit de faire ce qu'il a à faire. Il faut ce qu'il faut, comme dirait l'autre.

C'est le temps de l'année où la couche de glace à un certain niveau dans la terre se brise et alors des tonnes d'eau qui était assise dessus s'évadent et le sous-sol est l'endroit idéal pour elle d'aller s'y réfugier.

Ce matin je me suis levé vers les neuf heures et sans même déjeuner, je me suis lancé dans l'écriture de ce bouquin que vous lisez. Vers les midi tout comme un éclair qui m'a frappé, je me suis souvenu de cette pompe d'occasion à la salle. Je ne savais pas s'il y avait encore un problème d'eau ou pas là-bas, mais j'ai décidé soudainement d'y aller à toute vitesse craignant le pire. Et oui, la sacrée pompe d'occasion n'a pas fonctionné sans mon aide.

Je m'étais dit que peut-être parce que le puits là est plus profond la flotte la fera peut-être fonctionner. Mais non, il m'a fallu cinq heures d'aspirateur pour y sortir toute l'eau qui c'était accumulée, environ deux milles gallons.

Je vais normalement au sous-sol à tous les 4-5 heures pour y mettre du bois au poêle enfin de tenir la maison tempérée. Une patate de grosseur appropriée m'a sauvé d'un désastre assuré. J'ai bien des choses au soubassement, y compris un compresseur et des outils électriques, mais le plus dangereux serait que l'eau atteigne le moteur de la pompe en place qui est branchée sur le courant électrique. En quatre ou cinq heures l'eau aurait pu atteindre de quatre à cinq pieds de hauteur.

Tout comme Joseph fut averti en songe par un ange du danger qui le guettait ou qui menaçait la vie de Jésus enfant et de sa mère, cette fameuse patate a été l'instrument qui m'a permis d'éviter un gros dégât coûteux.

Un rêve, un songe, une idée, une pensée, ne négligez en rien l'un ou l'autre, car ce sont là les moyens que Dieu, le Père utilise pour nous informer de nos besoins, des dangers, des menaces et surtout pour nous montrer la route que nous devons suivre. Que nous écoutions sa voix, que nous portions attention à nos pensées, à nos rêves, à nos songes et à nos idées peut souvent être une question de vie ou de mort. Soyez attentif et bonne chance.

Un inconnu me demanda: 'Qui es-tu?' Je lui ai répondu: "Je suis un fils de Dieu. Je suis un disciple de Dieu comme Jésus, Moïse et les autres qui écoutaient sa voix." "Comment peux-tu dire une telle chose?" "Tu ne vas pas essayer de me crucifier ou de me lapider si je te fais plusieurs confidences? Réalises-tu que je risque ma vie aujourd'hui pour te dévoiler ces choses que je connais? Je n'ai cependant pas de plus grande joie que d'accomplir la volonté de Dieu, mon Père." "N'est-il pas écrit que Jésus est le fils unique de Dieu?" "C'est ce qu'on peut lire dans l'évangile de Jean 3, 16, mais moi, je vais te montrer autrement et cela aussi venant des choses écrites dans la Bible, le livre de vérité. Regarde dans Exode 4, 22 - 23. 'Tu diras à Pharaon: 'Ainsi parle l'Éternel: Israël est mon fils, mon premier né. Je te dis: Laisse aller mon fils pour qu'il me serve.'' Maintenant dirait-on que Dieu est menteur ou que c'est plutôt un certain Jean? Moi je sais que le Jean de Jésus n'aurait pas menti. Regardez aussi dans Luc 3, 38. 'Adam, fils de Dieu.' Il y en a encore plus dans Deutéronome 32, 18 - 19. 'Tu as abandonné le rocher qui t'a fait naître et tu as oublié le Dieu qui t'a engendré. L'Éternel l'a vu et Il a été irrité, indigné contre ses fils et ses filles.'

Dieu en a beaucoup d'enfants.

Moi je suis son fils aussi. Oui Dieu a beaucoup d'enfants et Il n'a pas eu besoin de femme pour faire Adam ni d'une vierge pour faire Jésus. Puis, si Jésus n'est pas de la semence de Joseph, lignée de David, il ne peut tout simplement pas être le Messie, c'est-à-dire le Christ, comme cela a été annoncé par les prophètes ou alors tous ces prophètes de Dieu seraient des menteurs, ce qui est impossible.

Voici ce que Jésus a dit à ceux qui l'écoutaient, ceux qui le suivaient. La volonté de Dieu c'est que nous écoutions son serviteur Jésus, qu'Il nous a envoyé, voir Matthieu 17, 5. 'Une voix fit entendre de la nuée ces paroles: 'Celui-ci est mon Fils bien-aimé, en qui j'ai mis toute mon affection. Écoutez-le.'

À remarquer ici que Dieu n'a pas dit mon fils unique. Ce même Jésus qui nous a dit: Matthieu 12, 50. 'Celui qui fait la volonté de mon Père qui est dans les cieux, celui-là est mon frère, ma sœur et ma mère.'

Si tu peux compter tous ceux qui font et qui ont fait la volonté de Dieu, alors tu pourras compter tous les fils et les filles de Dieu. Dieu est le Dieu, donc le Père de tous les vivants, c'est-à-dire de tous ceux qui ne vivent pas dans le péché, tous ceux qui se sont sincèrement repentis. C'est très loin du compte d'un fils unique." "Ça, je te l'accorde." "Ceux qui disent que Jésus est Dieu font donc de moi le frère de Dieu." "Tu es en train de dérailler." "Tu ne crois pas que cela fait du sens?" "Le frère de Dieu, j'aurai tout entendu."

"Ne sais-tu pas lire et comprendre? Ils disent que Jésus est Dieu et ce même Jésus a dit que si je fais la volonté de son Père qui est dans les cieux, celui-là est son frère. Moi je dis que Dieu est mon Père, que Jésus est évidemment fils non unique de Dieu et que moi, je suis le frère de Jésus, c'est-à-dire fils de Dieu aussi, car je fais la volonté du Père. Écoute, ce n'est pas moi qui dit que Jésus est Dieu.

Maintenant, si nous croyons les prophètes un peu plus anciens à qui Dieu s'est révélé, nous comprenons que Jésus tout comme les autres êtres humains a vécu les tribulations d'un être humain tout comme Moïse et David, qui chacun d'eux ont assassiné un autre humain et cela n'a pas empêché Dieu de les employer à son service. Regarde bien dans Ésaïe 7, 14 - 15. 'C'est pourquoi le Seigneur Lui-même (Dieu) vous donnera un signe, voici la jeune fille (ici on ne dit pas une vierge) deviendra enceinte, elle enfantera un fils et elle lui donnera le nom d'Emmanuel. Il mangera de la crème et du miel jusqu'à ce qu'il sache rejeter le mal et choisir le bien.'

Ce n'est pas là pour moi la description d'un Dieu fait homme par l'opération du Saint-Esprit, qui selon le Jean de tantôt n'était pas encore venu dans ce monde, parce que Jésus n'avait pas encore été glorifié.

Voir Jean 14, 26: 'Mais le consolateur, l'Esprit Saint, que le Père enverra en mon nom, vous enseignera toutes choses et vous rappellera tout ce que je vous ai dit.'

Voir aussi Jean 15, 26, Jean 16, 7, Jean 16, 13, Actes 2, 4. À noter qu'il n'y a aucune référence venant de Matthieu à ce sujet.

Il y a beaucoup à écrire sur ce sujet, il y aurait même tout un chapitre. Je vais cependant y ajouter un autre point. Jean. 7, 39. 'Car l'Esprit n'était pas encore donné, parce que Jésus n'avait pas encore été glorifié.'

Mais Jésus était né par l'opération du Saint-Esprit, selon certains auteurs et cet Esprit n'était pas encore dans le monde selon ce Jean, puis Jésus était décédé sur la croix et apparemment ressuscité. Selon un autre auteur aussi, Jésus serait mort le vendredi après-midi et ressuscité le dimanche matin, ce qui contredit Jésus lui-même selon un autre auteur, (Matthieu celui-là) où Jésus dit qu'il lui faut être trois jours et trois nuits dans le sein de la terre, tout comme Jonas fut trois jours et trois nuits dans le ventre d'une baleine. On a tout simplement fait disparaître un jour parce que les employeurs qui eux avaient plus d'argent à donner aux églises que la moyenne des gens trouvaient que quatre jours de congés pour les Pâques leur coûtaient trop cher.

Ce sont les Chrétiens qui disent que Jésus est Dieu, mais ce n'est pas de leur faute, car ils ont eu un tel lavage de cerveau, ils ont été tellement aveuglés par les mensonges qu'il est difficile maintenant de leur ouvrir les yeux. Cela prendra un miracle qui ne peut s'accomplir qu'avec la parole de Dieu, la vérité. Voilà la vraie raison de notre discussion." "Veux-tu dire qu'ils ne te croiront pas?" "Il est très difficile de recevoir la vérité quand on a cru au mensonge pendant aussi longtemps.

C'est cependant de leur faute s'ils continuent à croire aux mensonges après avoir pris connaissance de la vérité." "Tu me demandais si j'allais te crucifier ou te lapider. Si tu es un fils de Dieu et que tu es comme Jésus et Moïse, tu ne devrais pas avoir peur de mourir." "Pourquoi me dis-tu ça? Ils ont beaucoup souffert et ils sont morts tous les deux. Je n'ai pas peur de mourir ou de quoique que soit, mais je ne suis pas stupide au point d'ignorer le danger. S'ils ont tué le maître, Jésus, à plus forte raison tueront-ils les gens de sa maison. D'ailleurs, Jésus nous a prévenu. Regarde donc dans Matthieu 10, 7 - 42. Matthieu 10, 7 - 8. 'Allez, prêchez et dites: Le royaume des cieux est proche. Guérissez les malades, ressuscitez les morts, purifiez les lépreux, chassez les démons. Vous avez reçu gratuitement, donnez gratuitement.'

"En connais-tu beaucoup des dirigeants d'églises qui disent: 'Gardez votre argent?' En connais-tu beaucoup qui disent: 'Ne m'appelle pas père, Rabbi, pasteur, directeur ou encore saint père?' Moi je guéris les malades, je chasse les démons et je ressuscite les morts et cela ne coûte rien à personne. Je n'ai pas encore rencontré de lépreux, mais je pourrais les purifier avec du peroxyde, comme je l'ai fais avec les polypes qui étaient dans mon nez. Elles ont disparues et si j'avais été capable d'aller plus loin dans mes sinus, je n'aurais pas eu besoin d'opération, comme le docteur m'a dit." "J'aimerais bien te voir guérir des malades et ressusciter des morts de mes propres yeux." "Ne vois-tu pas que tu es en train de guérir et que tu seras bientôt ressuscité des morts? Quand Jésus fut accusé de s'asseoir et de parler avec les pécheurs, qu'est-ce qu'il leur a dit?" "Je ne sais pas trop." "Il n'a pas dit qu'il ne savait pas trop, mais il a dit et tu peux le lire dans Matthieu, 9, 12. 'Ce ne sont pas ceux qui se portent bien qui ont besoin de médecin, mais les malades.'

Je vais traduire ça en français pour toi. Ce ne sont pas ceux qui vivent sans péché qui ont besoin du Sauveur, (la parole de Dieu) mais les pécheurs. Si tu vie dans le péché mortel tu es mort et si tu en sort par la repentance, tu ressuscites." "Maintenant je commence à comprendre. Avec la parole de Dieu et seulement avec elle tu peux m'emmener vers Dieu." "C'est ce que Jésus aurait déclaré. Voir Jean 14, 6: 'Je suis le chemin, la vérité et la vie, nul ne vient au Père que par moi.'

Si je traduis ceci, on obtient; 'Nul ne vient au Père que par la parole de Dieu." "Ce qui fait que je serai guéri de mon esclavage du péché et par le fait même, je serai ressuscité des morts. Je pars donc de la famille des morts pour me rendre dans la famille des vivants, car le Dieu d'Israël est le Dieu des vivants. C'est ce que faisait Jésus." "Hé! Tu progresses rapidement. Je dis ces choses parce que j'écoute la parole de Dieu qu'Il nous a donné à travers d'autres prophètes avant moi. J'écoute sa voix aussi quand Il me parle par les anges ou directement dans des rêves, des songes et des idées divines, comme celles d'écrire ce livre que vous lisez et des chansons, des cantiques à mon Dieu qui sortent vraiment de l'ordinaire et qui plaisent à Dieu.

Voir nombres 12, 6 - 8. Dieu parle et Il dit: 'Écoutez bien mes paroles! Lorsqu'il y aura parmi vous un prophète, c'est dans une vision que Moi, l'Éternel, Je me révélerai à lui, c'est dans un songe que Je lui parlerai. Il en n'est pas de même avec mon serviteur Moïse. Il est fidèle dans toute ma maison. Je lui parle bouche à bouche, Je me révèle à lui sans énigmes et il voit une représentation de l'Éternel. Pourquoi donc n'avez-vous pas craint de parler contre mon serviteur, contre Moïse?'

Paul l'a fait.

Dieu dit qu'il parlait de bouche à bouche avec Moïse et que le prophète qui doit venir et dire tout ce que Dieu lui commandera sera comme Moïse. C'est pour cette raison que je sais que Jésus recevait ses messages directement de Dieu et moi, je l'écoute." "Qu'est-ce que tu fais à part ça?" "Cela va peut-être vous choquer d'entendre ma réponse. Je suis le Dieu d'Israël, Celui qui a tout créé et qui pardonne les péchés de ceux qui se sont repentis et qui se tournent vraiment vers Dieu. Je suis Jésus de Nazareth, celui qu'on a crucifié parce qu'il disait la vérité. Je guéris les malades comme lui et je ressuscite les morts. Je suis la parole de Dieu dans tout, cette parole qui fait des miracles. Toutes ces choses ne s'accomplissent que par sa parole." "Pourrais-je être guéri ou sauvé si je te touche?" "Tu me toucheras et tu seras sauvé le jour où tu vivras par la parole de Dieu, que tu suivras ses lois et ses commandements et tu me toucheras encore plus le jour où tu répandras sa parole, la vérité. Je comprendrai alors que moi, je t'ai touché ou que Dieu t'a touché à travers l'enseignement que je t'ai prodigué." "Ne penses-tu pas que tu y vas un peu fort? 'Je suis le Dieu d'Israël, je suis Jésus de Nazareth?" "Pas du tout, je ne dis que la vérité et j'ai horreur du mensonge. Si tu regardes dans 2 Thessaloniciens 2, 1 - 17. Tu verras que ce sont ceux qui croient en la vérité qui sont sauvés."

"C'est Paul qui a écrit ces lignes." "C'est ce qu'on a voulu nous faire accroire, mais je ne le crois pas, non. Je te l'expliquerai plus tard si tu le permets." "Tu m'intrigues." "Je te dirai seulement ceci pour l'instant qui est une parole de Jésus dans Matthieu 7, 18. 'Un bon arbre ne peut porter de mauvais fruits, ni un mauvais arbre porter de bons fruits.'

C'est-à-dire qu'on reconnaît le menteur par ses mensonges et celui qui dit vrai est reconnu par la vérité, puis les deux peuvent être vérifiés." "Comment peut-on connaître que c'est la vérité?" "Contrairement à ce que cela puisse paraître, il est très facile de les reconnaître ou de les différencier." "Pas pour moi." "Ça le sera pour toi aussi si tu écoutes bien." "Ça, c'est toi qui le dis." "Tu verras. Il faut cependant avoir les yeux et l'esprit ouvert et surtout vouloir connaître la vérité. Tu vois, ceux qui disent la vérité tout comme Jésus et Moïse nous conduisent vers Dieu le Père, créateur du ciel et de la terre et non pas vers une religion quelconque ou une personne quelconque." "Tu es donc contre les religions?" "Tout comme Jésus l'était." "Qu'est que tu me racontes là?" "La vérité selon Jésus. Va un peu lire dans Matthieu 23, 8 - 10 où Jésus dit: 'Ne vous faites pas appeler Rabbi, père ou directeur religieux.'

À noter aussi que pasteur veut dire la même chose." "Wow, les religions en prennent tout un coup." "C'est exactement pour cela que je te disais risquer ma vie en te révélant mes connaissances. Pourquoi crois-tu qu'on cherchait à s'emparer de lui et qu'on a fait mourir Jésus?" "Parce que les religions du temps en étaient affectées." "Tu as au moins compris cela. D'après ce même Jean 3, 16. 'Car Dieu a tant aimé le monde qu'Il a donné son Fils unique, enfin que quiconque croit en Lui ne périsse point, mais qu'il est la vie éternelle.'

Selon moi et selon Ésaïe 66, 3, ce verset est une abomination terrible en lieu saint, dans la Bible dont Jésus nous a parlé dans Matthieu 24, 15. 'C'est pourquoi lorsque vous verrez l'abomination de la désolation dont a parlé le prophète Daniel, établie en lieu saint,—que celui qui lit fasse attention.'

Et bien voilà, j'ai fait attention et c'est pourquoi j'ai trouvé Ésaïe 66, 3. 'Celui qui immole un bœuf est comme celui qui tuerait un homme, celui qui sacrifie un agneau est comme celui qui romprait la nuque d'un chien, celui qui présente une offrande est comme celui qui répandrait du sang d'un porc, celui qui brûle de l'encens est comme celui qui adorerait des idoles. Tous ceux-là se complaisent dans leurs voies et trouvent du plaisir dans leurs abominations.'

Je l'avais déjà dit bien avant de découvrir ma dernière trouvaille, Ésaïe 66, 3. À ce que je sache, les officiers de l'église catholique brûle de l'encens à toutes les messes. Même si cela n'est pas la pire de toutes les abominations, c'en est quand même une, mais la pire de toutes est bien celle de Jean 3, 16. Vous avez sûrement entendu ceci: 'L'agneau de Dieu qui enlève les péchés du monde?'

Ce n'était pas assez de faire passer le fils de Dieu pour un animal, celui que Dieu a choisi pour nous annoncer sa parole, ils ont poussé leur audace jusqu'à dire que Dieu a sacrifié cet agneau pour racheter les pécheurs, comme si cela avait un prix.

Il est écrit ailleurs qu'il s'agit bien d'une abomination. Voir 2 Rois 16 - 3. 'Et même il fit passer son fils par le feu, (la mort) suivant les abominations des nations que l'Éternel avait chassées devant les enfants d'Israël.'

L'Éternel aurait chassé ces abominations et Il l'aurait Lui-même commis? C'est à en vous rendre malade. C'est la force de mal, les fils du malin qui ont fait mourir Jésus et tous les autres prophètes, ce n'est pas Dieu. Dieu a permis que des hommes justes soient sacrifiés pour nous apprendre sa justice, la vérité. Le moindre dont nous puissions faire serait d'y croire.

Dieu a tant aimé le monde qu'Il l'aurait tout détruit si ce n'eut été de Noé qui a trouvé faveur à ses yeux par sa justice. Le royaume de Jésus n'est pas de ce monde, puisqu'il est le roi des justes et non pas le roi des pécheurs. Il a voulu sauver les pécheurs de l'esclavage du péché et de l'emprise du diable. Vois-tu, la vérité n'est pas bienvenue dans le monde d'aujourd'hui plus qu'elle ne l'était du temps de Jésus? Jésus est le roi du royaume des cieux, qui (ce royaume) est complètement séparé du reste du monde, mais qui est quand même sur terre.

Regarde ce qui est écrit dans Matthieu 27, 11." "'Es-tu le roi des Juifs?' Jésus lui répondit: 'Tu le dis."

"De quel monde sont les Juifs?" "De notre monde." "Vas lire maintenant Jean 18, 36." "'Mon royaume n'est pas de ce monde.' Répondit Jésus." "Seul Matthieu a rapporté des messages du Jésus qui parlent du royaume des cieux, y compris celui où Jésus a remis les clefs de son royaume a Pierre, le plus considéré de tous ses apôtres. Voir Matthieu 16, 19. 'Je te donnerai les clefs du royaume des cieux; ce que tu lieras sur la terre sera lié dans les cieux et ce que délieras sur la terre sera délié dans les cieux.'

Jésus savait qu'il allait mourir jeune et bientôt, c'est pour cette raison qu'il a agi ainsi. Vois-tu? Maintenant ces clefs se sont rendues jusqu'à moi et à mon tour je peux ouvrir les portes du royaume des cieux et c'est avec la ou les vérités que je peux le faire. Seul la vérité, la parole de Dieu peut ouvrir les portes du royaume des cieux et nul ne peut y entrer, à moins qu'il ne se repente et devient aussi pur, aussi innocent qu'un jeune enfant.

CHAPITRE 7

Les trois milliards et demi de chrétiens, les musulmans et les communistes ne veulent rien savoir de la vérité et les supposés Témoins de.….J non plus." "Mais pourquoi dis-tu une telle chose? Tu as au moins sept milliards d'ennemis en disant cela." "Je te l'ai dit que je risquais ma vie en te parlant de la vérité. Ne penses-tu pas qu'ils sont assez nombreux pour me faire mourir? Puis, tu peux être sûr d'une chose, c'est que Jésus avait un traître sur douze et moi j'aurai un fidèle sur douze." "Tu veux donc former une religion toi aussi." "Pas plus que Jésus ne le voulait. Je veux te conduire vers Dieu, toi et tous ceux à qui je parlerai et tout comme Jésus, je ne veux aucun argent n'y de toi n'y de personne. Je veux former des disciples qui feront comme moi, c'est-à-dire répandre les messages de Jésus, la parole de Dieu et dévoiler les menteurs et les mensonges. C'est ce que Jésus a demandé à ses disciples et apôtres de faire et tu peux le lire dans Matthieu 28, 19 - 20.

En connais-tu une religion comme celle-là?" "Je dois l'admettre, je n'en connais pas." "Si jamais mes livres me rapportent de l'argent, il sera de l'argent honnêtement gagné et il servira en majorité à faire traduire mes livres dans toutes les langues possibles afin d'alerter toutes les nations, le monde entier.

Toutes les religions qui emploient la Bible telle que je la connais avec tous les écrits de Paul à l'intérieur du Nouveau Testament et qui prêchent Paul au lieu de Jésus sont sans aucun doute antéchrist dans mon esprit. J'ai entendu à plusieurs reprises et venant de plusieurs différentes personnes, entre autre par un Musulman, que le Coran était presque identique à notre Bible. Cela voudrait dire que Paul en fait parti aussi.

Si Jésus avait voulut former une religion ou la sorte d'églises que nous connaissons, il avait le pouvoir de le faire, car il était menuisier et il avait des 4 et 5 milles hommes qui le suivaient. Il les instruisait gratuitement et il les renvoyait. Quand il a commencé son ministère, il a laissé tous ses outils derrière lui et selon les écritures, il ne portait pas d'argent non plus et il n'avait pas d'endroit pour se reposer la tête.

Du temps de Jésus ce n'était pas rare qu'un homme se déplace à pieds nus ou en sandales, mais aujourd'hui si j'essayais de rejoindre les gens à pied sur les autoroutes, je n'aurais pas assez de cent vies pour enseigner toutes les nations. Puis, le carburant n'est plus bon marché non plus. Alors Dieu m'a donné d'autres moyens qui sont un peu plus de mon temps pour accomplir cette tâche et rejoindre les gens de toutes les nations et il n'y a rien comme les écritures. Les paroles meurent et les écrits demeurent.

Selon mes calculs, il ne resterait qu'une vingtaine d'années avant le conflit final, je veux dire la guerre d'Armageddon, si c'est ça le nom de la dernière guerre mondiale. Tout est déjà en place. La guerre des religions est commencée entre les pays chrétiens, musulmans et communistes." "Il te faudra donc faire très vite." "Tu l'as dit." "Comment feras-tu?" "Dieu m'a donné le moyen de rejoindre toutes les nations en très peu de temps. Il m'a donné le moyen de devenir l'homme le plus riche de mon pays en moins de cinq années et l'homme le plus riche du monde en moins de dix ans." "Wow, cela tient du miracle." "Tu l'as dit. Cela sera aussi historique que la tour de Babel." "Peux-tu me dire de quoi il s'agit?" "Non, mais tu en entendras parler très prochainement." "Wain, c'est intrigant ton affaire." "Tout l'argent que je gagnerai ou presque va servir à faire connaître la vérité. Je vais commencer par m'approprier des stations de télévision un peu partout dans le monde. Ensuite je vais produire un ou plusieurs films comme on en n'a jamais vu, qui parlera comme je te parle. Tu peux t'imaginer le reste. Je suis un menuisier tout comme Jésus et comme Joseph, son père terrestre et j'ai bien hâte de pouvoir laisser mes outils derrière moi aussi." "Vas-tu faire comme Jésus et laisser tout derrière toi?" "En connais-tu beaucoup aujourd'hui des personnes qui me nourriraient pour entendre toutes ces choses que j'ai à dire et qu'ils ne veulent pas entendre? Je crèverais sûrement de faim." "Je dois admettre que tu fais face à un ennemi immense." "Même certaines personnes de ma famille ne veulent pas écouter ce que j'ai à dire et elles sont prêtes à me mettre dehors de leur maison pour les choses que je dis et pourtant, je ne fais que répéter les paroles de Jésus à ceux qui disent aimer Dieu. Mais ça aussi Jésus l'a prédit. Tu peux le lire dans Matthieu 10, 36. 'Et l'homme aura pour ennemis les gens de sa maison.'

Il ne s'est vraiment pas trompé." "Auras-tu quelques amis?" "J'espère seulement que toi tu en es un. Jusqu'à présent tu sembles vouloir écouter et en apprendre un peu plus. Ce que tu feras de toute cette information, seul Dieu le sait. Je sais que Jésus nous a donné la seule recette possible pour devenir un disciple, pour découvrir le royaume des cieux et pour avoir la vie éternelle." "Quelle est cette recette dont tu parles si souvent?" "Tu peux la trouver dans Matthieu 22, 35 - 40. 'Et l'un d'eux, docteur de la loi, lui fit cette question pour l'éprouver: 'Maître quel est le plus grand commandement de la loi? Jésus lui répondit: 'Tu aimeras le Seigneur, ton Dieu, de tout ton cœur, de toute ton âme, et de toute ta pensée. C'est là le premier et le plus grand commandement. Et voici le second qui lui est semblable: Tu aimeras ton prochain comme toi-même. De ces deux commandements dépendent toute la loi et les prophètes.'

Ça mon ami est la recette que Jésus nous a donné pour avoir la vie éternelle. Quand on aime Dieu de tout notre cœur, on aime ses lois aussi.

À remarquer qu'il y a encore une histoire et deux versions. Dans Luc 10, 25 - 28, c'est différent. 'Un docteur de la loi se leva et dit à Jésus, pour l'éprouver: 'Maître, que dois-je faire pour hériter la vie éternelle? Jésus lui dit: 'Qu'est-il écrit dans la loi? Qu'y lis-tu?' Il répondit: 'Tu aimeras le Seigneur, ton Dieu, de tout ton cœur, de toute ton âme, de toute ta force et de toute ta pensée et ton prochain comme toi-même. Tu as bien répondu, lui dit Jésus. Fais cela et tu vivras.'

Ici, si vous avez remarqué, c'est le docteur de la loi qui dit à Jésus ce qu'il faut faire. Selon Matthieu c'est Jésus qui a dit à l'autre quel était le plus grand commandement et ce qu'il fallait faire pour obtenir la vie Éternelle. Voyez-vous ce que je dis? L'un d'eux a mentis et je ne pense pas que ce soit Matthieu. Jésus n'a pas dit que ces deux commandements remplaçaient toute la loi et les prophètes, mais que la loi et les prophètes dépendaient d'eux. Chaque fois que Jésus dit: 'Venez à moi ou encore quand il dit: 'Celui qui m'écoute.' Il ne parle pas de lui en tant qu'homme, mais de la parole de Dieu. Un bel exemple est celui-ci et je cite: 'Nul ne vient au Père que par moi.' Ce qui signifie: 'Nul ne vient au Père que par la parole de Dieu.'

Voir Deutéronome 18, 18.

Jésus, la parole de Dieu. Laissez venir à moi les petits enfants, ce qui veut dire encore une fois: 'Laissez venir à la parole de Dieu les petits enfants.'

Regarde aussi dans Matthieu 6, 5 - 6.

Vois-tu? Jésus nous a dit qui prier où prier, comment prier et quand prier. Il a même été plus loin que ça, il nous a dit quoi dire et à qui le dire. Il a dit de ne pas être comme les hypocrites qui prient aux coins des rues (les Témoins de J....) et devant les assemblées, (les chrétiens, les pasteurs, les prêtres) afin de se faire remarquer des autres. Est-ce que tu en reconnais plusieurs? Jamais un disciple de Jésus vous dira de prier d'autres idoles comme la vierge et tous les autres saints qui n'en sont pas, puisque Jésus a dit qu'Un seul est bon et il ne parlait même pas de lui-même.

Il nous a dit de se retirer dans notre chambre pour prier. Cela peut être n'importe où, mais en privé. Lui, Jésus se retirait sur le haut d'une montagne la plupart du temps pour prier, il n'avait pas de maison. Il nous a dit de prier le Père qui voit tout et tous, Lui qui est le seul qui peut exaucer qui que soit. 'Lui, le Père seul te le rendra.'

À remarquer que Paul encore là nous a dit le contraire, mais cela a eu l'air de bien parler, cela a eu l'air d'une vérité. Voir 1 Timothée 2, 8. 'Je veux donc que les hommes prient en tous lieux, en élevant des mains pures, sans colère ni mauvaises pensées.'

Jésus nous a dit de ne pas marmotter de vaines prières comme font les païens, qui le font toujours d'ailleurs et qui prient-ils? Marie, Joseph, Jésus et tous les saints imaginés. (Tous des idoles.) Voir le premier commandement, Exode 20, 3. 'Tu n'auras pas d'autres dieux devant ma face.'"

"Pourquoi as-tu dit: 'Les Témoins de J….? Tu ne prononces pas le nom de Dieu?" "Te souviens-tu, je t'ai que je suis Jésus?" "Je m'en souviens très bien, oui." "Alors, trouve-moi un endroit où Jésus a prononcé le nom de son Père qui est dans les cieux, en dehors de la Bible et les écrits de ces mêmes Témoins de J…., bien attendu. Connais-tu le deuxième commandement de Dieu qui est écrit dans Exode 20, 7." "Vaguement, je dois te l'avouer." "Prends la Bible et lis." "'Tu ne prendras point le nom de l'Éternel ton Dieu, en vain; car l'Éternel ne laissera point impuni celui qui prend son nom en vain.'"

"En vain veut bien dire inutilement, n'est-ce pas?" "C'est pas mal ça, oui." "Est-ce que j'ai eu besoin de prononcer le nom de Dieu pour que tu puisses comprendre de qui je parlais?" "Je dois admettre que j'ai compris sans que tu aies à le prononcer, c'est exacte." "Ces Témoins prennent en vain ou inutilement le nom de Dieu à la face du monde et ils font que dans 99 % des cas, tous ceux qui parlent d'eux en bien ou en mal prennent aussi le nom de Dieu en vain. S'ils connaissaient Dieu et ses lois, ils auraient du respect pour le nom de Dieu comme Jésus l'a fait et comme je le fais aussi maintenant." "Je n'y avais jamais pensé, mais maintenant que tu en parles, je comprends que tu as raison et que je viens d'apprendre un autre très bon message." "Dans toutes les anciennes Bibles dont j'ai lu, je n'ai vu qu'une seule fois où le Nom de J… a été employé et c'est dans Psaumes 83, 18. Par contre, si tu lis ce Psaume au complet, tu verras que l'auteur a une toute différente politique que celle de Jésus qui est de pardonner à ses ennemis. Si les Témoins se sont basés sur ce Psaume pour bâtir leur religion, alors ce n'est pas étonnant qu'ils brisent les commandements de Dieu et qu'ils sont antéchrists. Je suis heureux de voir que le ou les auteurs de la Bible Louis Second ont respecté ce deuxième commandement de Dieu, car même dans le Psaume 83, le nom de Dieu a été enrayé.

Tu ne peux pas te cacher derrière la face de Dieu non plus ou nulle part ailleurs pour ce fait. Il peut tout voir et s'Il peut compter tous mes cheveux, Il peut aussi voir et compter tous ceux qui Lui désobéissent.

Les neuvaines, les chapelets, les chemins de croix sont de flagrants exemples de prières répétées en vain et du même coup, c'est de l'idolâtrie. Ne vous plaignez pas à Dieu si les morts ne vous exaucent pas, car Dieu se détourne la face de tous ces impies." "Tu as dit que Jésus nous a dit quand prier." "Oui, c'est tout simplement quand tu pries, c'est quand tu veux. Jésus nous a dit qu'un seul est bon. Il ne parlait pas de lui-même, mais de son Père qui est dans les cieux. Voir Matthieu 19, 16 - 17. 'Et voici un homme s'approcha et dit à Jésus: 'Maître, que dois-je faire de bon pour avoir la vie éternelle? Jésus lui répondit: 'Pourquoi m'interroges-tu sur ce qui est bon? Un seul est bon. Si tu veux entrer dans la vie, <u>observe les commandements</u>.' (La Loi)

Vous comprendrez que Paul a dit tout le contraire, que nous ne sommes plus sous la loi, mais que nous sommes sous la grâce. Vous pouvez prier une personne de vous aider lorsqu'elle est vivante, mais lorsqu'elle est morte, que peut-elle faire pour vous? Les toutes dernières paroles de Jésus sont celles-ci dans Matthieu 28, 20: 'Et voici je suis avec vous tous les jours, jusqu'à la fin du monde.'

Fin du monde, bout du monde. On a ignoré longtemps que la terre était ronde. À ne pas oublier qu'il parlait à ceux qui le suivaient et surtout pour ceux qui l'écoutaient, c'est-à-dire, ses disciples, ses apôtres. C'est encore vrai aujourd'hui. Auparavant il nous a dit: 'Je suis la lumière, je suis la voix qui mène au Père, la vie éternelle.'

Moi aussi je suis la lumière, je suis la voix qui mène au Père, je suis la parole de Dieu. À ne pas oublier la parole de Dieu à Moïse qui est celle-ci, Deutéronome 18, 18 - 19: 'Je leur susciterai du milieu de leurs frères un prophète comme toi (Moïse), je mettrai mes paroles dans sa bouche et il leur dira tout ce que je lui commanderai. Et si quelqu'un n'écoute pas mes paroles qu'il dira en mon nom, c'est moi qui lui en demanderai compte.

Alors vous êtes tous avertis par Dieu Lui-même et vous n'aurai pas d'excuse valable devant Lui au jugement dernier. Moi je ne pèche plus."

"Comment cela est-il possible et comment peux-tu dire que tu vis sans péché?" "Ce n'est pas par ma volonté seul que je peux y arriver, mais par la volonté de Dieu que cela s'accomplit. C'est probablement parce que Jésus vivait sans pécher qu'on a dit qu'il était Dieu, car les pécheurs ne peuvent pas concevoir que ce soit possible autrement. C'est vrai que c'est impossible que cela se fasse par la volonté seule de l'homme, d'ailleurs Jésus l'a dit avant moi.

Voir Matthieu 19, 25 - 26. Les apôtres demandèrent à Jésus: 'Qui peut donc être sauvé? Jésus les regarda et il leur dit: 'Aux hommes cela est impossible, mais à Dieu tout est possible.'"

"Mais ne sommes nous pas tous sauvés par le sang de Jésus sur la croix, nous tous qui croyons en lui?" "C'est bien ce que le menteur a voulu nous faire accroire, mais ce n'est pas ce que dit la parole de Dieu que Jésus nous a donné." "Oh boy! Tu changes toutes les données maintenant." "Ce n'est pas moi qui change les données, mais les données ont été changées par les menteurs." "Explique-moi." "Bien sûr que je vais te l'expliquer. Y crois-tu en la parole de Dieu mis dans la bouche de Jésus, ce prophète que Dieu a suscité justement pour nous éclairer sur tout ce qui concerne la volonté de Dieu?" "Je veux bien essayer." "Alors écoute bien ceci, car c'est la clef de toute l'humanité. Ce sont les paroles de Jésus. Regarde dans Matthieu 13, 41 'Le fils de l'homme enverra ses anges, qui arracheront de son royaume tous les scandales et ceux qui commettent l'iniquité.'

Vois-tu ce sont ceux qui écoutent Jésus et qui ne pèchent pas qui sont sauvés et non pas ceux qui croient et continuent à pécher. Tu sais que le diable et ses démons aussi croient plus que quiconque en Dieu et ils tremblent de peur, car ils connaissent leur destin et ils savent de quoi Dieu est capable. Regarde aussi dans Matthieu 25,

41. 'Retirez-vous de moi maudits; allez dans le feu éternel qui a été préparé pour le diable et ses anges.'

Vois-tu? Dans le royaume de Dieu il n'y aura plus de scandales, n'y de personnes qui commettent le péché, tendis que le royaume des cieux est forcé par les violents. Pour bien comprendre qui sont le diable et ses anges, il faut retourner dans Matthieu 13, 36 et bien lire l'explication de la parabole de l'ivraie. Vois-tu? Jésus est venu nous dire la vérité (la bonne semence), mais son ennemi, le diable a semé l'ivraie (le mensonge) cela se produit encore lorsque nous ne faisons pas attention aux écritures. Jésus nous a avertis aussi de cela, voir Matthieu 24, 15 'Que celui qui lit fasse attention.'

Il y a une raison très importante pour laquelle Jésus nous a donné cet avertissement et cette raison c'est que le piège est justement dans les écritures, dans la Bible. Un membre de ma famille m'a dit un jour: 'La Bible, il faut la prendre au complet ou bien pas du tout.'

Et bien voilà, la raison principale pourquoi j'ai trouvé tous ces mensonges et ces contradictions est justement parce que je l'ai toute prise ou presque. Je trouve bien ennuyant les Nombres. Merci à toi beau-frère, sans le savoir, tu as rendu un très grand service à Dieu et à l'humanité.

Mais il faut donner crédit où il est dû. Paul a bel et bien créé le plus grand empire religieux au monde. Il est puissant et il est riche cet empire. Il y a un milliard point deux de catholiques dans le monde. Mets les seulement à cent dollars chacun et ils pourraient encore financer une autre guerre mondiale. Sans compter qu'il y en a plusieurs dans ce milliard qui pourraient mettre beaucoup plus que cent dollars. L'Église Catholique Romaine et toute la Chrétienté! Au temps où l'or ne valait, si vous vous rappelez $39.00 canadiens l'once, un homme est venu dire à la télévision que le calice avait une valeur de soixante milles dollars en or et que le ciboire en avait une de cent milles. Aujourd'hui l'or vaut trente-huit fois plus, selon les marchés boursiers. C'est donc dire qu'aujourd'hui, selon une petite multiplication, le calice vaut deux millions deux cent quatre-vingt milles, (K-lisse) et le ciboire vaut près de quatre millions de dollars.

Ça, c'est bien des sous qui ne retourneront pas dans les poches des donneurs aveugles. Ce n'est pas étonnant qu'aujourd'hui on donne ces propriétés pour un dollar, comme cela c'est fait à Grand-Mère au Québec et qu'ils gardent les belles grosses portes bien barrées sur les églises qu'ils gardent.

Cet immense empire religieux ne pouvait tout simplement pas être bâti sans l'aide de la Parole de Dieu. Jésus le savait, quand il a dit: Matthieu 5, 18 et Matthieu 24, 35. 'Le ciel et la terre passeront, mais mes paroles ne passeront point.'

Ce qui fait que l'antéchrist s'est servi de la parole de Dieu, il a falsifié les messages de Jésus et mêlé ses lettres avec les écrits des apôtres pour inventer la Chrétienté. C'est à comprendre ici que je ne dis absolument rien sans preuve, toutes venant de la Bible, le livre de vérité.

Voir aussi Apocalypse. 13, 18. 'C'est ici la sagesse. Que celui qui a de l'intelligence calcule le nombre de la bête! Car c'est un nombre d'homme et son nombre est six cent soixante-six.'

Sachant que la valeur des lettres est 6 graduellement, moi j'ai trouvé son nom, que je révélerai en temps et lieu.

A = 6

B = 12

C = 18

D = 24 et c'est ainsi jusqu'à z. Le mot Catholique fait le numéro 666 ainsi qu'ordinateur en anglais (computer), mais le nom de la bête est beaucoup mieux camouflé encore. Vu que celui qui a écrit ce paragraphe d'Apocalypse 13, 18, le diable en personne défit qui que ce soit d'être assez intelligent pour le trouver, pensant probablement que cela était impossible à l'homme, il vient d'être servi, quoique je ne sois pas à son service.

C, 18

A, 6

T, 120

H, 48

O, 90

L, 72

I, 54

Q, 102
U, 126
E, 30

666. Celui qui a camouflé ce nom de la bête, ce créateur de cette bête qui a défié le monde de dévoiler son identité depuis deux milles ans est le fondateur même de l'empire diabolique qu'il a créé. Quand un de ses démons lira ces lignes que je viens d'écrire, ma vie ne tiendra plus qu'à un cheveu. Cependant, je sais qu'il ne m'arrivera rien que Dieu, mon Père n'ait permis. Jésus a déclaré, Matthieu 10, 30. 'Et même les cheveux de votre tête sont tous comptés.'

J'en ai perdu plusieurs, de ce fait je sais que Dieu a passé du temps au-dessus de ma tête. Quelqu'un a dit dans le passé. 'L'église s'en va chez l'diable.' C'est parce qu'il ne savait pas que l'église dont il parlait était le diable ou du moins un outil important pour le diable.

Puis, Jésus a dit que l'ivraie et le blé seront ensemble jusqu'à la fin du monde. Voir Matthieu 13, 25 - 30. Vois-tu? C'est là où nous en sommes aujourd'hui. La vérité se sépare du mensonge et c'est là un travail que Dieu m'a donné à faire." "Où et quand cela a-t-il commencé pour toi?" "Le jour où j'ai demandé à Dieu ce que je pouvais faire pour Lui au lieu de ce qu'Il pouvait faire pour moi. Il m'a pris au mot et j'écris, j'invente, je compose et je chante des louanges à mon Dieu. C'est vraiment extraordinaire. Un de mes chants préférés. Chantez Louanges à Mon Dieu.

Refrain

Refrain
Je veux chanter louanges à mon Dieu avec les anges, avec
les anges du ciel.
Je veux être heureux là dans les cieux avec ses
anges et Adam, Ève et Abel.
Je veux chanter louanges à mon Dieu avec les anges, avec les
anges du ciel.
Je veux être heureux là dans les cieux avec ses
anges et avec tous ses fidèles.

1-6
En écoutant Jésus, comme ça moi j'ai connu
La parole du Père et ce qu'il me faut faire.
C'est Lui qui nous a dit, Celui qui nous choisit,
Si tu entends sa voix, c'est qu'il est là pour toi.
2
De pouvoir voir enfin le grand Job et Jacob.
Pouvoir serrer la main d'Abraham et sa femme.
Chanter des ritournelles de Daniel, d'Ézéchiel,
Chanter avec Joseph et Moïse à ma guise.
3
Rencontrer tous les autres, Jésus et ses apôtres,
De pouvoir naviguer avec le grand Noé.
De partager mon sac, tout avec Isaac,
Et de pouvoir pêcher, moi, Jonas et Osée.
4
De bâtir des maisons, moi David et Samson,
Aller au fond des mers, marcher la nouvelle terre.
Chantant la bonne nouvelle de la vie éternelle,
Parcourant les pays en suivant Jérémie.
5
Et de pouvoir manger à la grande assemblée,
Surtout d'être reçu par la voix de Jésus
Voler comme les anges en chantant des louanges,
À mon Dieu bienfaiteur, Lui qui vie dans mon cœur.

Merci mon Dieu de m'avoir délivré du mal. Merci mon Dieu de m'avoir ouvert les yeux. Merci mon Dieu, merci mon Dieu, merci mon Dieu."

"Jésus, n'a-t-il pas dit dans cette parabole de l'ivraie que ce sont les anges qu'il enverra pour séparer le mensonge de la vérité?" "Va le relire comme il le faut et fait attention quand tu lis, si tu le veux bien. Jésus a dit qu'il enverrait ses anges, qui arracheront les scandales et ceux qui commettent l'iniquité, c'est-à-dire, ceux qui ont péché. Les anges sépareront les méchants des bons. Moi je n'arrache rien du tout, je jardine en séparant le blé de l'ivraie, je sépare la vérité du mensonge. Il y a une grande différence." "Je l'avoue et je m'excuse." "Il y a plusieurs ignorants qui m'ont accusé de me prendre pour un ange. Cependant, je crois qu'il y a un ange qui me guide." "Tu crois aux anges, puisque tu en parles de cette façon?" "Jésus en a parlé avant moi et moi j'en ai été témoin. En voici quelques exemples. 'Le Fils de l'homme enverra ses anges, qui arracheront de son royaume tous les scandales et ceux qui commettent l'iniquité.'

Voir, et c'est très important Matthieu 16, 27. 'Car le Fils de l'Homme doit venir dans la gloire de son Père, avec ses anges et alors Il rendra à chacun selon (sa foi, non, non) selon ses œuvres.'

Voir Matthieu 18, 10 - 12. 'Gardez-vous de mépriser un seul de ces petits, car je vous dis que leurs anges dans les cieux voient continuellement la face de mon Père qui est dans les cieux.'

2 Pierre 2, 11 - 12. 'Tendis que les anges, supérieurs en force et en puissance, ne portent pas contre elles de jugement injurieux devant le Seigneur.

Voir Matthieu 22, 30. 'Car, à la résurrection, les hommes ne prendront point de femmes, ni les femmes de maris, mais ils seront comme les anges de Dieu dans le ciel.' Ils seront fidèles.

Matthieu 26, 52 - 53. 'Alors Jésus lui dit: 'Remets ton épée à sa place, car tous ceux qui prendront l'épée périront par l'épée. Penses-tu que je ne puisse pas invoquer mon Père, qui me donnerait à l'instant plus de douze légions d'anges.'

Matthieu 13, 49. 'Les anges viendront séparer les méchants d'avec les justes.'

Matthieu 13, 37 - 43. 'Jésus répondit: 'Celui qui sème la bonne semence, c'est le Fils de l'homme, le champ, c'est le monde, la bonne semence, ce sont les fils du royaume, l'ivraie ce sont les fils du malin, l'ennemi qui l'a semée, c'est le diable, la moisson, c'est la fin du monde, les moissonneurs, ce sont les anges.'

Matthieu 4, 11. 'Et voici, des anges vinrent auprès de Jésus et le servaient.'

Il y en a sûrement encore, mais cela doit suffire pour vous convaincre." "Tu as raison, Jésus en a fait beaucoup mention."

"Le but principal de Jésus, son message le plus important depuis le début de son ministère fut bien de nous sortir de sous l'esclavage du péché. Quand il a commencé à prêcher, ses premières paroles furent celles-ci. Matthieu 4, 17. 'Repentez-vous, car le royaume des cieux est proche.'

Le royaume des cieux est justement dans la parole qu'il disait, dans la parole de Dieu, il est dans le repentir. Lorsqu'on a passé de la mort à la vie, ne nous sentons-nous pas bien lorsque nous sommes propres? Comment se sent-on lorsque nous avons fait du bien à quelqu'un? J'ai fait la comparaison de Dieu envers les hommes et d'un maître avec son chien. Voyez-vous le maître est le maître, mais c'est lui qui nourrit l'animal, qui lui donne un abri, qui le protège du mieux qu'il le peut, qui ramasse sa merde, qui le lave et le brosse dans bien des cas. Il le dresse, l'entraîne et le promène tout en passant le plus de temps possible en sa compagnie. En retour le maître lui demande de l'obéissance. Le chien fou qui n'écoute pas son maître a peu de chance de terminer sa vie en cette heureuse compagnie. Mes chiens ne prennent jamais leur nourriture sans me dire merci à leur façon. Je les aime beaucoup et ils me le rendent bien. Il en était de même de mes deux cochons dont j'ai gardé dans le passé. Dieu a créé l'homme, mais moi je n'ai pas créé mes animaux. Je ne fais qu'en prendre soin et pourtant mes chiens, mon chat et même mon coq m'adorent et cherchent ma main qui est constamment tendre à leur endroit." "Il y a de quoi réfléchir dans ce que tu viens de dire là." "Oui, c'est très triste à dire, mais je crois qu'il y a plus d'animaux qui adorent leur maître que d'hommes qui adorent le vrai Dieu.

Quand Jésus dit! 'Va et ne pèche plus, soit parfait comme notre Père céleste est parfait, observe les commandements, il ne nous demande pas des choses qui nous sont impossibles. Ce n'était pas un fou même si on a essayé de le faire passer pour tel.

Cependant beaucoup de gens sont trop aveugles pour le comprendre." "N'est-il pas péché de vexer les gens?" "Si c'était le cas, Jésus et même Dieu seraient de grands pécheurs, car ils ont vexé tous ceux qui ne veulent pas croire en la vérité."

"Mais tu as une réponse à tout." "C'est ça d'être éclairé par l'Esprit-Saint, nous connaissons la vérité et nous ne pouvons plus être trompés par le menteur. Cela frustre l'ennemi au point de vouloir nous tuer, comme ce fut le cas pour Jésus et Louis Riel. L'ennemi a tué le corps de Jésus, mais il n'a pas pu tuer son âme et la vérité qui vie à jamais. C'est ça la vie éternelle.

Tant et aussi longtemps que ça ne fera pas de différence dans la caisse des églises, ça ne sera pas trop dangereux pour nous les disciples." "C'est quoi d'être un disciple?" "Le jour où tu en seras un, tu ne poseras plus de questions, mais tu feras comme moi, tu répondras aux questions de ceux qui cherchent la vérité. Fais attention cependant, car comme cela est arrivé à Jésus, il y en aura toujours qui essayeront de te piéger. Tu n'auras plus soif de vérité, car elle sera en toi. Alors tu répandras la parole de Dieu." "Cela veut-il dire qu'il faut que je laisse tout tomber?" "Pierre avait sa femme, sa maison et sa belle-mère et pourtant il était le plus considéré de tous les apôtres. Son travail a changé de prendre des poissons à prendre des hommes, c'est-à-dire montrer aux hommes le royaume des cieux et comment l'atteindre. Il faut sortir de sous l'esclavage du péché. On dirait que l'être humain se plaît d'être sous l'esclavage. C'est le péché, la cigarette, la boisson, l'excès de nourriture, le jeu, la drogue, le travail, le sexe, la religion et j'en passe." "Ne sommes-nous donc pas tous esclaves?" "Pas moi, je suis délivré du mal et j'en remercie Dieu souvent. La parole de Dieu m'a atteint et je la fais fructifier du mieux que je peux. C'est ce que Jésus a appelé la semence dans une terre fertile. Beaucoup de gens la cherchent et ne la trouvent pas et quand ils l'auront trouvé, ils comprendront tout comme Matthieu que c'était ça la perle rare et précieuse, le royaume des cieux, le poisson lavé de ses déchets. Matthieu a tout laissé pour suivre Jésus et pourtant tout ce qu'il avait à faire pour bien gagner sa vie était de s'asseoir et de collecter de l'argent. Cette terre produira et portera des fruits qui seront distribués dans toutes les nations, alors viendra la fin.

La fin du monde actuel c'est la fin du règne du diable sur les hommes et le commencement du royaume de Dieu dans lequel je me trouverai. Il n'y a absolument rien de plus merveilleux. J'en pleure de joie presque à tous les jours. Tout se tient tout comme la parole de Dieu nous l'a enseigné. Cela a commencé par un rêve où Dieu m'a montré un filon et quand nous avons trouvé la perle précieuse, un filon d'or, nous ne lâchons pas, nous allons jusqu'au bout dans la mesure de nos capacités.

Dans mon cas le bout du filon c'est Dieu et le filon c'est le royaume des cieux." "C'est quoi le royaume des cieux au juste?" "On en parle que dans Matthieu. Lui seul en tant qu'apôtre qui a réussit à me joindre par ses écrits." "Qu'est-ce que tu racontes là?" "La vérité. Va lire si tu veux dans Matthieu 10 les noms des douze apôtres. Il n'y a pas de Marc, il n'y a pas de Luc et il y a trop de mensonges et de contradictions dans l'évangile de Jean pour que cela vienne du Jean apôtre de Jésus. L'évangile de ce Jean est le meilleur exemple de la parabole de l'ivraie dont Jésus nous a parlé. Tout comme l'ivraie envahit le blé, le mensonge envahit la vérité. Ce Jean fait même de Jésus un menteur selon ce qu'on y lit dans Jean 8, 44 et 8, 56. Fait attention quand tu lis ce qui suit. Jean 8, 44. 'Vous avez pour père le diable.' Jean 8, 56. Dans la même conversation Jésus aurait dit: 'Abraham votre père, a tressailli de joie de ce qu'il verrait mon jour.'

On ne peut pas avoir pour père Abraham et le diable à la fois, c'est complètement insensé. Non, le Jean de Jésus n'a pas écrit de telles choses, de telles sottises, parce que tout simplement Jésus, le vrai n'a jamais dit cela ni commis de telles erreurs. Il y en a par douzaines de ces mensonges et contradictions dans l'évangile de Jean. Le menteur qui a dit que ce sont les Juifs qui ont fait mourir Jésus est un ennemi des Juifs et l'ennemi des Juifs est l'ennemi de Dieu. Surtout que nous savons que ce sont les soldats romains qui ont actuellement assassiné Jésus sous les ordres de Pilate, gouverneur romain, bien sûr selon les écritures. Vois ce que Paul a dit dans 1 Thessaloniciens 2, 15. 'Ce sont ces Juifs qui ont fait mourir le Seigneur Jésus et les prophètes, qui nous ont persécutés, qui ne plaisent point à Dieu, et qui sont ennemis de tous les hommes.'

C'est probablement la phrase la plus raciste de toute la Bible et elle est de Paul. Je dirais plutôt que ce sont les hommes qui sont ennemis des Juifs. Si ce sont des Juifs qui ont tué Jésus, ils se devaient d'être des Juifs romains comme lui, Paul.

Voir Matthieu 20, 19. 'Et ils le livreront aux païens, pour qu'ils se moquent de lui, le battent de verges et le crucifient.'

Jésus n'a pas menti. Voir aussi Matthieu 27, 27. 'Les soldats du gouverneur (des Romains) conduisirent Jésus dans le prétoire et ils assemblèrent autour de lui toute la cohorte.'

Puis Matthieu 27, 31. 'Et ils l'emmenèrent pour le crucifier.'

Les Juifs exécutaient par lapidation. Voir la femme adultère et l'histoire d'Étienne. Les Romains eux, exécutaient par crucifixion. Ce sont des Romains, des païens qui ont fait mourir Jésus et non des Juifs comme Paul l'a dit. Paul est un menteur et le Jean de Paul aussi.

Hitler a dit exactement le même mensonge, disant à son peuple que ce sont les Juifs qui ont tué Jésus. Il a incité sont peuple à la vengeance et il fut bénit par les hauts placés du clergé romain pour le faire.

Quelle honte que le monde ne peut pas voir la vérité!" "Tu sembles en avoir contre Paul et Jean?" "J'en ai contre les menteurs, surtout lorsque ce sont des menteurs qui détournent la vérité et qui contredisent les messages de Jésus et de mon Dieu.

C'est très grave, puisque cela a fait dégénérer la haine de plusieurs nations contre les Juifs qui persiste encore aujourd'hui. Jésus nous a dit: 'Que lorsque nous verrons l'abomination établie en lieu saint dont a parlé le prophète Daniel, que celui qui lit fasse attention.'

C'est dans Matthieu 24, 15. Moi j'ai vu l'abomination dans ce qu'on appelle la sainte Bible (lieu saint) et j'ai fait bien attention à ce que je lisais.

Tout est là sous nos yeux. Il faut dire que c'était très bien camouflé et comme des milliards d'autres, moi aussi pour longtemps j'ai été trompé et aveuglé par le menteur et ses mensonges dont les religions sont les porte-parole. Moi je suis bénit de tous les temps, puisque Dieu m'a ouvert les yeux, délivré du mal et Il m'a permis de voir, de croire et d'accepter la vérité.

Voici le secret des trois êtres que nous avons besoin pour entrer dans le royaume des cieux.

Seule la vérité nous affranchira! Faut-il encore la voir, y croire et l'accepter. Je parlais un peu plus tôt des trois êtres et les voici: Il faut être capable de voir la vérité, il faut être capable d'y croire et il faut être capable de l'accepter. Ce sont là les trois êtres les plus importants de notre vie. Puis, la recette pour voir le royaume des cieux est très simple et je la répète. Elle nous vient de Dieu par l'entremise de Jésus. Matthieu 22, 35 - 40. 'Et l'un d'eux, docteur de la loi, lui fit cette question, pour l'éprouver: 'Maître, quel est le plus grand commandement de la loi? Jésus lui répondit: 'Tu aimeras le Seigneur, ton Dieu, de tout ton cœur, de toute ton âme, et de toute ta pensée. C'est là le premier et le plus grand commandement. Et voici le second qui lui est semblable: 'Tu aimeras ton prochain comme toi-même. De ces deux commandements dépendent toute la loi et les prophètes.'

De cette recette dépend aussi que tu entres ou pas dans le royaume des cieux. Il y a les enfants de Dieu qui eux l'ont vu et les autres que les dirigeants de religions ont empêché d'y entrer. Des aveugles qui conduisent d'autres aveugles comme Jésus en a parlé. Quel crime odieux!

Voici ce que Jésus a dit aux Pharisiens comme Paul et à tous ses semblables. Matthieu 23, 33. 'Serpents, race de vipères! Comment échapperez-vous au châtiment de la géhenne?'

Matthieu 23, 13. 'Malheur à vous, scribes et Pharisiens hypocrites, parce que vous fermez aux hommes le royaume des cieux. vous n'y entrez pas vous-mêmes, et vous n'y laissez pas entrer ceux qui veulent y entrer.'

À noter ici que Jésus ne condamne pas les menteurs et les hypocrites, mais il leur demande comment ils pourraient échapper au châtiment de la géhenne." "N'est-il pas péché de se mettre en colère contre son frère et de lui donner des noms comme Jésus en parle dans Matthieu 5, 22? 'Mais moi, je vous dis que quiconque, se met en colère contre son frère, mérite d'être puni par les juges, que celui qui dira à son frère: Raca! Mérite d'être puni par le sanhédrin et que celui qui lui dira: Insensé! Mérite d'être puni par le feu de la géhenne.'

Je fais allusion ici à Serpents, race de vipères." "Penses-tu vraiment que les menteurs et les hypocrites, surtout ceux qui mentent au sujet de la parole de Dieu sont les frères de Jésus?" "Je ne gagnerai jamais contre toi." "La vérité gagne sur le mensonge, ça je le sais. Maintenant, si les scribes, les Pharisiens et les menteurs peuvent fermer aux hommes le royaume des cieux avec le mensonge et n'y entrent pas eux-mêmes, parce qu'ils sont menteurs, c'est donc dire que celui qui dit la vérité peut y entrer et permettre à ceux qui ont les trois êtres d'y entrer aussi. Moi je sais que je le vois et que j'y vies." "Tu as beaucoup de chance." "Toi aussi, car tu as la chance d'entendre la vérité comme les disciples de Jésus l'ont eu.

Cependant, il y en a plusieurs qui tombent devant la mort et qui peut les blâmer? Certainement pas moi, car je ne sais vraiment pas comment je réagirai devant une telle situation, c'est-à-dire, devant la mort. Je sais seulement que je pris Dieu de tout mon cœur de me donner la force et le courage de résister au mal et à la douleur maintenant et toujours. Lui seul a le pouvoir de me garder avec Lui, Jésus l'a dit: 'La chaire est faible, c'est pourquoi il faut prier.'

J'espère avoir un langage pur et simple pour que tous ceux qui me liront puissent me comprendre ou plutôt comprendre la parole de Dieu et les messages de Jésus." "C'est vrai que les apôtres sont tombés à commencer par Pierre." "C'était là la volonté de Dieu qu'ils tombent ce jour-là." "Qu'est-ce que tu me dis là? Elle est bonne celle-là. Voir si Dieu veut que ses disciples tombent." "Mon cher ami, s'ils n'étaient pas tombés ce jour-là, nous n'aurions rien ou presque rien de la parole de Dieu, car ils se seraient tous faits crucifiés avec Jésus et aussi tous ses messages. Voici un autre titre d'un de mes chants." "Hé, je n'avais jamais pensé à ça, mais c'est pourtant vrai. Du moins, il y aurait eu une grande possibilité." "Les trois années du ministère de Jésus auraient presque été en vain. Je ne pense pas que Dieu ait voulu perdre son temps de cette façon. Il ne perd pas son temps avec moi non plus, puisque je fais ce qu'Il me dicte, ce qu'Il me demande." "Comment sais-tu que cela vient de Dieu?" "Parce que je sais que ce que je fais est bon et rien de bon ne vient du malin." "Je l'admets, tu as un très bon point, puisque tu parles toujours en faveur de Jésus et de Dieu." "C'est parce que l'un est mon Dieu et l'autre est mon directeur, le Christ. Je l'écoute et je sais que cela Lui plaît.

Je disais donc que les enfants de Dieu connaissent la volonté de leur Père, ses lois et ses commandements. Les enfants de Dieu savent que le sabbat est le septième jour de la semaine et non pas le premier et qu'il faut le sanctifier. Les autres suivent leur dieu aussi, mais ils ne suivent pas le Dieu d'Israël que je suis, sinon ils connaîtraient sa volonté. Ils aiment leur dieu de tout leur cœur, âme et pensées aussi, mais quel dieu suivent-ils?

Les enfants du Dieu d'Israël savent aussi par exemple que mon Père ne veut pas que nous mangions du verrat, vous savez du porc, ver, rat. Voir Ésaïe 66, 17. 'Ceux qui mangent de la chair de porc, des choses abominables et des souris. Tous ceux-là périront, dit l'Éternel.'

C'est probablement parce que la viande de porc cause le cancer. Je sais une chose, c'est que le porc est plein de parasites et que les parasites causent le cancer. Ça, c'est connu. N'est-ce pas le cancer qui est le plus grand tueur au monde? Il y a quinze millions de personnes qui meurent chaque année par des causes de cancer. Que vient-on de lire dans Ésaïe 66, 17? 'Ceux qui mangent de la chair de porc, des choses abominables et des souris. Tous ceux-là périront, dit l'Éternel.'

Il y a une personne qui meure toutes les secondes dans le monde à cause du cancer. Combien mangent du porc? Il y a une personne qui meure toutes les six secondes dans le monde à cause de la faim. Jésus a déclaré que le diable est un meurtrier depuis le début. C'est par la méchanceté qui est dans le monde que tous ces gens meurent. Tournons-nous vers Dieu et Il se tournera vers nous.

De toutes façons, si Dieu l'a interdit c'est qu'Il avait une très bonne raison de le faire et ceux qui ne l'écoutent pas et bien c'est bien tant pis pour eux. C'est pourtant bien dommage que beaucoup d'innocents meurent par manque de connaissance à ce sujet. On a beau le faire cuire autant que l'on veut, la vermine cuite ou pas, c'est toujours de la vermine. Puis, selon les dires, la chair du porc est presque identique à la chair humaine." "Veux-tu dire que tu ne manges pas de jambon n'y de bacon?" "Pas depuis que je suis devenu un véritable fils de Dieu. Quand on aime Dieu de tout notre cœur, de toute notre âme et de toute notre pensée, il est actuellement facile de donner notre bacon à notre chien. Mais toi, que penses-tu de tout ce que je te dis?" "Je dois te dire que j'en apprends beaucoup. C'est même renversant par moments." "Je l'ai déjà dit, la vérité choque souvent, surtout pour ceux qui n'y sont pas ouverts.

Quand nous avons Dieu pour Père, nous avons des pensées qui nous viennent de Lui plus souvent qu'autrement! Jésus nous l'a bien montré dans Matthieu 16, 16. 'Simon Pierre répondit: 'Tu es le Christ, le Fils du Dieu vivant.' Et Jésus lui a répliqué, Matthieu 16, 17. 'Jésus, reprenant la parole, lui dit: 'Tu es heureux, Simon, fils de Jonas, car ce ne sont pas la chair et le sang qui t'ont révélé cela, mais c'est mon Père qui est dans les cieux.'

Maintenant, savez-vous ce que cela veut dire? Cela veut dire que c'était l'Esprit-Saint qui parlait par la bouche de Pierre et qu'il n'a pas eu besoin d'attendre que Jésus meure, réussite et qu'il aille vers son Père au ciel pour y être glorifié et pour que ce même Esprit se manifeste. Voir aussi Matthieu 10, 20. 'Car ce n'est pas vous qui parlerez, c'est l'Esprit de votre Père qui parlera en vous.'

Ceci implique que les disciples de Jésus étaient aussi des fils de Dieu tout comme Jésus. C'est la même chose pour tous ceux qui suivent Jésus en faisant la volonté du Père qui est dans les cieux. C'est-à-dire, suivre la loi de Dieu. Par contre, le diable peut aussi se manifester à travers nous et nous avons un exemple frappant à quelques paragraphes plus loin dans Matthieu 16, 23. 'Mais Jésus se retournant dit à Pierre: 'Arrière de moi Satan. Tu m'es en scandale; car tes pensées ne sont pas les pensées de Dieu, mais celles des hommes.'

À remarquer ici que Jésus n'appelle pas Pierre Satan, mais qu'il a ordonné à Satan de sortir de Pierre. Ce n'était pas la première fois qu'il chassait un démon.

J'ai souligné plus haut; Simon, fils de Jonas. Allons voir maintenant de qui ce même Pierre est le fils dans l'évangile de Jean. Jean 1, 42. 'Jésus l'ayant regardé, lui dit: 'Tu es Simon, fils de Jean; tu seras appelé Céphas (ce qui signifie Pierre).'

C'est ce que j'ai trouvé dans la Bible International anglaise et dans la Bible des Gédéons internationaux, la New American Standard Bible.

Un jour en Colombie-britannique, à Westbank plus précisément, un homme me tourmentait et m'obstinait à propos de la parole de Dieu. Il cherchait à me contrarier sur tout ce que je disais et je lui ai demandé de s'en aller après qu'il m'ait eu exaspéré. J'ai été stupéfié de la vitesse dont il m'a écouté. C'était tout comme si Dieu lui avait fermé la gueule et l'avait chassé sachant qu'il n'y avait plus rien à faire avec lui.

Donc, les pensées nous viennent d'ailleurs et selon moi, elles sont esprit, puisque qu'elles existent, mais elles ne se voient pas et nous ne pouvons pas les toucher. Elles sont aussi divines ou bien démoniaques.

Ce matin même alors que j'étais encore au lit, il m'est venu toutes sortes de belles phrases et de beaux mots pour ce livre que j'écris. Je m'y plaisais énormément et j'étirais le temps afin d'en avoir un peu plus, mais quand finalement les besoins du matin m'ont forcé à me lever et après y avoir accédé, je suis allé prendre un crayon et du papier puis, je ne me souvenais plus de rien. Elles me reviendront peut-être un jour, qui sait?

Une fois de plus j'ai compris que mes pensées ne m'appartenaient pas et qu'elles ne m'étaient que prêtées ou données. La seule chose dont je me suis rappelé est la combinaison des trois êtres." "Cela a dû te chagriner?" "Oui et non, si Dieu veut qu'elles me reviennent, elles reviendront. Je te dirais même, que je suis retourné au lit, histoire de me remettre dans la même ambiance dans l'espoir qu'elles me reviennent, mais ce fut peine perdue." "Veux-tu dire que nous ne pouvons pas contrôler nos pensées et nos idées?" "C'est exactement ça que je te dis." "Alors nous ne sommes pas responsables des mauvaises pensées et des mauvaises idées?" "Non, mais nous sommes responsables de ce que nous en faisons. Tu es libre de les prendre ou de les rejeter. C'est ton choix. Si tu aimes Dieu de tout ton cœur, tu rejetteras toutes mauvaises pensées, puis tu profiteras et tu feras profiter les autres de toutes bonnes pensées.

J'ai eu une idée dernièrement qui fera sûrement de moi l'homme le plus riche du monde, moi qui n'ai jamais cherché la fortune.

Ce n'était pas vraiment mon intention, mais à force d'y penser j'ai compris le dessein de Dieu qui est d'informer toutes les nations de son œuvre. Une idée qui sera grandement historique, je dirais même aussi historique que l'histoire de la tour de Babel. Je parle ici de plusieurs milliards de dollars par années. Je mettrai au travail plusieurs milliers de personnes qui feront un travail non seulement nécessaire, mais très important et par-dessus tout très intéressant. C'est une idée qui fera le tour du monde, dans toutes les nations et toutes les nations se comprendront." "Mais tu deviens de plus en plus intrigant." "Ils sont nombreux les mystères de Dieu, mais Jésus nous l'a bien dit que Dieu publiera des choses cachées depuis le commencement du monde. C'est dans Matthieu 13, 35." "Est-ce bien d'être riche?" "Une mauvaise personne riche peut faire beaucoup de mal avec beaucoup d'argent, mais par contre une bonne personne peut faire beaucoup de bien aussi avec beaucoup d'argent. Cela me fait frémir quand j'entends sur les nouvelles un homme riche acheter un tableau ou quelques objets de grande valeur qu'il paye des millions de dollars. Dieu a permis que des personnes deviennent riches, elles qui souvent sont nées pauvres et nues. Il a aussi dit qu'il était nécessaire que les scandales arrivent, mais malheur pour ceux par qui ils arrivent. C'est dans Matthieu 18, 7. L'argent donne aux hommes le pouvoir de manœuvre, il est bon de s'en servir à bon escient." "Je n'ai jamais entendu parler personne comme tu le fais." "Ils sont rares les disciples de Jésus, je n'en ai jamais rencontré non plus." "S'il y en a, ils sont silencieux." "Il ne faut pas oublier que leur vie est en danger continuellement et étant morts, ils ne servent plus à rien." "Toi tu ne sembles pas avoir peur de dire ce que tu as à dire." "Non, mais le risque n'en est pas moindre pour cela et il me faut quand même être prudent. Tous ceux à qui je parle de la vérité peuvent être une menace pour moi.

CHAPITRE 8

Revenons si tu le veux bien au royaume des cieux. Le sais-tu que nous le trouvons seulement dans Matthieu?" "Non mais, comment ce fait-il?" "Je te l'ai dit que seul Matthieu était un apôtre de Jésus entre les quatre évangélistes. Le royaume des cieux est mentionné trente-deux fois, selon mes recherches dans Matthieu et nulle part ailleurs." "C'est étrange, n'est-ce pas?" "Pas vraiment, surtout lorsqu'on a compris ce qui s'est passé." "C'est quoi qui c'est passé selon toi?" "Selon moi Matthieu a écrit les faits exacts et d'autres peu scrupuleux l'ont imité en ajoutant et en soustrayant quelques faits et aussi en changeant la signification de plusieurs messages." "Ce sont là des accusations très sérieuses, ne penses-tu pas?" "Peut-être bien, mais j'ai de bonnes raisons pour affirmer ces choses.

Je parle ici de choses trouvées dans les écritures de Mark, Luc et Jean dont je parlerai plus tard. Je disais donc que j'ai compté trente-deux versets où Jésus parle du <u>royaume des cieux</u> et seulement dans Matthieu." "Dans Mark on fait mention du royaume de Dieu." "C'est exact, mais ce n'est pas la même chose?" "Pas du tout." "Explique, car je ne comprends pas." "Le royaume de Dieu n'est pas de ce monde, tendis que le royaume des cieux l'est." "Ho là, je suis encore plus confus que jamais." "Je vais essayer de t'éclairer du meilleur de ma connaissance. Selon moi, le royaume de Dieu ne viendra qu'à partir du moment où le diable sera éliminé de ce monde. Le royaume des cieux fait parti de ce monde, mais seulement, il fait parti à part du monde." "Je ne comprends toujours pas." "J'espère que lorsque j'aurai terminé ce chapitre tu auras enfin compris.

Je vais t'énumérer un nombre de versets où Jésus parle de ce fameux royaume des cieux en espérant que cela va t'aider à comprendre. Matthieu 3, 2. 'Jean-Baptiste prêchait dans le désert: Il disait: 'Repentez-vous, car le royaume des cieux est proche.'

Il était vraiment proche, car Jésus (la parole de Dieu) était sur le point de se montrer.

Matthieu 4, 17. Dès ce moment-là Jésus commença à prêcher et à dire: 'Repentez-vous, car le royaume des cieux est proche.'

Maintenant cela s'est passé il y a deux milles ans. Il ne parlait certainement pas d'un royaume qui ne viendrait qu'à la fin du monde. Il parlait justement de la parole de Dieu qu'il avait en lui. Repentez-vous, videz-vous de vos péchés, c'est comme un poisson dont on a enlevé les entrailles, il est propre, il est bon à manger.

Continuons avec Matthieu 5, 3. 'Heureux les pauvres en esprit, car le royaume des cieux est à eux.'

Que peut-on reprocher aux retardés mentaux, je veux dire des personnes dépourvues d'intelligence? On ne peut même pas leur reprocher leurs crimes, même les pires, comme le meurtre et encore moins leurs péchés, c'est d'ailleurs pourquoi plusieurs criminels prétendent la folie, ce qu'un homme honnête comme Louis Riel ne peut pas faire. Riel aurait pu se servir de cette excuse, puisqu'il avait déjà été enfermé et ses avocats ont insisté pour qu'il s'en serve pour sa défense. Louis Riel a refusé avec énergie. Plutôt la mort physique que la mort spirituelle pour un enfant de Dieu.

Voir Matthieu 5, 10. 'Heureux ceux qui sont persécutés pour la justice, car le royaume des cieux est à eux.'

Jésus ne parle pas du tout au future ici. IL est à eux maintenant et non pas dans, je ne sais pas combien d'années. Croyez-moi, ce ne sont pas les fils du diable qui sont et qui seront persécutés pour la justice.

Matthieu 5, 19. 'Celui donc qui supprimera l'un de ces plus petits commandements et qui enseignera aux hommes à faire de même sera appelé le plus petit dans le royaume des cieux; mais celui qui les observera et qui enseignera à les observer, celui-là sera appelé grand dans le royaume des cieux.'

On ne peut pas être plus clair." "Je commence à comprendre. Alors toi, tu es grand dans le royaume des cieux, selon ce message." "Merci de le constater et moi j'en suis très heureux. Mais quand sera-t-il de Paul qui élimine toute la loi et qui enseigne à ne plus la suivre ou de ne plus être sous la loi?" "Le moindre qui puisse lui arriver serait qu'il soit très petit dans le royaume des cieux. Nous verrons sûrement plus loin ce que les écritures disent à ce sujet.

Matthieu 5, 20. 'Je vous le dis, si votre justice ne surpasse pas celle des scribes et des Pharisiens, vous n'entrerez pas dans le royaume des cieux.'

Et voilà notre réponse à la question précédente. Il faut être au moins honnête pour entrer dans le royaume des cieux." "Tout ça est très intéressant, mais comment as-tu fait pour voir toutes ces choses?" "J'ai simplement écouté celui qui disait la vérité, toute la vérité et rien que de la vérité. Tout ce qui contredit Jésus et Dieu est antéchrist et anti-Dieu. Nous trouverons sûrement d'autres réponses à mesure que nous avançons.

Voir Matthieu 7, 21. 'Ceux qui me disent: Seigneur, Seigneur n'entreront pas tous dans le royaume des cieux, mais celui-là seul qui fait la volonté de mon Père qui est dans les cieux.'

Ce message est très clair et très important. 'Celui-là seul qui fait la volonté de Dieu entrera dans le royaume des cieux.'

C'est-à-dire, celui-là seul qui est sous la loi de Dieu et qui observe ses commandements.

Pourtant Paul a dit exactement le contraire dans Romains 10, 13. 'Car quiconque invoquera le nom de Seigneur sera sauvé.'

Paul a dit le contraire de Jésus, lequel croyez-vous?

C'est clair qu'il vaut mieux essayer de connaître la volonté de Dieu." "Tu l'as dit, je ferais bien de t'écouter jusqu'au bout. C'est très intéressant et intriguant, je dirais même plus, c'est passionnant. Tu dois sûrement avoir un don pour faire tout ça?" "Si j'ai un don c'est le don de vérité et peut-être un peu un don de voyance. Dans l'ancien temps on appelait les prophètes des voyants. Encore une fois, si je vois c'est que Dieu me parle et que j'écoute Celui qui est la lumière et Il m'éclaire. Quand Jésus dit: 'Je suis la lumière du monde, cela équivaut à dire qu'il est la parole de Dieu, comme Dieu a dit qu'Il mettra sa parole dans la bouche d'un prophète comme Moïse qui sera suscité parmi ses frères en Israël.

Revenons à nos moutons ou à nos brebis du royaume des cieux. Matthieu 8, 11. 'Or, je vous déclare que plusieurs viendront de l'orient et de l'occident et seront à table avec Abraham, Isaac et Jacob, dans le royaume des cieux.'

Moi j'ai la certitude d'avoir ma place avec eux et soyez sûr d'une chose, Jésus sera à cette table aussi. D'ailleurs, je l'ai écrit dans un de mes quantiques qui se nomme: Chanter Louanges à Mon Dieu. Jésus dit dans ses instructions à ses disciples, Matthieu 10, 7. 'Allez prêcher et dites: 'Le royaume des cieux est proche.'

Matthieu 11, 11. 'Je vous le dis en vérité, parmi ceux qui sont nés de femmes, il n'en a point paru de plus grand que Jean-Baptiste. Cependant, le plus petit dans le royaume des cieux est plus grand que lui.'

Jésus nous a dit que même Jean-Baptiste n'était pas un saint et qu'il était le plus grand, mais lui non plus n'avait pas reconnu le royaume des cieux qui est la parole de Dieu qui nous est donnée par l'entremise de Jésus et qui nous vient du Père. Lui, Jean-Baptiste qui a baptisé Jésus a envoyé ses disciples demander à Jésus s'il était celui qui devait venir ou s'il devait en attendre un autre. C'est que Jean-Baptiste n'était pas encore entré dans le royaume des cieux et il avait encore des doutes sur la venue de Jésus, du Messie. De toutes façons, Jésus savait que Jean-Baptiste était plus petit que le plus petit dans le royaume des cieux et il avait ses raisons pour dire ces choses. Peut-être était-ce à cause de ses doutes à propos de la parole de Dieu.

Ce verset-ci est très important aussi pour nous aider à comprendre que le royaume des cieux est sur terre. Matthieu 11, 12. 'Depuis le temps de Jean-Baptiste jusqu'à présent, le royaume des cieux est forcé et ce sont les violents qui s'en emparent.'

Le diable et les violents ou qui que soit ne pourront pas forcer le royaume de Dieu, car dans son royaume, il n'y aura rien de mal, car dans ce royaume la parole de Dieu sera dans le cœur des hommes et Dieu sera le Dieu de tous. Voir Jérémie 31, 33. 'Après ces jours-là, dit l'Éternel: Je mettrai ma loi au-dedans d'eux, Je l'écrirai dans leur cœur; et Je serai leur Dieu et ils seront mon peuple.' Et cela sera le royaume de Dieu dans lequel il n'y aura point de mal.

Matthieu 13, 11. 'Parce qu'il vous a été donné de connaître les mystères du royaume des cieux et que cela ne leur a pas été donné.'

Vois-tu, c'est pour cela que tu écoutes et que moi, je te parle. C'est le travail de Jésus qui continue. J'espère qu'avec toi la parole de Dieu tombera en bonne terre et qu'elle produira cent pour un ou plus."

"Je ne suis pas très vite, mais je comprends de plus en plus. Ça fait du bien de t'écouter." "Cela fait du bien à entendre et cela fait toujours plaisir de voir quelqu'un nous écouter. Ça compense pour tous ceux qui me rejettent. En fait, il y en a très peu qui écoute.

Matthieu 13, 24. 'Le royaume des cieux est semblable à un homme qui a semé une bonne semence dans son champ.'

Est-ce que cela te rappelle quelque chose ou quelqu'un?" "C'est toi qui me parle et moi, je suis le champ qui accepte cette semence. La bonne semence, c'est la parole de Dieu que tu m'apporte, que tu me donnes." "Moi j'espère que ce champ sera fructueux et que l'on saura éliminer les mauvaises herbes et les jeter au feu pour les empêcher de se reproduire. Il faudra que tu sois prudent, car les hommes qui se déguisent en ange de lumière sont nombreux. Remarque que ça peut être des femmes aussi. En connaissant la vérité cependant tu reconnaîtras ceux qui mentent consciemment ou autrement. L'ivraie a été implantée si subtilement qu'il y en a beaucoup qui mentent sans le savoir. Il est rusé le malin, d'ailleurs, la Bible en parle à quelque endroits. Regarde dans Genèse 3, 1 et 2 Corinthiens 12, 16. Vois-tu? Dieu a dit: 'Si tu en manges, tu mourras.'

Le diable dit: 'Tu ne mourras pas, mais tes yeux s'ouvriront.'

L'homme n'est pas mort physiquement, mais il est mort spirituellement, c'est ce que fait le péché. Jésus a dit: Matthieu 5, 17. 'Ne pensez pas que je sois venu pour abolir la loi ou les prophètes. Je suis venu non pour abolir, mais pour accomplir. Car je vous le dis en vérité, tant que le ciel et la terre ne passeront point, il ne disparaîtra pas de la loi un seul iota ou un seul trait de lettre, jusqu'à ce tout soit arrivé.'

Voyons maintenant ce que le rusé a dit, voir Éphésiens 2, 15 - 16. 'Jésus a anéanti par sa chair la loi des ordonnances dans ces prescriptions, afin de créer en lui-même un seul homme nouveau, en établissant la paix et de les réconcilier, l'un et l'autre en un seul corps, en détruisant par elle l'inimitié.'

Jésus est mort sur la croix il y a près de deux milles ans et l'inimitié existe toujours. Jésus a dit que tant et aussi longtemps que le ciel et la terre existeront, il ne disparaîtra pas un seul trait de lettre de la loi. Paul lui dit que Jésus a anéanti la loi en mourant sur la croix. Moi j'ai la certitude que Jésus n'a pas menti, ce qui veut dire que l'autre l'a fait. Vois-tu? Dieu a dit à Adam et Ève si tu en manges, tu mourras. Le diable a dit le contraire. Jésus a dit que la loi ne disparaîtra jamais et encore une fois le diable a dit le contraire.

Dieu aussi a Lui-même dit que la loi ne disparaîtra jamais. Voir Jérémie 31, 36. 'Si ces lois viennent à cesser devant moi dit l'Éternel, la race d'Israël aussi cessera pour toujours d'être une nation devant moi.'

On a pourtant bien essayé de la faire disparaître cette nation d'Israël, mais la main de Dieu est sur elle et les efforts pour la détruire sont vains malgré tout.

Matthieu 13, 31. 'Le royaume des cieux est semblable à un grain de sénevé qu'un homme a pris et semé dans son champ.'

Vois-tu? Le grain de sénevé que Dieu a mis en moi est en train de s'élever au-dessus de toutes les plus hautes montagnes du monde et les oiseaux du ciel comme toi viendront s'y abriter. À leur tour ils mettront en bonne terre cette bonne semence qui produira d'autre blé tout en éliminant le mensonge qui vient nuire à la production.

Matthieu 13, 33. 'Le royaume des cieux est semblable à du levain qu'une femme a pris et mis dans trois mesures de farine, jusqu'à ce que la pâte soit toute levée.'"

"Il n'est pas facile à comprendre celui-là non plus." "Là je l'avoue, j'ai eu du mal à comprendre cette parabole-là. C'est ce que je fais avec toi, c'est-à-dire, de produire des disciples jusqu'à ce que toutes les nations soient en connaissance de la parole de Dieu, de la vérité. Le but de la bête, de l'antéchrist est de faire mourir autant de monde possible avant qu'il ne prenne connaissance de cette vérité.

C'est pour cette raison que ma vie est en danger. L'un des membres de cette bête en donne un exemple, voir Tite 1, 11. 'Auquel il faut fermer la bouche! Ils bouleversent des familles entières, enseignant pour un gain honteux, ce qu'on ne doit pas enseigner.'

Savez-vous comment on ferme la bouche de quelqu'un? C'est un terme très connu de la mafia. Faire taire quelqu'un, c'est de l'exterminer. Cette lettre est de Paul et elle est adressée à Tite, disciple de Paul." "Est-ce que je me trompe ou bien ce Paul a de drôles de façons pour quelqu'un qui est supposé être un apôtre?" "Tu ne te trompes pas du tout, selon ce que j'ai trouvé, il contredit Jésus et Dieu des centaines de fois. Le pire de tout, c'est que les deux milles cinq cent cinquante dénominations chrétiennes en Amérique du Nord sont basées sur son enseignement." "Il y a de quoi faire peur." "Tu l'as dit, mais n'est pas peur, soit très prudent. Le danger par contre est moindre lorsque nous connaissons l'ennemi.

Matthieu 13, 44. 'Le royaume des cieux est encore semblable à un trésor caché dans un champ. L'homme qui l'a trouvé le cache; et dans sa joie, il va vendre tout ce qu'il a et achète ce champ.'"

"Là encore je ne comprends plus ce que cela veut dire." "C'est très simple mon ami. Après avoir été abreuvé de cette eau de vie, nourri de cette vérité dont nous cherchions depuis longtemps, nous pouvons donner tout ce que nous possédons pour vivre dans la joie du royaume des cieux. Il n'y a plus rien qui compte autant que de répandre cette vérité, même au prix de notre vie. C'est ce qu'ont vécu Jésus, ses apôtres et plusieurs de ses disciples ainsi que Louis Riel. Nous en avons la preuve aujourd'hui. Ils vivront à jamais. Ils ont la vie éternelle, comme Jésus leur a promis.

Voici un autre message ici de Jésus qui est très important. Matthieu 13, 43. 'Alors les justes <u>resplendiront</u> comme le soleil dans le royaume de leur père.'

Ici Jésus parle au future, alors il parle de Royaume de Dieu et non pas du royaume des cieux, qui celui-là est de notre vivant.

Pour commencer les justes ont Dieu pour Père. Jésus qui parle souvent du royaume des cieux ici ne dit pas le royaume des cieux, mais le royaume du Père." "Sais-tu pourquoi?" "Voici mon explication! Il n'y a plus de mal, il n'y a plus de violents qui forcent le royaume des cieux, puisque les anges ont arraché ceux qui commettaient l'iniquité, c'est-à-dire ceux qui péchaient. Ces pécheurs dont Jésus et bien d'autres disciples ont pourtant bien averti et encore de bien des façons et ils ont quand même continué à pécher en pensant être sauvés par le sang de Jésus sur la croix. Jésus en a sauvé beaucoup comme Dieu le Père l'avait annoncé, mais cela s'est fait par l'annonce de la parole de Dieu et non pas par sa mort sur la croix. Si la mort de Jésus sur la croix pouvait suffire à sauver le monde qui croit en ce mensonge, Jésus n'aurait pas eu besoin de passer trois ans à instruire ses disciples. Il n'aurait tout simplement eu qu'à dire; 'Voilà, je donne ma vie pour vous sauver et tout ce que vous avez à faire c'est d'y croire. Vous pouvez pécher tant que vous voudrez, tous vos péchés m'appartiennent.'

En fait, c'est ce que le diable a fait, c'est ce que le diable a dit. Dieu a dit que c'est avec sa connaissance que Jésus sauvera du monde. Vois Ésaïe 53, 11. 'Par sa connaissance mon serviteur juste justifiera beaucoup d'hommes.'

Matthieu 13, 45 - 46. 'Le royaume des cieux est encore semblable à un marchant qui cherche de belles perles. Il a trouvé une perle de grand prix; et il est allé vendre tout ce qu'il avait et l'a acheté.'

Jésus a eu une façon extraordinaire de nous dire qu'il n'y avait rien au monde de plus beau, de plus important que la vérité, que la parole de Dieu, qui elle nous amène à vivre dans le royaume des cieux. Je peux te l'assurer, je n'ai jamais connu de plus grand bonheur et de plus grande satisfaction personnelle que de travailler à accomplir la volonté de mon Père qui est dans les cieux. C'est presque inexprimable. Je peux te dire aussi que les pleures et les grincements de dents ne sont pas pour les enfants de Dieu.

Lorsque Matthieu a découvert Jésus, il a tout laissé sur-le-champ pour suivre Jésus. Matthieu a compris à l'instant même, qu'il venait de découvrir la plus précieuse des pierres sur terre.

Cependant, des pasteurs de L'Église Baptiste Évangélique m'ont demandé si je savais qui Matthieu était réellement. Ils ont dit que Matthieu était un vulgaire collecteur de taxes. Je leur ai dit qu'eux, ils en n'avaient pas fait autant pour le royaume des cieux. Matthieu a tout laissé pour suivre Jésus, eux n'en ont pas fait autant. Matthieu a laissé l'argent, eux, ils la ramassent. Cela m'a valu mes premières persécutions venant des ennemis de Jésus.

Matthieu 13, 47 - 48. 'Le royaume des cieux est encore semblable à un filet jeté dans la mer et ramassant des poissons de toutes espèces. Quand il est rempli, les pêcheurs le tirent; et, après s'être assis sur le bord du rivage, ils mettent dans des vases ce qui est bon et ils jettent ce qui est mauvais.'

Si tu remarques bien le sens de cette phrase, Jésus parle d'un royaume des cieux qui est bien au présent et ca c'est le présent de chacun de nous et de tous les siècles. As-tu compris ce message?" "C'est le même que bien d'autres sur le royaume des cieux. Il faut nettoyer notre vie de toute souillure." "Cela est vrai pour une partie seulement." "Qu'est-ce qu'il y a de différent?" "Il y a des poissons de toutes espèces." "Qu'est-ce cela veut dire?" "Cela veut dire qu'il y a dans le royaume des cieux des personnes de toutes les nations, de toutes les races. Ils viennent de l'Orient et de l'Occident comme Jésus l'a dit. C'est notre travail de faire des disciples dans tous les pays." "Pourquoi m'as-tu inclue? Comment peux-tu dire que j'y participerai?" "Si tu n'étais pas intéressé, tu aurais déjà cessé de me poser des questions depuis bien longtemps." "J'ai beaucoup de chance de t'avoir." "Je t'en souhaite tout autant.

Matthieu 13, 52. 'C'est pourquoi tout scribe instruit de ce qui regarde le royaume des cieux est semblable à un maître de maison qui tire de son trésor des choses nouvelles et des choses anciennes.'

Ceci est peut-être une mauvaise traduction. Tout ce que Jésus a dit, c'est que tu te débarrasses de tes trésors pour posséder le royaume des cieux, la perle précieuse. Il a aussi dit que là où est ton trésor sera ton cœur et c'est pour cela qu'il est difficile à un homme riche d'entrer dans le royaume des cieux." "C'est vrai que ce message porte à confusion, surtout que les apôtres venaient juste de dire qu'ils avaient tout compris." "Ce passage ne ressemble en rien à tous les autres sur le royaume des cieux, quoiqu'en y pensant bien ou en y pensant à deux fois, cela veut sûrement dire qu'il ne faut rien négliger de ce que l'on a appris il y a longtemps ou ce qui vient tout juste de nous être révélé.

Jésus a dit à Pierre, Matthieu 16, 19. 'Je te donnerai les clefs du royaume des cieux; ce que tu lieras sur la terre sera lié dans les cieux et ce que délieras sur la terre sera délié dans les cieux.'

Les prêtres de beaucoup de dénominations se sont appropriés ce verset avec la confession, mais pour avoir ce pouvoir, il faut être comme Pierre, c'est-à-dire, être un disciple de Jésus et prêcher la vérité. Les prêtres catholiques qui comme Paul contredisent Jésus de centaines de façons n'ont certainement pas ce pouvoir et ils ont comme Paul condamné des milliers de personnes à tord à l'enfer. Rappelez-vous des vendredis maigres et combien ont-ils condamné de personnes au péché mortel pour avoir failli d'assister à leurs services hors la Loi du premier jour de la semaine?

J'en connais beaucoup qui ont de la misère avec ce verset-là. Je ne sais pas trop si c'est une petite question de jalousie ou quelque chose d'autre. Je sais que Pierre fut le premier apôtre que Jésus a choisi, qu'il était Pierre et que sur cette pierre il bâtirait son église. Ce qui voulait dire que Pierre avait une foi solide comme la pierre et que c'est sur cette foi que Jésus a basé son église. C'est sûr que Jésus avait besoin d'un tel homme.

Il fallait que les apôtres aient une foi extraordinaire pour continuer à répandre la parole de Dieu au risque de leur vie. Quant aux clefs du royaume des cieux, ce n'est rien d'autre que les instructions, qu'il a reçu de Jésus, les mêmes messages que je te donne aujourd'hui. C'est la parole de Dieu, la vérité qui ouvre les portes du royaume des cieux. Pour ce qui est de lier et de délier sur la terre, c'est très simple, car avec la loi et la parole de Dieu, nous avons les outils nécessaires pour dire à tous et à chacun ce qu'il doit faire et ne pas faire pour voir et entrer dans le royaume des cieux." "Veux-tu dire que tu possèdes les clefs du royaume des cieux toi aussi?" "Est-ce que je ne donne pas les réponses à tes questions? Les clefs du royaume des cieux et les clefs des mystères cachés depuis le commencement du monde sont les mêmes." "Sais-tu que c'est extraordinaire, ce que tu me sors là?" "Ce qui est extraordinaire, ce sont les révélations qui me sont faites de la part de Dieu.

Matthieu 18, 1 - 4. 'En ce moment, les disciples s'approchèrent de Jésus, et dirent: 'Qui donc est le plus grand dans le royaume des cieux?' Jésus ayant appelé un petit enfant, le plaçant au milieu d'eux, et dit: 'Je vous le dis en vérité, si vous ne vous convertissez et si vous ne devenez comme les petits enfants, vous n'entrerez pas dans le royaume des cieux. C'est pourquoi, quiconque se rendra humble comme ce petit enfant sera le plus grand dans le royaume des cieux."

Ceci confirme encore une fois aussi qu'il nous faut être assez humble pour se repentir de nos péchés et être nettoyés comme des poissons prêts à manger, car on ne peut pas entrer dans le royaume des cieux avec des péchés. Le royaume des cieux est pour les enfants de Dieu, qui Lui est le Dieu des vivants, donc Il est le Dieu de ceux qui n'ont pas péché.

Que peut-on reprocher aux petits enfants, même ceux qui n'ont pas été baptisés?" "Veux-tu dire qu'ils peuvent aller au ciel sans être baptisés?" "Jésus l'a dit, ils sont déjà dans le royaume des cieux et pour les grands qui ne sont pas timbrés, bien entendu, il leur faut devenir comme ses petits enfants. Tous ceux qui disent le contraire sont antéchrists." "Qu'est-ce que ça veut dire au juste, d'être antéchrists?" "Ça veut dire; dire et faire le contraire de ce que Jésus, le Christ a annoncé. Il y en a plusieurs dans la Bible." "Mais ne sommes nous pas tous responsables du péché de nos premiers parents, Adam et Ève?" "Je me demande bien qui a inventé un mythe semblable. Va lire dans Ézéchiel 18, 18. 'C'est son père qui a été un oppresseur, qui a commis des rapines envers les autres, qui a fait au milieu de son peuple ce qui n'est pas bien, c'est lui qui mourra pour son iniquité.'

Entendons-nous bien ici, mourir pour son péché est une mort spirituelle dont nous pouvons en ressusciter avec le vrai repentir. 'Va et ne pèche plus,' Jésus a dit à la femme adultère. Le vrai repentir empêche justement une personne d'y retomber. On ne peut se moquer de Dieu impunément.

Matthieu 18, 23. 'C'est pourquoi le royaume des cieux est semblable à un roi qui voulut faire rendre compte à ses serviteurs.'

Dans le royaume des cieux, contrairement à ce qui se passe dans le monde, nous serons traités équitablement et selon nos œuvres." "Mais j'ai vu le contraire quelque part dans la Bible." "Si c'est le contraire ce n'est pas de Jésus n'y de ses disciples. Par contre, je crois savoir ce à quoi tu te réfères. Regarde dans Galates 3, 6 - 9." "'Comme Abraham crut à Dieu et que cela lui fut imputé à justice, reconnaissez donc que ce sont ceux qui ont la foi qui sont fils d'Abraham. Aussi l'Écriture, prévoyant que Dieu justifierait les païens par la foi, a d'avance annoncé cette bonne nouvelle à Abraham: Toutes les nations seront bénies en toi. De sorte que ceux qui croient sont bénis avec Abraham le croyant.'"

"Ho, cela ressemble à la vérité pour celui ou celle qui n'est pas avisé et averti de la déclaration de Dieu. Mais jetons un coup d'œil, si vous le voulez bien dans Jacques 2, 19. 'Tu crois qu'il y a un seul Dieu, tu fais bien, les démons le croient aussi et ils tremblent.'

Les démons sont-ils justifiés par la foi Paul?

Voir maintenant Jacques 2, 24. 'Vous voyez que l'homme est justifié par les œuvres et non par la foi seulement.'

J'aime bien Jacques, surtout pour nous avoir dit la vérité. Nous pouvons aussi lire un passage de Jésus qui en dit long sur la différence entre la foi et les œuvres. Matthieu 11, 19. 'Le Fils de l'homme est venu mangeant et buvant et ils disent: 'C'est un mangeur et un buveur, un ami des publicains et des gens de mauvaise vie. Mais la sagesse a été justifiée pas ses œuvres.''

Parole de Jésus! Voir et c'est très important Matthieu 16, 27. 'Car le Fils de l'Homme doit venir dans la gloire de son Père, avec ses anges et alors Il rendra à chacun selon (sa foi? Non, non) selon ses œuvres.'

Laisse-moi te montrer ce que les démons pensent de Jésus et te démontrer qu'eux aussi croient en Jésus et en Dieu. Marc 1, 24. 'Qu'y a-t-il entre nous et toi, Jésus de Nazareth? Tu es venu pour nous perdre. Je sais qui tu es: Le Saint de Dieu.'

Les démons le savent, mais beaucoup de personnes l'ignorent.

Vois ce que Jésus a dit. Dans Matthieu 5, 16, Jésus a dit: 'Que votre lumière luise aussi devant les hommes, afin qu'ils voient vos bonnes œuvres et qu'ils glorifient votre Père qui est dans les cieux.'

Jésus a bien dit: 'Afin qu'ils voient vos œuvres.'

Jésus n'a pas dit; afin qu'ils voient votre foi, qui est bien inutile sans les œuvres, comme mon ami Jacques l'a dit.

Est-ce que cela répond à ta question?" "Tu as réponse à tout." "Il y a autre chose. Paul a bien dit que toutes les nations ont été bénies par Dieu à cause de la foi d'Abraham, n'est-ce pas?" "C'est bien ce qui est écrit dans Galates 3, 6 - 9." "Vois maintenant ce que Dieu Lui-même a dit à ce propos dans Genèse 26, 4 - 5. 'Je multiplierai ta postérité comme les étoiles du ciel; Je donnerai à ta postérité toutes ces contrées; et toutes les nations de la terre seront bénies en ta postérité, (parce qu'Abraham avait la foi? (Pas du tout) Parce qu'Abraham a obéi à ma voix et qu'il a observé mes ordres, mes commandements, mes statuts et mes lois.'

Faut-il croire Paul ou Dieu? Ceux qui croient Paul sont perdus. L'heure du réveil a sonné.

Matthieu 19, 12. 'Il y en a qui se sont rendus tels eux-mêmes, (eunuques) à cause du royaume des cieux.'"

"Il n'y a pas grand monde qui peut comprendre ce verset. Moi je ne le comprends pas du tout." "Tu n'as aucune idée de quoi il s'agit?" "Non, pas la moindre!" "Il y a des gens qui veulent à tout prix entrer dans le royaume des cieux, mais leur sexualité trop forte (Une expression très souvent employée est celle-ci; '(plus de queue que de tête)' leurs hormones sexuelles les empêchaient de vivre sans pécher." "C'est assez direct, merci." "Il n'y a pas de quoi. Il faut comprendre ici aussi qu'on a fait des péchés où il n'y en avait pas. Ce n'est pas plus péché de se gratter le derrière que de se nettoyer le nez. Notre corps nous appartient et c'est donc à nous de pourvoir à nos besoins dans la mesure de nos capacités et peu importe le besoin. Voici une référence de Jésus. Matthieu 5, 30. 'Si ta main droite est pour toi une occasion de chute, coupe-là et jette-là loin de toi; car il est avantageux pour toi qu'un seul de tes membres périsse et que ton corps entier n'aille pas dans la géhenne.'

Il vaut donc mieux pour un homme d'être castré que de vivre une vie d'homosexualité, puisque c'est une abomination. À se rappeler que l'adultère n'est pas du tout mieux.

À remarquer ici que Jésus n'a pas dit l'âme aille dans la géhenne, (l'enfer) mais le corps. Ça aussi c'est terrestre. Il en est de même pour ton œil droit. Quand Jésus dit: Matthieu 8, 12, 13, 42, 13, 50, 22, 13, 24, 51 et 25, 30 qu'il y aura des pleures et des grincements de dents, ça aussi c'est impossible à plusieurs milliers de degrés de chaleur. Cela veut donc dire que ce sera des souffrances corporelles et spirituelles, mais terrestres." "Ça, ce n'est pas facile à prendre." "Pourquoi dis-tu ça? Lequel penses-tu est le pire, perdre une main ou ses couilles ou passer l'éternité à souffrir?" "Quand on le regarde de cette façon, perdre une main, comme de raison." "C'est ce que Jésus dit aussi. Par contre, si tu aimes Dieu de tout ton cœur et au point de vouloir t'enlever une main, un œil ou de devenir eunuques, tu auras la force avec l'aide de Dieu de combattre le mal qui te ronge. Ça m'a pris du temps, mais aujourd'hui je préfère maintenant donner mon bacon à mon chien plutôt que de déplaire à Dieu en mangeant du porc. Ça, c'est le genre de sacrifice, le jeune qui plaît à Dieu. Voir Ésaïe 58, 5 - 14. 'Détache les chaînes de la méchanceté.'

Matthieu 19, 14. 'Et Jésus dit: 'Laissez les petits enfants et ne les empêchez pas de venir à moi; car le royaume des cieux est pour ceux qui leur ressemblent.'

Il faut comprendre aussi que lorsque Jésus dit: 'Laissez les petits enfants venir à moi.' Cela veut dire; 'Laissez les petits enfants venir à la parole de Dieu.' Puisque c'est ce Jésus est. Comme je le disais, on ne peut pas reprocher à un enfant ni un crime ni un péché et il est humble et sans tache.

Matthieu 19, 23. 'Je vous le dis en vérité, un riche entrera difficilement dans le royaume des cieux.'

Ce n'est pas facile de tout laisser, une fortune qui elle est tangible, c'est quelque chose dont il peut en profiter, le voir, le sentir, le toucher pour quelque chose d'aussi abstrait que le royaume des cieux, à moins bien sûr que nous ayons compris comme

Matthieu que ce royaume est la plus belle perle et la plus grande valeur qui soit.

Voir aussi Matthieu 19, 24. 'Je vous le dis encore, il est plus facile à un chameau de passer par le trou d'une aiguille qu'à un riche d'entrer dans le royaume de Dieu.'

Dans un verset Jésus parle d'un riche et du royaume des cieux et dans l'autre il parle d'un riche et du royaume de Dieu. D'après moi ce n'est pas une erreur de Jésus, mais bien une erreur de traduction dans le deuxième cas. Je suis persuadé que dans les deux cas Jésus parlait du royaume des cieux.

As-tu compris ce que cela veut dire, un chameau dans le trou d'une aiguille?" "C'est clair qu'un chameau ne peut pas passer par le trou d'une aiguille." "Mais tu as complètement tord. Il est très possible pour le chameau de le faire." "Là tu m'as plus que jamais. Je veux bien te croire, mais je t'avoue que cela me dépasse. Le chameau a de gros os pour qui il sera impossible de le faire passer par-là." "Tu vas comprendre dans un instant. Jésus ne parlait pas d'une aiguille à tricoter ici, mais bien d'une porte dans le mur de la ville qu'ils avaient en ces jours-là. Pour pouvoir y passer le chameau devait être dépouillé de tout ce qu'il portait et se mettre à genoux pour aller de l'autre côté. Cette porte était appelée aiguille aussi. De nos jours nous en voyons souvent dans les jardins derrière les maisons, mais elles sont symboliques." "Tu ne cesseras donc jamais de m'impressionner. Tu es ironiquement incroyable." "Cette dernière explication ne m'a pas été révélée d'en haut, mais je l'ai appris au cours des années et je ne me souviens plus au juste ni où ni comment ni par qui." "Tu n'étais pas obligé de me le dire." "Non mais rappelle-toi que j'aime la vérité et la franchise. S'il est très difficile pour un riche d'entrer dans le royaume des cieux, c'est très souvent parce que sa fortune est plus importante pour lui que la vérité, que la parole de Dieu et qu'il est trop attaché à ses biens. On en voit un bel exemple dans Matthieu 19, 16 - 22.

Matthieu 20, 1: 'Car le royaume des cieux est semblable à un maître de maison qui sorti dès le matin pour louer des ouvriers pour sa vigne.'

Les derniers entrés dans le royaume auront autant que les premiers et Dieu le veut ainsi. Que tu viennes à Dieu au début de ta vie ou que tu viennes à Dieu à la fin, tous ceux qui viennent à Dieu auront le traitement royal. Tout lui appartient et Il en dispose à sa guise, tout comme moi je fais ce que je veux de mes biens. Je ne crains rien au sujet de sa justice, Lui qui nous demande d'être juste.

Matthieu 22, 2. 'Le royaume des cieux est semblable à un roi qui fit des noces pour son fils.' L'invitation de Dieu est pour tous, bons et méchants, il s'agit seulement de se vêtir de pureté pour le banquet et d'être digne d'y participer. De nous-mêmes c'est impossible, mais avec Dieu dans votre vie, tout Lui est possible. Celui qui a toujours fait le bien et qui a toujours cherché la justice est blanc et celui qui s'est sincèrement repentis de tous ses péchés après avoir vécu une vie de débauches est aussi blanc, il n'y a donc pas de différence entre les deux." "Mais jamais personne n'a expliqué cela de cette façon, j'en suis sûr. J'ai même déjà entendu un pasteur dire dans son sermon qu'il ne croyait pas en cette injustice." "C'en était un qui ne connaissait pas Dieu. C'était un aveugle qui conduisait des aveugle et il y a de fortes chances qu'ils se retrouvent tous dans une fausse. Moi je viens tout juste de recevoir l'inspiration de Dieu pour t'en informer, mais je n'ai jamais pensé que Dieu n'était pas juste et je n'ai jamais pensé ça de Jésus non plus.

Matthieu 23, 13. 'Malheur à vous scribes et Pharisiens hypocrites! Parce que vous fermez aux hommes le royaume des cieux; et vous ne laissez pas entrez ceux qui veulent y entrer.'

Malheur à vous prêtres et pasteurs, dirigeants hypocrites! Vous fermez aux hommes le royaume des cieux; vous n'y entrez pas vous-mêmes et vous ne laissez pas entrer ceux qui veulent y entrer." "Tu es bien sévère à leur endroit." "Jésus l'a été et moi je le suis pour exactement les mêmes raisons. Ils ont tenu et ils tiennent encore le monde dans l'ignorance de la vérité pour satisfaire leurs propres ambitions et pour leurs propres bénéfices.

Tu en as appris plus avec moi dans quelques heures que leurs fidèles dans toute une vie et cela sans que cela ne te coûte un seul sou noir. Ça c'est de suivre les instructions de Jésus. Eux, qui ont-ils suivi selon toi?" "Pour ce que j'en déduise, c'est Paul." "Tu l'as dit. Ils ont suivi et ils suivent le menteur.

Matthieu 24, 14. 'Cette bonne nouvelle du royaume des cieux sera prêchée dans le monde entier, pour servir de témoignage à toutes les nations, alors viendra la fin.'

Ceci est un message qui me dit que mes livres feront le tour du monde et ça dans toutes les langues." "Tu as l'air bien sûr de toi." "Il y de quoi l'être, car la parole de Dieu ne ment pas, ça j'en suis convaincu." "Cela pourrait bien être quelqu'un d'autre qui fasse connaître la parole de Dieu au monde entier." "Si c'est le cas tant mieux, je ne suis pas du tout jaloux, mais ce quelqu'un d'autre, nous n'en avons pas encore entendu parler. S'il existe, il est bien silencieux jusqu'à présent. Il y a bien une chose dont j'ai lu et ça c'est qu'il y aura deux prophètes qui troubleront les habitants de la terre vers la fin et je sais que mes livres, toutes mes connaissances sur la parole de Dieu, sur la vérité vont en troubler plusieurs." "Là, je dois admettre que tu as raison."

"Matthieu 25, 1. 'Alors le royaume des cieux sera semblable à dix vierges qui, ayant pris leurs lampes, allèrent à la rencontre de l'époux.'

Pour la première fois, dans ce dernier verset où il est mention du royaume des cieux, Jésus parlait au futur. Cela me semble un peu étrange. Néanmoins, si nous nous fions au reste de ces écrits, nous comprendrons qu'il faut être prêt pour le grand jour et qu'il vaut mieux ne pas attendre à la dernière minute. Nous pouvons nous mentir à nous-mêmes et nous croire si nous voulons, mais essayer de se jouer de Dieu vous jouera sûrement de mauvais tours comme aux cinq vierges folles de cette histoire qui n'étaient pas prêtes pour la venue de l'époux. Il y en a plusieurs qui resteront dehors comme elles, parce qu'ils ne se sont pas préparés, ils ne se sont pas repentis. Les impies qui n'ont pas pu entrer dans l'arche de Noé ont aussi su ce que cela voulait dire de ne pas être prêt, mais il était trop tard pour eux aussi.

Je pense qu'ici ils auraient dû écrire le royaume de Dieu, puisque ce royaume est à venir.

Il y a là un autre point important aussi dans ce récit." "Je ne le vois pas. Qu'est-ce que c'est?" "Il y avait bien dix vierges." "Oui mais, quel est le rapport?" "Combien sont sauvées et combien sont perdues?" "Il y en a cinq de chaque côté, mais encore une fois, quel en est le rapport?" "Il y en a 50% de chaque côté, mais ce n'est pas la première fois que Jésus fait mention de 50 %. Regarde bien dans Matthieu 24, 40 - 41. 'Alors, de deux hommes qui seront dans un champ, l'un sera pris et l'autre laissé; de deux femmes qui moudront à la meule, l'une sera prise et l'autre laissée.'

À mon avis lorsque la force du bien sera renversée, ça sera la fin. Dieu n'aura donc plus de raison d'attendre plus longtemps. Les dés seront jetés et il Lui faudra trancher, alors l'épée frappera.

La copie de Luc diverse un peu à ce sujet. Voir Luc 17, 34. 'Je vous le dis, en cette nuit-là, de deux personnes qui seront dans un même lit, l'une sera prise et l'autre laissée.'

Dans Matthieu Jésus parle de personnes au labeur le jour et Luc, lui parle de personnes au lit la nuit. C'est un petit peu contrariant, surtout que Jésus a dit: 'Ce que Dieu a unit, que l'homme ne le sépare pas.'

C'est sûr que Dieu n'a pas unit deux personnes du même sexe dans un même lit. Mais je sais que Luc a écrit les histoires avec des; j'ai entendu dire, tendis que Matthieu a actuellement passé du temps avec Jésus. Luc parle de deux personnes sans parler de genre, mais si c'est de deux hommes dont il parle, ça sera sans aucun doute 100% au lieu de 50 %." "Qu'est-ce qui te fait dire une telle chose?" "Va lire Lévitique 20, 13." " 'Si un homme couche avec un homme comme on couche avec une femme, Ils ont fait <u>tous deux</u> une chose abominable; <u>ils</u> seront punis de mort; leur sang retombera sur eux.'"

"Tous deux, deux sur deux c'est 100 %.

Remarque que l'adultère n'est pas mieux." "Cela veut-il dire qu'ils sont condamnés?" "La seule façon dont ils puissent avoir une chance d'être sauvés c'est de se repentir et de se détourner de leur péché. C'est un appel qui est lancé à tous les pécheurs, quels qu'ils soient. Quand Jésus a dit: 'Repentez-vous, il l'a dit à tous les pécheurs. Il n'a pas dit: Repentez-vous aujourd'hui et péchez demain." "Il y a quelques temps tu as dit quelque chose qui me trotte dans la tête depuis." "Qu'est-ce que c'est?" "C'est le fait qu'il ne nous reste que quelques vingtaines d'années avant le grand conflit. Comment peux-tu en être certain?" "Je n'en suis pas certain du tout. J'ai seulement dit que c'était selon mes calculs. Je sais une chose qui est très certaine, c'est que Dieu est très précis, sinon les étoiles nous tomberaient sur la tête et Jésus qui avait un plus grand pouvoir que moi a déclaré, qu'il ne tombait pas un seul de nos cheveux sans que le Père le sache." "Mais comment peux-tu en arriver à une vingtaine d'années?" "Je pense que le conflit aura lieu exactement deux milles ans après la mort de Jésus sur la croix. Je pense que le compte à rebours a commencé à l'heure même où le rideau du temple s'est déchiré.

Voir Matthieu 27, 51. Et voici le voile du temple se déchira en deux, depuis le haut jusqu'au bas, la terre trembla, les rochers se fendirent.'

Il y en a plusieurs qui ont eu peur juste avant que l'an 2000 débute, mais c'est qu'ils avaient fait le mauvais calcul." "Que va-t-il se passer?" "Il va y avoir une guerre comme on n'en a jamais eu et tu sais qu'on n'en a eu de vilaines." "Il doit y avoir d'autres signes pour que tu parles de la sorte?" "Il y en a plusieurs." "Peux-tu me faire part de quelques-uns?" "Oui, je pense que le plus grand est celui-ci. Matthieu 24, 29. 'Les puissances des cieux seront ébranlées.'

Aujourd'hui on va sur la lune, sur Mars et on dérange aussi d'autres planètes. Puis, l'amour du plus grand nombre s'est refroidit, on le sait et l'intelligence s'est accrue de beaucoup." "Que crois-tu que Dieu pense du mariage gai?" "Il va sûrement se manifester une autre fois. Comme je l'ai déjà dit, ce n'est sûrement pas Lui ni ses enfants qui les unissent. Quand Il en a eu assez de la corruption du temps de Noé, Il a inondé la terre pour la nettoyer. Quand Il en a eu assez de la corruption de Sodome et Gomorrhe, Il les a tout simplement réduits en cendres avec tous ses habitants, excepté Lot et sa famille. La goutte qui va faire renverser la vapeur cette dernière fois n'est pas très loin, comme je te l'ai dit, je pense une vingtaine d'années. Il y a d'autres signes comme ceux-ci: L'iniquité sera accrue et c'est fait, puis, celui-ci qui me concerne tout particulièrement.

Voir Matthieu 24, 14. 'Cette bonne nouvelle du royaume sera prêchée dans le monde entier, pour servir de témoignage à toutes les nations. Alors viendra la fin."

"Autrement dit, toi tu contribues à cet événement?" "Si prendre part à l'œuvre de Dieu est de contribuer à l'arrivée de la fin du monde, alors tu as raison et si cela veut dire de se débarrasser du mal, du diable dans le monde, alors je suis fier d'y participer.

Maintenant je vais te faire part de quelques calculs que j'ai fait et qui pour moi font beaucoup de sens.

Au cas où vous auriez peur, laissez-moi vous dire que la fin du monde, c'est la fin du règne du diable et le commencement de celui de Jésus (la parole de Dieu), qui lui ou elle régnera avec tous ceux qui l'ont suivi. Jésus est la parole de Dieu, c'est donc la parole de Dieu qui régnera pendant mille ans. J'ai du mal à attendre jusqu'à là. Ça devrait être facile, puisque le diable et ses acolytes seront enchaînés pour mille ans.

Penses-y pour deux secondes, plus personne pour nous faire du mal, ça sera sûrement l'enfer pour les démons. Cela en soit sera assez pour les faire grincer des dents, mais cela sera le bonheur, la paix et le paradis pour nous.

Dieu a crée ce monde en six jours (six milles ans) et Il s'est reposé le septième Jour (1 mille ans) Voir 2 Pierre 3, 8.

Il est clair que Dieu ne pouvait pas se reposer tant et aussi longtemps que le diable et tous ses démons étaient rampants sur la terre.

Selon les prophètes, l'homme est sur terre depuis près de six milles ans et Dieu mérite largement son repos. Toutes les nations sont sur le point de connaître la vérité et je suis très heureux de pouvoir contribuer à ce travail gigantesque. Il faut dire que j'ai demandé à Dieu de m'utiliser comme Il l'entendait. Je suis heureux qu'Il m'ait fait confiance.

"Mais quand viendra-t-il?" "Dieu seul le sait, selon ce que Jésus nous a dit, il ne le sait pas lui-même et c'était une bonne chose aussi, sinon les hommes l'auraient torturé à mort afin de savoir. C'est pour ça qu'il nous a demandé de veiller aux grains, d'être prêts en tout temps. Moi je le suis.

Je sais parfaitement que Dieu a toujours été précis dans tout ce qu'Il a fait et Il se doit de l'être pour tenir tout ce qui est dans l'univers en place et en bon ordre. Il sera donc précis dans tout ce qu'il lui reste à faire aussi. Je pense que la datte exacte est deux milles ans à partir du moment où Jésus est mort sur la croix, à partir du moment où le rideau du temple s'est déchiré en deux parties et du haut en bas. Si c'est le cas, je verrai peut-être ce jour de mes yeux pendant que je suis encore sur terre. Il y a plusieurs détails qui me laissent croire que cela pourrait bien être le cas.

Pour commencer, il nous faut lire dans Daniel, ce qui je pense est la vraie révélation. Les anges lui ont dit quand viendra la fin. Ils lui ont dit: 'Dans un temps, des temps et la moitié d'un temps.' Voir Daniel 12, 7.

Disons seulement qu'un temps est mille ans, que des temps sont deux milles ans et que la moitié d'un temps est cinq cents ans. Daniel était là cinq cents ans avant Jésus et Jésus était là, il y a deux milles ans. Ce qui voudrait dire que Daniel aurait reçu ce message de Dieu ou d'un ange, il y a tout près de deux milles cinq cents ans. Cela est sur le point de faire le compte. Nous arrivons à la fin de notre monde actuel. Je veux dire à la fin du règne du diable. Le règne de Jésus, de la parole de Dieu est sur le point de commencer. Cela devrait se produire exactement deux milles trente-trois ans après la naissance de Jésus. Son règne doit durer mille ans, ce qui nous mène à trois milles cinq cents ans depuis que l'ange a dit à Daniel: 'Un temps, des temps et la moitié d'un temps.'

Je pense que le procédé a commencé lorsque Dieu m'a révélé le nom de la bête, le nom de l'antéchrist. Dans une vingtaine d'années le mal sera séparé du bien et les justes brilleront comme le soleil dans le royaume de leur Père. Par contre les méchants pleureront et auront des grincements de dent. Que ceux et celles qui ont des oreilles pour entendre entendent et des yeux pour voir voient quand il en est encore temps. Voir Matthieu 13, 42 - 43.

Il y a un autre calcul dont j'ai fait et je peux dire qu'il est pour le moins impressionnant. Je parle de la semaine de création de toutes choses, y compris nous, les êtres humains et les animaux. Alors, il est écrit que Dieu a créé le monde en six jours et qu'Il s'est reposé le septième jour, le dernier. Maintenant, plusieurs personnes savent déjà que pour Dieu un jour est comme mille ans et que mille ans sont comme un jour.

Nous avons quelques références à ce sujet. L'une d'elles est dans Psaumes 90, 4. 'Car mille ans sont à tes yeux comme le jour d'hier quand il n'est plus.'

Une autre référence nous vient de Pierre, le plus considéré de tous les apôtres et sur la foi de qui Jésus a bâti son église. Voir 2 Pierre 3, 8. 'Mais il est une chose bien-aimés que vous ne devez pas ignorer, c'est que, devant le Seigneur, un jour est comme mille ans et mille ans sont comme un jour.'

J'ai comme l'impression que Pierre a écrit ces lignes pour moi et je l'en remercie. Mais nous pouvons être d'accords sur le point que pour Dieu mille ans sont comme un jour ou qu'un jour est comme mille ans. Ce qui voudrait dire que selon les écritures et les prophètes qui ont passé avant nous, il y aurait six milles and qu'Adam aurait été créé. C'est-à-dire six jour pour Dieu. Son jour de repos est donc sur le point de commencer, puisqu'Il ne peut pas vraiment se reposer tant et aussi longtemps que le diable et ses démons rampent sur la terre. Son jour de repos va donc commencer le jour où Lucifer, Satan sera enchaîné pour mille ans avec le reste de sa gagne. C'est ce qui est écrit dans Apocalypse 20, 1 - 2. 'Il saisit le dragon, le serpent ancien qui est le diable et Satan et le lia pour mille ans.'

Jésus nous confirme en quelques sortes aussi que Dieu le Père est toujours à l'œuvre. Voir Jean 5, 17. 'Mais Jésus leur répondit: 'Mon Père agit jusqu'à présent, moi aussi j'agis.'

Donc, ce que je peux retenir de ce message de Jésus, c'est que Dieu le Père n'a pas encore pris son jour de repos.

Jésus avait de très bonnes raisons de nous dire de ne pas répéter de veines prières. Maintenant, six mille ans pourraient très bien être 2190 millions d'années, ce qui est 2,190,000 jours multipliés par mille ans. Cela nous rapprocherait de la théorie des scientifiques." "Moi je n'en reviens tout simplement pas. C'est sûr que tu as eu des révélations. Tu ne peux quand même pas sortir tout ça d'un chapeau comme un magicien." "Ce qu'un magicien sort d'un chapeau n'est qu'illusion, moi je te dis des choses réelles, des vérités véritables, vérifiables et calculables.

C'est ce que je suis en train de faire." "Je le vois bien, mais la bête va réagir très violemment, je pense." "Je n'ai pas peur, j'ai mis ma vie entre les mains de mon Dieu. Les églises ne sont pas pressées pour annoncer la bonne nouvelle, la vérité, la parole de Dieu parce qu'elles connaissent leur fin. Elles ont accumulé l'or et l'argent du monde en croyant qu'il y en aura assez pour combattre contre Dieu. Il va y avoir du grabuge, ça c'est sûr. Dieu peut en un seul jour couvrir la terre de centaines de pieds de neige, ce qui paralyserait tout. Il peut ensevelir des pays complets dans un seul souffle de ses narines. Il peut détruire tout un continent très rapidement avec une seule tornade. Il faut être aussi orgueilleux et malicieux que le diable pour penser vaincre Dieu. Un jour viendra et qui n'est plus très loin où l'aide aux sinistrés ne sera plus au rendez-vous, puisque les malheurs et les catastrophes seront trop nombreuses.

Une autre raison probable pour lequel on a dit que Jésus était Dieu est sa réponse lorsque Pilate lui a demandé s'il était le roi des Juifs. Jésus de répondre: 'Tu le dis.' Hé bien! Je le dis moi aussi. Quel crime il y a à dire une telle chose?" "Ne pousses-tu pas un peu fort? Tu as dit plus tôt que tu étais le Dieu d'Israël, Jésus de Nazareth et maintenant tu dis être le roi des Juifs. Je me demande si je dois continuer à t'écouter." "Mais que dis-tu là? Qu'est-ce qui t'arrive? Je n'ai jamais dit une telle chose." "C'est ce que j'ai entendu." "Mais tu n'as pas compris. J'ai dit que je suis le Dieu d'Israël, que je suis Jésus de Nazareth et que je suis le roi des Juifs, qui est le même." "Tu ne t'entends pas parler, tu viens de le répété. Mais quel mal y a-t-il à suivre l'un et l'autre?" "Ha, ha, ha, Je suis, je vois, c'est un jeu de mots." "Pas du tout, je suis à la première personne du singulier du verbe suivre est du très bon français." "Tu as raison, mais ça porte quand même à la confusion." "Sera confus seulement celui ou celle qui ne comprendra pas les paroles du bon sens. Jésus a dit qu'il faut faire attention quand on lit, moi je dis qu'il faut faire attention quand on écoute aussi. Par contre, quand Jésus a dit qu'il était le roi des juifs, il n'a dit que la vérité et il ne se prenait pas pour Dieu. En fait, je peux te dire avec certitude que

Jésus priait très souvent et cela très intensément le Dieu du ciel et de la terre et cela en privé. Il est écrit à plusieurs endroits qu'il se retirait pour prier, tout comme il nous a demandé de le faire par ailleurs. On n'a pas besoin d'être Dieu pour être le roi des Juifs." "Je ne comprends pas." "David qui était-il?" "Le Roi d'Israël, le Roi des juifs!" "Est-il Dieu pour ça? Non, mais!" " Il n'y a pas de mais. Il était le Roi des juifs. Maintenant, qu'est-ce qu'il lui a fallu pour qu'il le devienne?" "Je ne sais pas trop." "Je vais te rafraîchir la mémoire. Il a fallu qu'il soit choisi par Dieu premièrement et qu'il soit oint de Lui." "C'est vrai ça." "C'est vrai et c'est vrai aussi pour Jésus. Jésus était un Juif né de Marie, épouse de Joseph, descendant direct du Roi David. Jésus était choisi de Dieu et oint par son Père. C'est là toutes les conditions nécessaires pour être le Roi d'Israël, le Roi des juifs. Comme de raison cela ne faisait pas l'affaire des Romains, qui eux avaient une peur terrible qu'un roi rassembleur comme Jésus l'était, qui avait le don de guérison et le pouvoir de ressusciter les morts vienne soulever le peuple contre cet empire envahisseur et dominateur qu'est Rome. Peux-tu t'imaginer aller en guerre contre un tel roi? Un roi qui peut guérir ses malades et ressusciter ses morts à mesure qu'ils tombent. Il serait en effet impossible d'éliminer son peuple." "Comment ce fait-il que je n'ai jamais entendu auparavant parler de tout ce que tu me dis?" "Aujourd'hui il y a peu de disciples qui se prononcent comme je le fais, cependant tout ça est sur le point de changer et cela très rapidement. Elle va tomber la grande Babylone. Cela a été prédit par un prophète de Dieu et ce que Dieu dit, cela arrive, sois-en sûr.

Mais Jésus, le Roi des Juifs n'est pas le même Jésus dans les quatre évangiles." "Voyons donc, cela est pratiquement impossible." "Va lire dans Matthieu 27, 11, dans Marc 15, 2, dans Luc 23, 3 et dans Jean 18, 33 - 34." "Me donnes-tu quelques minutes?" "Bien sûr, je vais prendre cinq minutes de repos et un verre d'eau froide. En veux-tu un aussi?" "S'il te plaît, merci." "As-tu vu la différence?" "C'est la même chose dans Matthieu, Marc et Luc, mais le Jésus de ce Jean en avait beaucoup à dire pour quelqu'un qui n'est pas supposé ouvrir la bouche."

CHAPITRE 9

"Je suis sur le point de me révéler à la population du monde entier, ce qui aura des répercussions énormes." "Comment feras-tu?" "Je vais commencer par une conférence de presse et j'aimerais énormément que tu y sois." "Mais on ne fait pas de conférence de presse juste comme ça, il faut faire la nouvelle du jour au moins pour que les journalistes s'y intéressent." "Ils s'y intéresseront crois-moi. Je ne ferai pas seulement la nouvelle du jour, mais je serai la nouvelle du millénium." "Que vas-tu inventer pour que cela se produise?" "Je n'inventerai rien du tout, mais je vais piquer la curiosité de quelques bons journalistes. Suis-moi et tu verras." "Je ne manquerai pas ça pour tout l'or du monde." "Tient, toi aussi maintenant tu es prêt à tout donner pour le royaume des cieux. Tout l'or du monde!" "T'es bien drôle. Tu ne m'as toujours pas dit comment tu t'y prendras?" "Je vais dire à quelques journalistes que je suis le Dieu d'Israël, le roi des Juifs et Jésus de Nazareth. On va sûrement venir voir si je suis vraiment fou ou si je peux leur faire quelques miracles." "Que feras-tu alors?" "Tu auras tes réponses à la conférence de presse. Ne la manque pas." "Je ne peux dire qu'une chose, tu aimes les intrigues. Ne crois-tu pas que c'est un peu risqué?" "C'est même très risqué et je compte sur toi pour continuer cette œuvre s'il devait m'arriver quelques ennuis. Je choisirai cependant le moment opportun et je ferai en sorte d'avoir toute la protection que je crois nécessaire." "Ils te diront: 'Si tu es Dieu, pourquoi tant de méfiance et de craintes?" "Je leur répondrai que c'est ce qu'on a dit à Jésus. Voir Matthieu 27, 35 - 43. 'Il a sauvé les autres, qu'il se sauve lui-même.'

Jésus a été crucifié quand bien même il était le Roi des Juifs. Rome n'avait pas de respect pour les rois des Juifs dans ce temps-là et ce n'est pas mieux aujourd'hui. Tu sais aussi qui avait le plus grand intérêt à éliminer le Roi des juifs en ces jours-là, n'est-ce pas?" "Si je me fie à ce que tu m'as déjà dit, ça doit être les Romains, les religieux." "Tu commences à briller. Il y a de gros risques qu'on me fasse du mal aussi pour la simple raison que moi, je le suis." "Es-tu sûr de vouloir passer par-là?" "Dieu m'a donné un travail à faire et je sais que je dois l'accomplir. Le reste est entre ses mains. Si Dieu veut venir me chercher avant le jour de la récolte, c'est très bien aussi, puisque la semence est en terre fertile avec toi." "Mais je ne suis pas prêt pour ça, je n'ai pas toutes les réponses à toutes les questions comme toi." "Cela viendra, ne crains rien. Puis, tu sais, je ne suis pas encore parti?" "Je sais, mais on peut quand même anticiper." "J'aimerais mieux que tu anticipes autre chose que ma mort, si ça ne te fait rien. Sois positif, sois confiant, Dieu est avec nous." "Oui, Il était avec Jésus aussi." "Oui, Il était et Il est avec Jésus, Il est avec moi et Il est avec toi, n'est pas peur. Jésus a dit, Matthieu 28, 20. 'Et voici je suis avec vous tous les jours jusqu'à la fin du monde.'

Il n'a pas menti et il n'a jamais quitté ses disciples. Tous ceux qui ont voulu et qui veulent écouter ses paroles de nos jours trouvent Jésus, la parole et ils le trouveront toujours n'importe où où ils seront. Vois Matthieu 7, 7. 'Demandez et l'on vous donnera; cherchez et vous trouverez; frappez et l'on vous ouvrira.'

L'une des grandes raisons pourquoi la plupart des chrétiens n'ont pas saisi les messages de Jésus est que neuf fois et demi sur dix et peut-être plus encore, leurs prêtres et leurs pasteurs prêchent Paul, qui lui, Paul prêche Paul. Le résultat est qu'aujourd'hui les chrétiens connaissent Paul, mais ne connaissent pas Dieu. Tout ce qu'ils connaissent de Jésus est le mensonge, qu'il serait mort sur la croix pour le pardon de leurs péchés et un paquet d'autres gros mensonges et de vérité falsifiée.'

Paul appelait tous ses disciples; 'Mon enfant.' Il a écrit: 'Je vous ai engendrés.' Est-ce qu'un homme envoyé par Jésus aurait pu dire autant de choses contre l'enseignement du Sauveur? 1 Corinthiens 4, 14 - 17. 'Mais je vous avertis comme mes enfants bien-aimés.'

Voir encore Matthieu 23, 9. 'Et n'appelez personne sur la terre votre père, car un seul est votre Père, celui qui est dans les cieux.'

Cette dernière phrase est seulement pour ceux qui font la volonté du Père qui est dans les cieux, selon Jésus et il savait ce qu'il disait. Voir aussi 1 Corinthiens 4, 15. 'Car, quand vous auriez dix mille maîtres en Christ, vous n'avez pas cependant plusieurs pères, puisque c'est moi (Paul) qui vous ai engendrés.'

Tous ceux et celles qui appellent leur curé père ou leurs prédicateurs pasteur ne suivent pas Jésus, mais ils suivent Paul.

Ici Paul dit même que dix mille Christs ne valent pas le père qu'il est lui-même. C'est à vous en donner des frissons ou des maux de cœur. On sait tous que le diable est un grand imitateur de Dieu et qu'il en a engendré plusieurs. Dieu qui a dit en parlant de Jésus, le prophète à venir: Psaumes 2, 7 'Je t'ai engendré aujourd'hui.'

Il y a bien l'air d'en avoir plusieurs en beau faux christs dans ce chapitre des Corinthiens. Les contradictions à l'enseignement de Jésus et de Dieu se succèdent presque à chaque ligne. 1 Corinthiens 4, 16. 'Je vous en conjure donc, soyez mes imitateurs.'

Vois ce que Jésus a plutôt dit dans Matthieu 5, 48. 'Soyez donc parfait comme votre Père céleste est parfait.'

1 Corinthiens 4, 17. 'Timothée, qui est mon enfant bien-aimé.'

Vois Matthieu 23, 9.

1 Corinthiens 4, 17. 'Dont j'enseigne partout dans toutes les églises.'

Voir Matthieu 16, 18. Jésus a dit: 'Sur cette pierre je bâtirai mon église.'

Voyez qu'il n'a jamais dit mes églises. Les dirigeants de ces églises chrétiennes ont imité Paul et ils l'ont bien écouté, mais ils n'ont pas écouté Jésus du tout. Paul qui était saint, qui ne se sent coupable de rien et qui en a engendré plusieurs. C'est la description exacte de Satan et de ses anges qui furent jetés en dehors du ciel. Ce n'est pas étonnant que ses successeurs se fassent appeler; saint père, père et autres.

1 Corinthiens 4, 17. 'Timothée, mon enfant bien-aimé, vous rappellera quelles sont mes voies en Christ.'

Paul ne dit pas de rappeler les voies du Seigneur Jésus, mais belle et bien les voies de Paul. C'est ce que les dirigeants des églises chrétiennes ont fait et font toujours. Qu'ils soient prêtres, pères, saint pères, pasteurs, ministres ou qui que se soit, ils ont prêché Paul et ils le font encore, sinon ils n'auraient pas de propriétés à millions de dollars pour remplir leurs caisses.

Maintenant, vois le jour où Jésus est devenu le fils de Dieu. Dans Psaumes 2, 7, Dieu qui parle au future déclare: 'Je publierai le décret: L'Éternel m'a dit: 'Tu es mon fils! Je t'ai engendré aujourd'hui.'

Ce qui nous amène au baptême de Jésus, le jour où il est devenu un fils de Dieu." "Pourquoi dis-tu que Jésus est devenu le fils de Dieu ce jour-là?" "Parce que c'est le jour où Dieu l'a déclaré. Pour que Jésus devienne le fils véritable de Dieu, il a dû faire comme nous tous devons faire, c'est-à-dire; tout laisser tomber pour faire la volonté seul de Dieu. C'est ce que Jésus a fait.

Voir Matthieu 3, 17. 'Celui-ci est mon fils bien-aimé, en qui j'ai mis toute mon affection.'

Cela nous amène à Matthieu 12, 18. 'Voici mon serviteur que j'ai choisi, mon bien-aimé en qui mon âme prend plaisir. Je mettrai (au future) mon Esprit sur lui et il annoncera (au future) la justice aux nations. Il ne contestera point, il ne criera point et personne n'entendra sa voix dans les rues. (Ce n'est donc pas lui qui a chassé les vendeurs du temple) Il ne brisera point le roseau cassé et il n'éteindra point le lumignon qui fume, jusqu'à ce qu'il ait fait triompher la justice. Les nations espéreront en son nom.'

Est-ce que Dieu aurait parlé de la sorte de Lui-même? Tout ça est très proche, sur le point d'être accompli, mais ce n'est pas encore rendu à terme.

Il y a trop d'injustices dans le monde encore aujourd'hui pour dire que tout est accompli. Les nations ont toujours besoin d'entendre ce que Jésus avait à dire et elles espèrent toujours en sa justice. Matthieu nous a révélé des choses qu'on ne trouve nulle part ailleurs. Jésus n'est pas mort comme on vous l'a enseigné. Il l'a dit lui-même qu'il sera ressuscité. Voir Matthieu 16, 28. 'Je vous le dis en vérité, quelques-uns de ceux qui sont ici ne mourront point, qu'ils n'aient vu le fils de l'homme venir dans son règne.'

Et Voilà, Jésus est ressuscité et il est venu dans son règne, du temps de ceux qui étaient encore vivants, c'est-à-dire, de son temps, le royaume des cieux. Le royaume de Jésus est le royaume des cieux. Il ne faut pas mourir, mais sortir du monde pour entrer dans le royaume des cieux. Moi je le vois et plusieurs de ses disciples l'ont vu aussi avant de mourir. C'est pour cela aussi que Jésus a dit que son royaume n'était pas de ce monde. Cela ne voulait pas dire que c'était un royaume extra terrestre. Dans Matthieu 4, 8 - 9, nous pouvons voir que le monde est le royaume du diable, que ce royaume a été offert à Jésus et que Jésus lui a dit: 'Non, merci.'

Le royaume de Dieu, le royaume des cieux, qui est le royaume de Jésus et le royaume du diable, qui est le monde sont donc trois royaumes différents." "Mais tout ce que tu dis là est complètement du jamais entendu." "Presque tout! Jésus a fait beaucoup pour que toi aussi tu saches toutes ces choses, mais elles nous ont été cachées par ceux-là mêmes qui devaient nous enseigner la vérité. Il y en a beaucoup des anges du diable déguisés en anges de lumière. Puis, tout ce que je sais ou presque me vient de Dieu par la voix de Jésus." "Que se passera-t-il si tu allais parler de ces choses à des prêtres ou à des pasteurs?" "Pour débuter, ils diraient à tous les membres de leurs congrégations de ne plus me parler, car pour eux je suis dangereux, puis, ils feraient tout en leur pouvoir pour m'éliminer, me faire disparaître. Cela est déjà arrivé d'ailleurs." "Tu es toujours là et toujours vivant." "Oui, mais j'ai du changer de place pour pouvoir continuer à survivre. Dans le passé, on a souvent fait passer pour fous ceux qui disaient des choses semblables à ce que je dis ou les mêmes choses. C'est pour cette raison aussi que Louis Riel a passé plusieurs années à St-Jean de Dieu, une maison pour les fous, enfermé là par son ami, un évêque sous prétexte de le cacher ou de le protéger.

C'était un salaud de la pire espèce, cet évêque. Louis Riel avait vu des choses aussi et on s'est arrangé pour le faire disparaître. Voilà! Tu es un homme averti, maintenant tu connais ton ennemi."

"Tu as plus de chance qu'en a eu Louis Riel." "Quand Louis l'a su, il était déjà trop tard pour lui, mais il a écrit dans ces murs de prison avant de mourir pendu haut et court. Juste avant de mourir, il s'est écrié: 'Délivrez-nous du mal. Il avait compris. Tôt ou tard la vérité se fait connaître." "D'où tiens-tu toutes ces informations?" "J'ai transcrit un livre de l'anglais au français pour un métis de Kelowna qui a beaucoup d'informations sur la vie et la mort de Louis Riel. Cet homme n'avait cependant pas compris que Louis était un disciple de Jésus. Je me demande même si Louis lui-même le savait. Je sais qu'il se disait un prophète du nouvel âge.

Cet homme, ce métis dont j'ai traduit le livre demande au Gouvernement Canadien d'accorder le pardon à Louis Riel, mais cela est aussi inutile que de demander aux Romains d'accorder le pardon à Jésus. J'ai d'ailleurs fait une chanson sur Louis Riel aussi.

Je viens encore une fois de te démontrer, de te donner la preuve de ce que j'avance quand je dis que ma vie est en danger. L'histoire nous en dit long aussi.

Tu sais, les inquisitions, les croisades, les supposées sorcières brûlées vivantes, les guerres financées par Rome comme celle de 1939 - 1945 et combien d'autres crimes connus et inconnus de la population. Il y a des millions de crimes qui ont été commis au nom du christianisme. Jésus l'a dit que le diable est un meurtrier depuis le début.

Vois Matthieu 23, 35. 'Afin que retombe sur vous tout le sang innocent répandu sur la terre depuis le sang d'Abel, le juste jusqu'au sang de tous les autres justes!'

Je me demande souvent pourquoi tant de personnes tiennent tant à se dire chrétiens. Le même mot en anglais est Christian. Essayer donc de lire ce mot en commençant par la fin. cela nous donne; An ti chris! Il y a de quoi réfléchir. Le pire est que c'est vrai et que j'ai les preuves." "Comment as-tu pu trouver une telle chose?" "Dieu me montre ces choses sans que je cherche." "Intéressant! J'ai hâte et je n'ai pas hâte à la conférence de presse que tu prévois." "Que veux-tu dire?" "Et bien, j'ai hâte de voir la réaction des gens, mais j'ai quand même peur pour ta vie." "Ne crains rien, il ne m'arrivera rien que Dieu n'ait permis et si Dieu le permet, qui sommes-nous pour L'en empêcher?" "Je sais seulement que j'ai encore beaucoup à apprendre de toi." "Tu es sur la bonne piste maintenant, tu as le filon d'or, ne crains pas, il te conduit vers Dieu peu importe ce qui peut m'arriver.

Tu ne m'as pas encore dit ton nom." "Je ne m'appelle pas, je suis là quand j'ai besoin et quand tu as besoin de me parler." "Maintenant c'est toi qui m'intrigues. Qui es-tu?" "Je t'ai dit tout ce que tu as besoin de savoir de moi pour l'instant." "Reviendras-tu pour faire suite à cette conversation?" "J'en ai beaucoup à digérer, à assimiler, mais je te l'ai dit, j'en ai encore beaucoup à apprendre de toi. Je reviendrai quand je me sentirai capable d'en prendre un peu plus." "Merci de m'avoir écouté." "Tout le plaisir est pour moi. Salut!"

J'ai continué à écrire dans ce livre, mais pour l'instant, je me demandais si j'entendrai encore parler de lui. Il a bien dit qu'il reviendra au besoin. Je dois avouer, qu'il me manque énormément.

Puis les jours ont passé et le jour de la conférence de presse s'approchait à grand pas. Je savais dans le fin fond de moi-même que je risquerais dangereusement ma vie en m'exposant de cette façon à la population. Je savais aussi que je ne voulais absolument pas manquer cette occasion unique de faire connaître les messages de Jésus, la parole de Dieu. Je savais aussi que le jour où toutes les nations seront au courant de la vérité, la fin sera très proche.

À ce moment-là toutes les personnes de toutes les nations du monde pourront comprendre les messages de Jésus, la parole de Dieu. Ceux qui l'accepteront seront sauvés. Ils ne seront pas tous sauvés des tortures de la bête, du système gouvernemental et religieux, mais ils seront sauvés des flammes de l'enfer. Voir Matthieu 10, 28. 'Ne craignez pas ceux qui tuent le corps et qui ne peuvent tuer l'âme; craignez plutôt Celui qui peut faire périr l'âme et le corps dans la géhenne.'

Si vous ne croyez pas aux tortures, allez donc juste jeter un coup d'œil sur les histoires des inquisitions, des croisades et des supposées sorcières brûlées vives, l'histoire plus récente de Louis Riel sans oublier la dernière guerre mondiale avec Hitler supporté par Rome et ses démons. Tous ces meurtres effectués par le clergé.

Ne croyez surtout pas que ce sont seulement des choses des temps passés.

L'amour du plus grand nombre s'est refroidit aujourd'hui plus qu'il ne l'a jamais été. La force du peuple saint est sur le point d'être brisée ou renversée. Voir Daniel 12, 7. Le mot saint aurait dû être écrit sain, comme pureté, sans péché, puisqu'un seul est bon. Je ne parle pas non plus de maladie du corps, mais de l'esprit. Ce sont ces esprits même que Jésus a voulu libérer de l'esclavage du péché. Encore une fois ici Jésus nous a dit comment faire pour se libérer de cet esclavage quand il dit: 'Repentez-vous, car le royaume des cieux est proche.'

N'oubliez pas que Jésus ne sauve que ceux qui écoutent cette parole-là, la mettent en pratique et c'est justement pour les sauver qu'il l'a dit.

Aujourd'hui j'ai commencé un autre chant à mon Dieu. Il se nomme; Tu M'as Choisi Seigneur.

Tu m'as choisi Seigneur, pour parler aux pécheurs.
Tu m'as choisi Seigneur, est-ce pour mon bonheur?
Tu m'as donné les mots pour mettre dans les chansons.
Tu m'as dit ce qu'il faut, pour prév'nir les nations.
Lui aussi savait qu'il allait mourir.
Quand même il a fait, ce que Tu désir.
Comme Jésus l'a dit, je fais ta volonté.
Est-ce ma destinée, comme lui terminer?

Puis, je suis allé couper mon gazon quand soudain, devinez qui j'aperçois marchant de long en large en attendant le moment propice pour me parler. C'est une soirée magnifique, il y a même une petite brise qui éloigne les maringouins. C'est un vendredi, un début de soirée juste avant que le sabbat à mon Dieu commence. Je fais tout mon possible pour faire tous mes travaux dans les six jours que mon Père m'accorde pour les faire. C'est juste normal quand tu aimes ton Père de tout ton cœur de faire ce qu'il faut pour Lui plaire. Alors, je me suis arrêté sur ma tondeuse montable, pour le saluer.

Salut mon ami sans nom." "Salut à toi aussi mon guide. Jacques, je me demandais si et quand tu pouvais me donner d'autres informations sur comment devenir un disciple." "Tu veux dire un disciple de Jésus?" "Oui, oui, c'est ça." "Et bien demain ça m'irait." "Demain c'est le sabbat, n'est-il pas mal de travailler ce jour-là?" "Ce n'est pas mal de faire du bien ce jour-là. Que ce soit de sortir une brebis qui s'est enlisée dans un faussé ou que ce soit d'en aider une autre de s'orienter vers le royaume des cieux! Puis, de t'aider à comprendre la volonté de Dieu n'est pas du tout une corvée pour moi et non plus un travail pour gagner ma vie." "Ça, c'est bien dit." "Jésus allait dans le temple et dans les synagogues le samedi, le dernier jour de la semaine pour prêcher, puisque c'était le jour où les Juifs se ressemblaient là-bas, ce qui l'est toujours, lui qui voulait rassembler les brebis perdues d'Israël." "Il y a une autre chose qui me tracasse à propos du sabbat et ce que Jésus a fait ce jour-là." "Qu'est-ce que c'est?" "C'est le fait que Jésus ait fait mourir un arbre fruitier, un figuier qui ne portait pas de fruit lorsqu'il a eu faim." "Crois-tu qu'il aurait fait mourir une personne qui n'avait rien à lui donner?" "Non, pas du tout!" "Moi non plus!" "Comment donc expliques-tu ce passage?" "C'est vraiment personnel, mais cela ressemble beaucoup à Paul qui veut faire valoir la foi au lieu des œuvres, en étant sauvé par la grâce obtenue par la foi." "Tu crois donc que c'est de l'ivraie plantée là dans le jardin de Matthieu?" "Ça ressemble à ça. Je crois qu'il y en a moins dans Matthieu que dans les autres évangiles, mais il y en a quand même quelque peu." "Je ne les ai pas vu, tu m'intrigues encore." "Je t'en parlerai demain, à moins que tu veuilles m'aider et venir dans ma maison ce soir après mon travail. Pour l'instant il faut que je termine mon travail avant la tombée du jour, car alors le sabbat va commencer et l'herbe bonne et mauvaise sera trop longue et difficile à couper la semaine prochaine." "Tu as bien à cœur ce commandement." "J'aime mon Dieu de tout mon cœur et mon amour est minime à côté du sien." "Comment cela t'est-il venu, je veux dire cet amour pour Lui?" "Je crois qu'au fin fond de moi-même je l'ai toujours aimé, mais plus j'ai appris à le connaître, plus j'ai appris à l'aimer. Je crois que la même chose est arrivée à Jésus et c'est la raison même pour laquelle il est allé jusqu'à donner sa vie pour tout accomplir sa mission. Cela n'a pas fait de lui un suicidaire, mais plutôt un homme très courageux." "Lorsqu'on le voit de cette façon, cela fait du sens." "C'est la seule façon de le voir, car c'est l'histoire véritable. Dieu n'a pas plus sacrifié Jésus sur la croix, qu'Il n'a sacrifié Isaac sur le bûcher. Il l'a dit Lui-même qu'il ne prend pas plaisir au sacrifice. Regarde dans Samuel 15, 22. 'Samuel dit: L'Éternel trouve-t-Il du plaisir dans les holocaustes et les sacrifices, comme dans l'obéissance à l'Éternel? Voici l'obéissance vaut mieux que les sacrifices et l'observation de sa parole vaut mieux que la graisse des béliers.'

L'observation de sa parole vaut mieux que l'agneau qui enlève les péchés du monde aussi.

Elles sont pourtant bien simples et faciles à comprendre ces paroles." "Mais il faut que tu termines ton travail." "C'est pourtant bien vrai ça aussi. Nous continuerons cette conversation à l'intérieur, si tu veux. Je n'en ai plus que pour dix minutes."

Puis j'ai terminé ce travail qui m'a semblé interminable, contrairement à l'habitude. C'est fou comme parler de la parole de Dieu me passionne.

Nous sommes donc entrés à la maison après avoir mis mon équipement en remise. Une fois que nous fûmes entrés, j'ai offert un bon ver d'eau froide à mon ami sans nom et je m'en suis servi un grand moi-même.

"Tu parlais donc du sacrifice dont Dieu ne prend pas plaisir et tu dis que Dieu n'a pas sacrifié son fils." "Il a condamné le pays de Canaan en entier, parce qu'ils sacrifiaient leurs premiers-nés à la morts pour leur dieu. Crois-tu vraiment qu'Il pouvait faire la même chose?" "Ça ne tiendrait pas debout du tout." "Tu l'as dit. Regarde aussi dans Ésaïe 1, 11. 'Qu'ai-je affaire de la multitudes de vos sacrifices? Dit l'Éternel. Je suis rassasié des holocaustes de vos béliers et de la graisse des veaux: Je ne prends point plaisir au sang des taureaux, des brebis et des boucs.'"

"C'est assez clair ça aussi." "Tu le dis. Je suis certain aussi que Dieu n'a pas pris plaisir au meurtre de son Fils. Regarde aussi dans Ésaïe 66, 3. 'Celui qui immole un bœuf est comme celui qui tuerait un homme, celui qui sacrifie <u>un agneau</u> (Vois Jean 1, 29:

'L'agneau de Dieu qui ôte les péchés du monde') est comme celui qui romprait la nuque d'un chien, celui qui présente une offrande est comme celui qui répandrait du sang de porc, celui qui brûle de l'encens est comme celui qui adorerait des idoles: Tous ceux-là se complaisent dans leurs voies et leur âme trouve du plaisir dans leurs abominations.'

Dieu a dit que celui qui sacrifie un agneau commet une abomination et Il l'aurait fait Lui-même?????

Beaucoup de dirigeants des églises d'aujourd'hui offrent encore les sacrifices de la messe, ils brûlent encore de l'encens, ils présentent des offrandes et ils trouvent du plaisir dans leurs abominations. Tout ça le premier jour de la semaine, le Sunday, le jour du soleil, ce qui vient confirmer que leur dieu n'est pas mon Dieu, qui est Lui le Dieu d'Israël. Le premier, ce qui est contraire du dernier.

Maintenant soyons bien clair ici, nous pouvons lire très clairement dans Jean 3, 16 que Dieu a tant aimé le monde, qu'Il a sacrifié son propre fils bien-aimé pour sauver le monde, (ce qui est selon Dieu une abomination) qu'Il l'a presque détruit ce monde à cause de ses abominations, (le déluge) puis Il demande à travers Jésus de nous retirer du monde pour entrer dans le royaume des cieux.

Cela m'emmène à une autre chanson qui se nomme, celle-là; Les Dimanches Avant Midi

On m'a dupé, on m'a menti les dimanches avant midi.
On m'a dupé on m'a menti, moi je l'prends pas et je le dis.
Le Seigneur nous a dit le sabbat c'est le samedi.
Les dimanches c'est pour qui?
C'est certainement pas pour Lui."

"Tu ne mâches pas tes mots." "Jésus aussi disait ce qu'il avait à dire et il est mon modèle." "Je le vois bien et c'est bien, mais c'est aussi très risqué." "Tout ce que j'ai à dire est risqué peu importe comment je le dis, aussi bien être franc et direct. Ils ont craint le pouvoir de Jésus pendant assez longtemps, sinon ils l'auraient tué bien avant. Il y a un autre passage important à propos du sacrifice que je veux te mentionner. Il est dans Matthieu 9, 13. 'Allez et apprenez ce que signifie: 'Je prends plaisir à la miséricorde et non aux sacrifices, car je ne suis pas venu appeler des justes, mais des pêcheurs.'

Jésus voulait avertir des pécheurs qui voulaient sortir de leur esclavage, des aveugles qui voulaient voir la vérité et des brebis perdues qui voulaient retrouver leur troupeau et leur pasteur, Dieu." "Je vois que tu écris sur ton ordinateur, n'as-tu pas peur de te le faire voler ton livre?" "Si le voleur veut mourir à ma place, qu'il ne se gène pas!" "C'est une bonne façon de voir les choses." "Je disais donc que les églises offrent encore des sacrifices non désirés de Dieu. Je dirais même que plus vous êtes près d'une religion, plus vous êtes éloignés de Dieu, car plus vous êtes sous l'emprise du diable et esclaves de ses charmes. Jésus a pourtant fait énormément pour nous en avertir et pour nous en sortir. Je suis probablement l'une de vos dernières chances, car moi je prêche les messages de Jésus et je ne connais personne d'autre à ce stage-ci de ma vie qui le fait." "Tu as l'air fatigué. Tu as certainement eu une longue semaine. Que dirais-tu de continuer cet entretien demain?" "Ça me va. Est-ce que tu as loin à faire pour trouver un lit? Si oui tu es bienvenu à demeurer ici pour la nuit, car j'ai une chambre de libre." "Non, j'ai une place tout près d'ici." "Tu ne parles pas d'une place sous les étoiles par hasard? Ne te gène pas, tu es bienvenu même si je ne connais pas ton nom." "Comment peux-tu me faire confiance à ce point? Je veux peut-être prendre ton livre." "Es-tu prêt à mourir à ma place? On ne vole pas notre ascension vers Dieu, on la mérite. Prendrais-tu quelque chose avant d'aller au lit?" "Non, je vais très bien." "Je te verrai demain matin alors, au petit déjeuner. Bonne nuit!" "Bonne nuit. Ho Jacques, c'est bon de t'entendre." "Merci! Me diras-tu ton nom un jour?" "Je suis là." "À demain matin!

J'étais fatigué et même à ça, je pouvais difficilement dormir. Le seul fait que mon invité ne voulait pas me dire son nom m'agaçait. Quand finalement j'étais à demi chemin entre le réveil et le sommeil, après une couple d'heures mon chat à qui il n'est pas permis de dépasser la hauteur de mes genoux est venu se frotter à mon épaule, ne serait-ce qu'une seconde ou deux. Ce n'est pas le fait qu'il ait désobéis qui m'a dérangé le plus, mais le fait qu'il ait laissé tomber dans mon dos un pou de bois, connu en français sous le nom de tique. Je l'ai tout de suite senti courir dans mon dos, alors je me suis retourné sans perdre de temps et je me suis frotté le dos au drap pour m'en dégager. Puis, je me suis soulevé, j'ai allumé la lampe et j'ai mis mes verres pour voir la petite bête essayer de s'enfuir sur le drap. Je l'ai rapidement pris et mis hors d'état de nuire. C'est une vrai peste par ici. Lorsqu'ils ont atteint ce qu'ils croient être l'endroit idéal sur notre corps, ils s'enfoncent la tête dans la chair et si vous leur en donnez le temps, ils vous sucent le sang à ne plus finir. Ils sont d'une petite taille, disons un huitième de pouce de diamètre en temps normal, mais une fois j'en ai ramassé un sur le plancher qui était tombée de mon chien, il avait atteint la taille d'une grosse bille. Il y a trois ans je me suis fait mordre dans le dos juste sous l'omoplate et j'ai dû prendre un long couteau et l'aide du miroir pour m'en débarrasser. L'animal m'avait déjà saigné. Ce n'est pas toujours facile de vivre seul. La blessure a pris trois semaines à guérir et la douleur était permanente. Plus souvent qu'autrement quand vous êtes réveillés vous pouvez les sentir courir sur vous et vous en débarrassez avant qu'ils ne causent du dommage. Ils causent généralement une sorte de chatouillement qu'il ne faut pas ignorer quand on sait qu'ils sont dans les parages. On dit que leurs morsures peuvent causer une sorte de paralysie. Ces petites pestes causent aussi la mort de plusieurs animaux sauvages, surtout le chevreuil. Moi je les collecte très souvent sur moi après avoir nourris et flatté mes chiens. Mon chien Buster en avait par dizaine sur lui, surtout parce que je l'emmenais avec moi à la pêche et que ces petites pestes sont là par milliers sur le bord de l'eau et dans les hautes herbes. Ceci dit, ça n'a pas été facile pour moi de reprendre mon sommeil. Mes animaux ne sauront jamais jusqu'à quel point je les protège, mais même sans le savoir, ils m'aiment sans limite et sans condition.

J'espère que mon ami sans nom a eu un peu plus de chance que moi pour une bonne nuit de sommeil. Moi j'aurais voulu dormir quelques heures de plus ce matin, mais politesse oblige, je dois me lever et préparer le déjeuner pour mon invité et pour moi-même.

Je dois aussi me taire à propos de cette petite peste, sinon il aura peut-être peur de revenir me visiter. Il est près de huit heures et l'arôme du thé va sûrement le réveiller. C'est ce qui arriva.

"Bonjour toi!" "Bonjour! Comment vas-tu ce matin?" "J'ai connu de meilleures nuits, mais cela ira." "Est-ce que ton livre t'empêche de dormir?" "Non, pas du tout, quoiqu'il capte beaucoup mes pensées." "Moi j'ai très bien dormi, je dirais même que j'ai dormi comme un ange, mais je suis très intrigué par ce que tu as dit à propos de l'ivraie dans Matthieu. Je n'ai jamais rien vu là dans ces écrits qui ne me semblaient pas normal." "Je t'en parlerai après le déjeuner. Qu'est-ce que je peux te servir?" "Un œuf et du bacon m'irait bien et une bonne tasse de thé, comme il sent bon." "Je regrette, mais tu ne trouveras pas de viande de porc dans ma maison." "C'est pourtant vrai, tu ne manges pas de porc." "Tu devrais en faire ta coutume toi aussi, si tu veux dire que le Dieu d'Israël est ton Dieu. On ne se moque pas de Lui, tu sais." "J'avais oublié, mais tu as raison, c'est important de faire sa volonté." "Il y en a par milliers qui prient Dieu en disant: 'Que ta volonté soit faite!' Mais ils ignorent sa volonté complètement." "Sais-tu, maintenant que tu le dis, je constate que c'est très vrai. Les gens disent le Notre Père et dans cette prière il est dit: 'Que ta volonté soit faite sur la terre comme au ciel!' Bien sûr que sa volonté est que nous ne mangions pas des mets qu'Il a défendu, des mets qu'Il considère impropre pour nos consommations, du moins pour ses enfants. Mais, n'est-il pas dit dans les Actes des apôtres, que ce que Dieu rend pur est pur?" "Il faut se rendre compte d'où cela vient. Les Actes des apôtres, que j'appelle, les actes de Paul à près de 95 % ont été écrits par Luc, l'ami très intime de Paul. En fait, c'est cela même qui fut mon premier indice sur l'antéchrist." "Quoi ça?" "Le fait que la très grande majorité des Actes ne parle que de Paul et que Paul contredit Jésus dans presque tout.

Pour en revenir à Pierre et les aliments défendus dans Actes 10, 10 - 15, Pierre te dira lui-même que cela ne s'est jamais produit. Ce que Dieu a déclaré impure comme le porc, les souris et les rats resteront toujours impures. C'était une autre astuce du diable pour induire le monde en erreur. À voir ce qui se passe aujourd'hui on peut dire qu'il a réussit, surtout avec les païens dirigés par Paul et compagnie." "Je croyais que Luc était bon." "Tu te rendras compte en lisant plus loin qu'il est lui aussi un ennemi déguisé en ange de lumière." "As-tu au moins une autre preuve flagrante pour dire cela?" "Très flagrante, mais je te laisse la découvrir par toi-même. Va et compare la généalogie de Jésus dans Luc et celle de Jésus dans Matthieu. Tu verras qu'elle n'est pas la même dans Luc et dans Matthieu." "Mais cela est impossible, il y a une seule généalogie de Jésus possible et réelle." "Tu l'as dit, mais elles sont différentes." "Alors l'un ou l'autre a menti." "Tu l'as dit et ce n'est pas Matthieu, puis j'en ai la preuve et la raison." "Je n'ai jamais entendu parler de ça." "Reparle-moi quand tu auras lu et fais bien attention quand tu liras." "Je te le promets." "Si tu veux lire, je vais te laisser ma Bible, car je dois partir pour une heure. Je dois aller nourrir mes chiens et espérons que tu l'auras trouvé quand je serai revenu." "Tu ne crains pas de me laisser seul chez-toi?" "Tu ne seras pas seul, mon Dieu veille sur moi et sur ce qui m'appartient. Il ne me permettrait pas de laisser un voleur seul avec mes biens dans ma maison. À tout à l'heure!" "À bientôt!"

Une heure plus tard!

"Ils vont bien?" "Très bien! Ils sont toujours bien contents de me voir. Ils sont de loin mes meilleurs amis sur terre. C'est un peu triste à dire, mais c'est la vérité. Ce n'est pas quelque chose que je ferais, mais même si je leur donnais un bon coup de pied au derrière, ils se retourneraient et viendraient lécher ma main. J'ai déjà vu un maître terrible, complètement sans amour être aimé de son chien. As-tu trouvé ce à quoi nous parlions?" "Non! J'ai lu deux fois et j'étais en train de lire pour la troisième fois sans trouver de différence." "Pourtant elle est là. Tu es d'accord avec moi qu'il y a une seule généalogie possible?" "Je suis d'accord que chacun de nous n'avons qu'un seul arbre généalogique. Je ne serai jamais l'ancêtre de mes cousins ni de leurs enfants." "Je vais te montrer où est le mensonge. J'allais dire l'erreur, mais ce n'est pas une erreur. On a délibérément éliminé un personnage dans

Luc pour une seule et unique raison, que je te dirai après t'avoir montré de qui il s'agit. Non seulement on l'a éliminé, mais on l'a remplacé par son frère." "Tu es de plus en plus intrigant, mais cela serait de la supercherie." "Attends, tu verras. Prends la Bible dans Matthieu juste au début. Qu'y lis-tu?" "Laisse-moi voir. 'Généalogie de Jésus-Christ, fils de David, fils d'Abraham.' Cela n'est pas un mensonge, Jésus est bel et bien descendant de David et David descendant d'Abraham. Ce n'est pas de ça que je parlais, mais rappelle-toi quand même de ce qui est écrit, que Jésus est fils de David. Cela sera nécessaire pour une autre question ou une réponse ultérieure." "OK!" "Maintenant va voir qui est le fils héritier du trône de David dans Matthieu." "Voyons, Matthieu 1, 6. 'Le roi David engendra Salomon de la femme d'Urie.' Ça, je l'ai toujours su." "Ce que tu ne savais pas est que le fils de David dans Luc n'est pas Salomon." "Voyons dont toé. Ça ne se peut pas." "Va voir maintenant qui est le fils de David dans Luc." "Voyons, Luc 3, 31 'Nathan fils de David.' Mais c'est vrai, comment ont-ils pu faire une erreur pareille?" "Je te l'ai dit, ce n'est pas une erreur." "Wow, comment feras-tu pour expliquer celle-là?" "C'est très simple. Paul n'aimait pas la femme et Luc non plus. Vois-tu, Salomon avait connu beaucoup trop de femmes et de concubines pour le bon plaisir de ces deux-là et pour le plaisir du pape, des cardinaux, des évêques et des prêtres." "Elle est forte celle-là. Mais, j'aurais pu lire ces deux évangiles cent fois sans voir cette différence. Je l'ai fait et des milliers d'autres l'ont fait aussi. Mais comment peux-tu expliquer que toi tu l'as vu." "Je l'ai déjà dit, Dieu m'a montré à écrire et Il m'a aussi montré à lire et surtout à faire attention quand je lisais." "Mais ce matin je faisais tout précisément très attention quand je lisais ces deux évangiles et non seulement je faisais attention, mais je cherchais la différence." "Dieu n'était pas tout à fait prêt à te le montrer avant que je le fasse. Il a certainement voulu me donner l'occasion de le faire pour toi. Il y en a plusieurs à qui j'ai mentionné qu'il y avait une différence et nul jusqu'à présent n'a pu me montrer de quoi il s'agit. Oh! Ils m'ont dit avoir vu la différence sans pouvoir me dire de qui ni de quoi il s'agit, ce qui veut simplement dire qu'ils ne l'ont pas vu. Dans le passé, lorsque quelqu'un voyait quelque chose de la sorte, il allait à l'église et le mentionnait au prêtre, ce qui a occasionné quelques changements dans la Bible." "As-tu un exemple à me donner?" "Oui, il est dans Jean 13, 4, veux-tu lire toi-même?" "Je veux bien. 'Jésus se leva de table, ôta ses vêtements et prit un linge dont il se ceignit.'

Mais cela ne fait pas de sens, il ne portait que deux vêtements et il se serait mis à poil devant ses hommes en ces jours-là. Je suis sûr que ça ne se faisait pas." "Pour ce Jean c'était l'heure du repas. Maintenant si ce Jésus a pris un linge pour se cacher, c'est qu'il était nu. Tu en viens à cette conclusion toi aussi. Vois-tu dans des Bibles plus nouvelles, comme l'internationale, Jésus aurait enlevé son vêtement extérieur seulement, mais quand il s'est rhabillé, il aurait remis ses vêtements." "Je vois, ils ont changé l'histoire à une place et ils auraient oublié de le faire dans l'autre. Ce qui fait que Jésus aurait enlevé sa robe, mais quand il s'est rhabillé, il aurait mis sa couche et sa robe. Ils sont tricheurs, mais ils ne sont pas très brillants. Parlant de brillant, c'est plus que brillant ce que tu as trouvé." "Jésus la prophétisé dans la parabole de l'ivraie." "Voyons dont, je n'ai jamais vu ça non plus." "Va lire Matthieu 13, 43." "'Alors les justes resplendiront comme le soleil dans le royaume de leur Père.'

Tu as encore raison." "Ils sont pris dans leurs mensonges aujourd'hui et ils ne savent pas comment s'en sortir. La vérité va les démolir et ils le savent. L'épée va trancher et ça va leur faire mal. Elle va tomber la grande Babylone. Il est écrit qu'elle va tomber en une seule heure. C'est à peu près le temps qu'il faille à une nouvelle pour faire le tour du monde de nos jours." "Tu as bien raison, avec les satellites d'aujourd'hui, ce n'est pas long qu'une nouvelle fait le tour du monde. Mais comment les anciens prophètes pouvaient-ils savoir de telles choses." "Dieu les informait tout comme Il m'informe de ces choses aujourd'hui." "Je ne peux qu'admettre qu'une chose, tu vois des choses que d'autres n'ont pas vu et qu'ils ne voient toujours pas." "Je savais même comment trouver Bin Laden, mais le FBI n'a pas voulu me croire ni m'écouter. Je n'en dirai cependant pas plus sur ce sujet.

J'ai demandé à un pasteur d'une l'église Baptiste un jour ce qu'il pensait de Salomon et il m'a répondu; 'Pas grand chose.'

Salomon est le roi le plus sage qui ait passé sur terre avant Jésus et ce pasteur ne pense pas grand chose de ce grand roi qui a fait plus pour son pays, Israël, avec l'amour que tous les autres rois ont fait avec leurs guerres." "Est-il possible?

Tu as mentionné qu'il y avait quelques contradictions dans Matthieu aussi, voudrais-tu me les montrer?" "Bien sûr! Ça me fera plaisir. Te souviens-tu du début de Matthieu?" "Je peux retourner voir. 'Généalogie de Jésus-Christ, fils de David, fils d'Abraham.'" "Je t'ai dit que c'était la vérité." "Je sais que c'est la vérité, puisque Jésus se doit d'être un descendant direct de David pour être le Christ, le Messie, comme les anciens prophètes l'ont prédit. Mais?" "Mais dans Matthieu 22, 41 - 45 Jésus dénierait êtres le fils de David alors que des centaines de fois les gens l'appelaient fils de David sans qu'il le dénie, comme dans Matthieu 21, 15. 'Hosanna au fils de David.'

Il y a trois contradictions dans ce même passage de Matthieu 22, 43. 'Comme les pharisiens étaient assemblés, Jésus les interrogea, en disant: 'Que pensez-vous du Christ? De qui est-il fils?' Ils lui répondirent: 'De David.' Et Jésus leur dit: 'Comment donc David, animé par l'Esprit, l'appelle-t-il Seigneur, lorsqu'il dit: 'Le Seigneur a dit à mon Seigneur: Assieds-toi à ma droite, jusqu'à ce que je fasse de tes ennemis ton marchepied? Si donc David l'appelle Seigneur, comment est-il son fils?' Nul ne pu lui répondre un mot et depuis ce jour, personne n'osa plus lui proposer des questions.'

Je comprends que nul ne posera plus de questions à cet imposteur, quel qu'il soit.

Premièrement, jamais Jésus n'aurait dénié être le fils de David. La deuxième contradiction est que les pharisiens disent la vérité en disant qu'il est le fils de David et que ce Jésus ment." "Cela ne fait pas grand sens non plus. Je ne vois rien d'autre, même en y regardant très intensément." "Personne n'osa plus lui proposer de questions, alors que c'est ce Jésus-là qui les interrogeait." "Jacques, tu es incroyable." "Cela t'impressionne?" "Tu parles, si ça m'impressionne." "J'espère seulement que mon livre ouvrira les yeux de milliers de personnes et que ces mêmes personnes se tourneront vers Dieu au lieu de chercher Dieu dans une église où Dieu ne veut pas y être ou encore de se tourner contre Dieu pour les avoir laissés dans l'ignorance. S'ils sont dans l'ignorance dans 99% des cas, c'est parce qu'ils ne voulaient pas voir la vérité." "Comment sais-tu que Dieu ne veut pas être dans les églises?" "Il est écrit qu'Il n'entre pas dans une boite fait de main d'homme. Regarde dans Ésaïe 66, 1." "'Ainsi parle l'Éternel: Le ciel est mon trône et la terre mon marchepied, quelle maison pourriez-vous me bâtir, et quel lieu me donneriez-vous pour demeure?'"

"Les gens pures sont le temple de Dieu et Il habite en nous, Il nous garde et nous protège et je peux dire que dans mon cas, Il me parle et moi j'écoute. Je L'aime et Il m'aime des milliers de fois plus." "Jacques, j'ai passé un temps absolument merveilleux en ta compagnie et j'espère que nous pouvons remettre ça à un autre jour, mais il y avait d'autre chose de contrariant dans Matthieu, selon toi. Peux-tu me dire ce que c'est?" "Bien sûr que je le peux. Va voir dans Matthieu 12, 31 - 32." "'C'est pourquoi je vous dis: Tout péché et tout blasphème sera pardonné aux hommes, mais le blasphème contre l'Esprit ne sera point pardonné. Quiconque parlera contre le fils de l'homme, il lui sera pardonné; mais quiconque parlera contre le Saint-Esprit, (contre Paul) il ne lui sera pardonné ni dans ce siècle ni dans le siècle à venir.'

Jésus n'a condamné personne et ce passage condamne. Premièrement tous les péchés et tous les blasphèmes sont contre Dieu et par le fait même sont contre l'Esprit-Saint. C'est du Paul tout craché, lui qui s'est fait passer pour le consolateur qui devait venir, lui qui est avec ses disciples et voit tout, même s'il n'est pas là. Voir Colossiens 2, 5. 'Car, si je suis absent de corps, je suis avec vous en esprit, voyant avec joie le bon ordre qui règne parmi vous et la fermeté de votre foi en Christ.'

Ce n'est pas que la petite affaire." "Je ne vois rien de mal dans ce qu'il dit." "Tu ne vois pas qu'il se prend pour Dieu ou pour l'Esprit de Dieu et qu'il dit à ses disciples qu'il peut voir ce qu'ils font sans qu'il soit là lui-même en personne. Moi je te dis que c'est de la démence et que c'est lui ou un de ses disciples qui a écrit Matthieu 12, 31 - 32 et que Matthieu n'a jamais écrit cela et que Jésus, le Christ, le vrai n'a jamais dit de telles choses. Jésus, le vrai a demandé au Père de pardonner à ceux qui l'assassinaient et ici il condamnerait quelqu'un pour un blasphème. Ça n'a aucun sens." "Tu as raison, mais pourquoi t'emportes-tu?" "Te rends-tu compte combien de personnes se sont trouvées elles-mêmes condamnées par ses lignes sans aucun espoir d'être pardonnées ni dans un siècle ni dans un autre. De voir une abomination pareille est assez pour qu'une personne se détourne de Dieu de façon permanente. Va lire ce qui est écrit dans 1 Jean 1, 9." "'Si nous confessons nos péchés, Dieu est fidèle et juste pour nous les pardonner et pour nous purifier de toute iniquité.' " "Cela inclut le blasphème contre le Saint-Esprit.

Dieu pardonne tout et à tous ceux qui se repentissent. Ça, c'est la vérité. Tu verras à mesure que tu lis, si tu fais attention que Paul condamne à plusieurs reprises. Cela ne vient pas de Dieu, ni de Jésus, ni de Matthieu. Dieu sauve, le diable condamne, la parole juge." "Mais, comment peux-tu dire qu'une chose est vraie et que l'autre est fausse?" "Je te l'ai déjà dit. N'oublie pas ce qui est écrit dans Matthieu 7, 18 'Un bon arbre ne peut porter de mauvais fruits, ni un mauvais arbre porter de bons fruits.'

Il y avait une raison très importante pour que Jésus nous dise une telle chose. Quand tu verras dans les écritures des choses qui ne sont pas conformes au bon sens, ne prends pas pour acquis que c'est toute la vérité. Prends par exemple le Psaume 83, quand tu auras la chance de le lire, tu verras que ce gars-là n'a pas la même politique que Jésus ni de David à propos du pardon. Tu verras aussi que dans la Bible King James ce gars-là est le seul à prononcer le nom de l'Éternel. Je crois même que c'est sur ce Psaume-là que les Témoins de J…se sont basés pour former leur religion. Ils font en sorte qu'eux et tous ceux ou presque qui parlent d'eux en bien ou en mal prennent le nom de Dieu en vain. Ils brisent du même coup le deuxième commandement de Dieu dans la face du monde." "Tu viens de te faire un autre paquet d'ennemis." "Oui, à peu près un autre milliard. Jésus ne se taisait pas et ne prêchait pas pour se faire des amis. Il lui fallait fuir souvent et il n'avait pas d'endroit pour se reposer la tête.

La plupart de ces Témoins sont tout comme les catholiques et comme la plupart des chrétiens, ils sont des aveugles conduits par des aveugles. Par compte, il y a des pasteurs qui connaissent la vérité et ils la tiennent cachée volontairement afin de préserver leur commerce, leur religion. La preuve est que lorsque ma sœur est allée parler à son pasteur de quelques contradictions dont je lui ai parlé, il l'a mis à la porte et il a averti les membres de son église et même de sa propre famille de ne plus lui parler. La même chose m'est arrivée à l'église où j'allais à Westside Kelowna. La seule différence est que moi, il n'a pas eu le temps de me mettre dehors, mais ses membres n'avaient plus le droit de me parler. C'est dangereux la vérité pour le sixième plus grand commerce du Canada. Elle va tomber quand même la grande Babylone. Comme je l'ai dit, je pense que ce n'est plus qu'une question d'une vingtaine d'années. Je sais que moi, je ferai ma part pour que cela se produise." "Bon, je vais y aller, mais j'aimerais bien remettre ça à une autre fois." "Tu sais que tu es bienvenu quand tu voudras." "Je le sais et merci pour ton hospitalité." "Il n'y a pas de quoi, à bientôt." "Salut!"

C'est bon d'avoir quelqu'un à qui parler et qui nous écoute. Jésus malgré sa fin tragique a eu beaucoup de chance de trouver quelqu'un à qui parler. Moi malgré que j'aie une très grande famille, je n'en trouve pas beaucoup en elle à qui je pourrais parler de la parole de Dieu. Si je voulais parler des mensonges, lesquels ils ont entendu parler depuis des années, là je serais bienvenu. Ça, c'est quand même bien triste, mais Jésus a passé par-là lui aussi et il a dit que cela nous attendait.

Un fait assez cocasse est arrivé cette semaine. Pour commencer, il serait bon de vous expliquer un peu la situation qui existe ici dans le village. Lorsque je suis arrivé ici dans ce petit village d'une quarantaine de maisons, il y a trois ans, le maire que je ne peux pas nommer pour une raison juridique m'a fait faire la tournée générale.

Je lui avais laissé entendre que j'étais intéressé à acheter des propriétés sachant qu'elles étaient à bon marché. Un couple qui vient de la même place que moi, c'est-à-dire de Westbank BC, est venu s'installer ici dans cette petite communauté. Ils ont trouvé une maison avec garage sur une parcelle de terrain de quatre âcres pour la modique somme de deux milles deux cent cinquante dollars. Je suis bien placé pour le savoir, car c'est moi qui les ai déménagés. Je savais donc que les propriétés sont à bas prix. Le maire m'a donc montré tout ce qui était bon marché et tout ce qui était à vendre. Je n'ai pas perdu de temps pour faire des plants pour mon future. Il y avait un assez gros garage de quarante huit pieds sur cent qui était déjà en démolition sur une série de lots qui mesure en tout 275 pieds sur 120 pieds de profondeur. Je l'ai obtenu pour la somme de $1500.00. Je me suis trouvé une maison très habitable de 48 pieds par 27 sur un morceau de terrain d'une âcre et demi pour la somme de mille dollars. J'étais tellement à court d'argent que cela m'a pris plus d'un an à la payer, ce qui fait que j'ai payé cinq cent dollars de plus de mon propre gré en loyer en guise de compensation.

Ça valait bien ça. Puis, derrière cette première maison, il y a trois maisons donc une seule était humainement habitable sur des terrains de cent soixante pieds de largeur et de deux cent pieds de profondeur, tous de belle terre noire très fertile.

J'ai obtenu les trois maisons pour la somme totale de mille dollars avec le temps qu'il faille pour payer. Je ne pouvais sûrement pas demander rien de plus. Pour abréger l'histoire un peu, je vous dirai que je possède maintenant ici dans ce village de Goodadam Saskatchewan cinq maisons, une shop que j'ai reconstruit, un magasin sur un coin de rue principale et grande route qui deviendra mon emplacement pour ma collection de caps de roue dont je crois être la plus grande au pays avec plus de cent vingt sept milles morceaux, une salle de réception à deux étages sur un terrain de trois cent cinquante pieds par trois cent cinquante pieds et dix-sept autres lots. J'ai obtenu tout ça pour moins de douze milles dollars. Mais les bonnes choses ne viennent pas toutes seules. Le Maire qui m'avait offert une association à cinquante, cinquante dans son entreprise de recouvrement de toitures et de petits travaux de construction n'a pas perdu grand temps pour me montrer de quoi il était capable. Pas une seule journée se passait sans qu'il n'arrête à une commission des liqueurs. Il se renfermait dans sa maison à chaque soir avec son vingt-six onze et ses six bières. On pouvait frapper à sa porte tant et aussi longtemps que l'on veuille, il n'ouvrait à personne et ne répondait pas au téléphone non plus.

À sept heures du matin il était à ma porte en me demandant une bière pour la chance qu'il disait dans cette nouvelle journée qui commençait.

Après que nous ayons eu fait quelque trois petits travaux sans grande importance, il a commencé à disparaître pour des journées entières. Il y a eu le presbytère d'une église d'Itunara d'une assez grande superficie sur lequel j'ai travaillé plus de soixante heures dans une température de cent cinq degrés et lui a travaillé moins de vingt heures.

La seule différence est qu'il voulait toujours avoir cinquante pour cent de l'argent des travaux.

Avant même que nous discutions des règlements de cette dernière, nous avions commencé la toiture d'une maison à quelques milles du village. Tout allait bien pour l'enlèvement du vieux bardeau, parce nous étions quatre à le faire. Il y avait le propriétaire de la maison qui nous aidait et il avait son tracteur avec une grosse pelle avec lequel il disposait des débris. Il y avait un ami du maire, le maire et moi. Cela nous a pris juste un peu plus d'une heure pour découvrir et préparer la première moitié du toit à recevoir le nouveau recouvrement. Puis, le maire nous a annoncé qu'il avait oublié son compresseur, les clous et ses cloueuses à la maison.

Il est donc allé chercher ses outils qui nous étaient indispensables pour compléter ce travail. Nous étions là tous les trois à attendre un homme (si je puis dire) pendant deux heures et demie qui était allé à cinq minutes de trajet. On a demandé à son ami ce qui pouvait bien se passer. Sa réponse fut: 'Que pensez-vous?'

Comme de raison, il lui était sûrement resté quelques goûtes dans le fond de sa bouteille.

Quand il est revenu un peu avant midi, nous avons sans perdre de temps commencé à couvrir le toit. Mais le voilà qu'il commence à le faire à l'envers. Au lieu de couvrir de gauche à droite comme le font tous les droitiers, il commençait du côté droit vers la gauche. Je lui ai dit qu'il travaillait à l'envers et il a semblé tout étonné. J'ai dit qu'il était assez difficile de travailler sur un toit sans être obligé de le faire à l'envers. Son ami a répliqué que j'étais capable de le faire aussi. J'ai dit non, viens me reconduire chez moi si tu ne changes pas ta façon. Puis le propriétaire qui regardait d'en bas lui a dit qu'il s'en allait tout croche.

C'était vrai. J'ai du alors prendre les choses en main et continuer en commençant du côté droit. Heureusement qu'il n'y avait que six rangées de posées. Aux alentours de quatre heures de l'après midi la moitié du toit était recouverte à neuf et tout était bien sauf les six premiers rangs. J'ai dit au propriétaire que cela n'enlevait rien à la qualité, que c'était seulement de l'esthétique et qu'il ne regarderait probablement pas à l'arrière de son toit pour un autre vingt ans. Cela a passé, mais il avait bien l'intention de lui faire recommencer son travail. Tout est mal qui fini bien, comme dirait l'autre.

Le soir venu, le maire est venu régler nos états de compte sur les travaux de l'église. Il avait fait ses calculs à cinquante, cinquante.

'Ce n'est pas tout à fait comme ça que je compte.' Je lui ai dit:

"Nous sommes à cinquante, cinquante." "C'est vrai, mais nous sommes à cinquante, cinquante au travail aussi. Je peux comprendre que tu dois partir de temps à autre pour des commissions, mais à part ça, tu dois travailler aussi. Si tu veux être juste, tu me payes $15.00 l'heure pour mes heures travaillées et tu te payes $15.00 l'heure pour tes heures travaillées. Je t'accorde $150.00 de plus que moi pour avoir décroché le contrat. Tu me dois alors $1225.00 et tu as mérité $575.00. Si tu ne peux pas être juste, je n'ai plus rien à faire avec toi." "C'est moi qui ai décroché le contrat." "Tu es largement payé pour ça."

Il a bougonné un peu, il m'a donné mon argent et il s'en est allé. Je l'attendais le lendemain matin, mais il ne s'est jamais présenté à ma porte comme il se devait et comme il le faisait d'habitude. Au bout de trois jours, je me suis mis à sa recherche et je l'ai trouvé à Itunara, une petite ville de six cent vingt-deux habitants à quinze milles à l'Ouest de Goodadam. Je l'ai aperçu, mais il a semblé vouloir se cacher. Je suis quand même aller lui parler et il m'a dit alors que notre entente ne marchait plus pour lui. 'C'est parfait.' Je lui ai dit et je suis allé sur-le-champ mettre une petite annonce dans le journal. Puis, encore une fois pour quelques dollars j'étais de nouveau à mon compte.

Il ne le savait pas, mais quand il m'a dit ne plus vouloir travailler avec moi, il m'a fait une très grande faveur. Je ne suis pas un lâcheur et il s'en serait fallu beaucoup pour m'obliger à lâcher notre sorte d'association.

Trois semaines plus tard, le propriétaire de cette maison, Gordon est son nom et il est venu me voir à mon garage où je faisais du démolissage pour me demander si je pouvais finir sa couverture. Bien sûr, je lui ai dit, mais je croyais qu'elle était terminée depuis longtemps. 'Nom!' Il m'a dit. 'Je ne l'ai pas revu.' Parlant du maire du temps.

"Ce sont les assurances qui te payeront toi aussi." "J'espère qu'ils ne prendront pas des mois, car je ne peux pas me le permettre." "S'ils tardent trop, je te payerai moi-même et ils me rembourseront."

Deux jours plus tard j'étais chez lui en train de découvrir avec son aide le deuxième côté du toit. Le maire est venu chercher ses outils avec Frank, son compagnon de bouteille et avant même que je commence, probablement de peur que je les utilise. Le propriétaire l'avait pressenti et il était demeuré sur les lieux, car en plus de venir pour son compresseur et ses outils, ils avaient l'intention de me faire un mauvais parti.

J'ai commencé à huit heures du matin et avec la noirceur je finissais, exception faite du capot qui m'a pris une heure et demie le lendemain. Je l'ai tout fait au marteau. En quinze heures en tout et partout et j'avais gagné $1100.00. J'ai parlé au maire afin de savoir quand il me payerait ma part du premier côté de la toiture et il m'a dit de tout réclamer des assurances pour moi-même. C'est ce que j'ai fait sans regret. Je n'ai pas perdu de temps pour aller m'acheter un compresseur et une cloueuse à air. C'était là la dernière couverture que je faisais au marteau.

La raison pour lequel le maire n'était pas retourné terminer cette couverture est très simple. Il ne pouvait pas être payé pour un bon bout de temps, car les assurances prennent toujours un laps de temps assez long avant de le faire. Le maire a besoin d'argent tous les jours pour ses bouteilles. C'est pour cette raison qu'il était à Itunara quand je l'ai trouvé transportant de l'eau à huit dollars l'heure pour un cultivateur des alentours. De cette façon voyez-vous, il était payé tous les jours et il avait de l'argent tous les soirs pour ses bouteilles.

Ce n'était cependant pas là la fin de ses problèmes ni des miens. Il y a deux ans alors que le travail se faisait rare pour lui, il s'est mis dans la tête de me nuire autant qu'il le pouvait pensant ainsi améliorer son sort. L'agent d'assurance m'a dit qu'il ne ferait plus affaire avec lui et plusieurs de mes clients m'ont aussi dit qu'ils ont attendu jusqu'à deux années pour lui de faire les travaux qui étaient urgent. C'est long deux ans quand le toit coule.

Alors dit-on qu'on l'a ramassé sans connaissance sur le coin de la rue près de chez lui la tête fendue. Il aurait apparemment dit aux policiers que je l'aurais battu avec l'aide de trois autres complices déguisés en soldats. C'est ce qu'il a dit à tous ceux qui voulaient bien l'entendre. À en croire plusieurs qui m'ont parlé par la suite, plusieurs l'ont cru aussi. Quoi de mieux que de salir la réputation de quelqu'un pour améliorer la sienne? C'est une méthode très souvent employée par les politiciens.

Heureusement pour moi les policiers ne l'ont pas cru. Ils l'ont plutôt placé sous observation où il est toujours semble-t-il. Son ami qui était sur le toit avec nous est venu sans perdre de temps à son secours et il a appelé sa sœur à Calgary qui est venue sans perdre de temps. Le but était bien sûr de se faire aider à sortir de son embourbement quasi insurmontable. Ce n'était pas très mal pensé. D'un coup il me ferait prendre pour assaut, tout en démolissant ma réputation, il aurait sa sœur qui le sortirait du pétrin en payant ses taxes non payés, ce qui lui permettrait peut-être de sauver sa maison et plusieurs se tourneraient vers lui pour faire réparer leur couverture. Il venait tout juste de perdre la mairie pour avoir couru une élection frauduleuse, car sept des votants étaient des personnes décédées, certaines depuis longtemps. Il y avait à ce qu'on dit eu plusieurs fraudes aussi au sein du village.

Je sais par exemple qu'il a mis des liens sur des maisons pour taxes non payés alors que les siennes n'étaient pas payée pour une durée de trois ans. Pas de lien sur la sienne, mais je crois que c'est fait maintenant avec le nouveau maire.

Il y a deux ans alors que je rechaussais mes patates dans un jardin que j'avais loué, j'entendis une voix dont j'ai reconnu tout de suite, C'était la voix de Frank, l'ami et compagnon de bouteille de l'ex maire qui je croyais était à la recherche de son chien. Il disait des vulgarités telles que voici: 'Là je t'ai trouvé mon enfant de chienne, là tu vas payer pour tout. Ce que je ne savais pas sur le coup était que c'est de moi qu'il parlait.

Ça n'a pas été très long que j'ai su ce qu'il voulait. Il s'est rendu jusqu'à moi et il m'a demandé ce que je faisais là. 'Laisse-moi tranquille'. Je lui ai dit, 'J'ai beaucoup trop à faire pour perdre mon temps à tes niaiseries." "Qu'est que tu fais ici? Ce terrain ne t'appartient pas, tu n'as pas d'affaire ici." "Ceci est mon jardin, va chez toi et laisse-moi tranquille, j'ai beaucoup de travail." "Tu n'as pas d'affaire ici, je vais te tuer et t'enterrer dans tes patates."

Puis, il s'est avancé pour me frapper. Je l'ai évité de justesse et je lui en ai donné un bon sur la gueule. Cela l'a fait reculer un peu et j'ai constaté qu'il avait la tête très dure. Il est revenu à la charge et sachant qu'il avait la tête un peu trop dure, je lui ai asséné un coup du manche du râteau dans le front.

Comme de raison je lui ai ouvert la tête et il s'en est allé en se frappant dans les mains, disant: 'C'est toi qui as blessé le maire, je l'ai trouvé le coupable.'

Il saignait comme un cochon et il était heureux, car il pensait avoir trouvé celui qui avait assailli le maire sortant, ce qui ne s'est jamais produit.

Il s'en est allé chez l'autre François, un autre ivrogne, celui que j'ai déménagé de Westbank à ici. Ils ont appelé la police, ce que j'ai su par la suite, mais je l'ai appelé moi aussi. Il a dit aux policiers que je l'avais frappé avec une hache. Si c'eut été le cas, il serait probablement mort sur-le-champ.

Un policier est venu me questionner et visiter les lieux où tout cela s'est passé. Je lui ai montré le manche du râteau cassé sur le coup. Nous n'avons pas pu trouver le bout du manche manquant. Le policier m'a dit que s'eut été du fait que cet individu n'eut été méchant avec les ambulanciers et lui-même, il aurait été dans l'obligation de m'arrêter pour violence avec une arme. En Colombie britannique je me serais fait arrêter, c'est une chose garantie. Je sais par expériences qu'on arrête des innocents là-bas et qu'on laisse filer des coupables.

Toujours est-il que ce Frank a passé deux jours à l'hôpital avec son ami l'ex maire. Je crois qu'ils ont eu la chance de faire d'autres plants. L'année dernière il est venu après moi pour se venger, alors que j'étais au travail dans le village. Au début il voulait venger son compagnon et maintenant il veut venger son compagnon et lui-même. Il est venu par deux fois où plusieurs l'ont vu. J'ai donc appelé la police de nouveau et il est allé se réfugier chez mon voisin afin d'avoir quelqu'un pour conduire sa camionnette chez lui, car il a perdu son permis de conduire. Les policiers sont allés lui parler chez lui et ils l'ont mis sous arrêts. Il a dit aux policiers que j'avais raison de le craindre, car tôt ou tard il me coincerait quelque part. Il a essayé de m'intercepter à quelques reprises dans la rue, ce que j'ai aussi rapporté, mais j'écoute le policier qui m'a dit de me tenir loin d'eux. Il a été emmené en cour l'an dernier, mais l'avocat de la couronne a décidé qu'il n'y avait pas assez de preuves contre lui. Moi, si je faille m'arrêter à un stop, je me fais prendre et si je ne paye pas l'amande qu'il m'en coûte, on me poursuit de plus bel. Lui, il conduit continuellement sans permis, sous l'influence de l'alcool, il poursuit des gens dans la rue pour les battre, il fait des menaces d'estropier et de tuer quelqu'un et il semble s'en sortir indéfiniment. C'est quoi la question? C'est quoi la justice? Me faut-il être blessé pour le reste de ma vie avant que la loi puisse faire quelque chose contre lui? C'est quoi l'affaire là?

J'aimerais bien avoir une réponse à cette question. J'ai même pensé à envoyer cet article à un journaliste qui aimerait peut-être lui-même poser la question à qui de droit. Il y a trois semaines il me poursuivait dans les rues du village avec sa camionnette, packté aux as et toujours sans permis de conduire.

Toujours est-il que vous avez une idée de ce qui se passe ici. Une fenêtre de ma wagonnette a été fracassée d'un coup de poing. C'est sûr que mes soupçons se sont portés très rapidement sur Frank, l'ivrogne. C'est une vitre de vingt pouces par soixante toute teintée. Je suis sûr qu'elle n'est pas bon marché à remplacer.

Un jeune homme qui me semblait très amical auparavant passait par l'endroit où je garde mes chiens et il s'est arrêté pour me parler. Nous parlions de choses et d'autres quand soudain je lui ai demandé de venir voir de l'autre côté la vitre cassée. J'ai mis mon poing à l'endroit où le coup a été donné et il a fait de même. J'ai alors vu qu'il avait des blessures, des petites coupures entre les jointures à égale proportion. Il m'a raconté l'histoire d'une bagarre qu'il aurait eu dans un party entre amis. Je me suis souvent battu étant jeune, plus que quiconque dont je connais. En fait, ma mère fut appelée à l'école jusqu'à sept fois la même journée à cause de mes batailles. Je sais donc par expérience que les blessures aux mains sont infligées aux jointures et non pas entre les jointures comme s'en est le cas à la main de ce jeune homme de dix-sept ans. Il peut donc frapper des milliers de fois quelqu'un dans la figure, il ne réussira pas à se faire des blessures comme celles qu'il a à la main, mais frapper de nouveau une seule fois dans une vitre créeront les mêmes blessures. Ce jeune homme est le fils du nouveau maire et je ne comprends pas encore pourquoi il a fait une telle chose. Je présume qu'il voulait voler quelque chose, des outils peut-être pour se faire de l'argent de poche et quand il aurait vu que le véhicule était verrouillé, il se serait mis en colère et frappé dans la vitre. Il s'est venté un peu en disant que le coup de poing dans la vitre était un coup avec beaucoup de puissance.

Je lui ai dit que je me doutais un peu qui avait fait le coup. Avant de parler aux policiers de ce malencontreux incident, je veux parler au père du jeune homme, qui est le maire du village et voir si nous pouvons en venir à une entente amicale. C'est ce que moi j'aurais préféré si mon fils était impliqué dans une affaire malhonnête. Je me doute très fortement que le t-top de ma Caméro fut volé par ce même jeune homme, il y a trois ans, puisqu'il parle très souvent de ce la procurer pour son jeune frère. Je crois sincèrement qu'il a déjà plusieurs morceaux qui viennent de cet auto y compris les roues en magnésium.

Cependant le maire a bien mal pris ça et il ne s'est pas gêné pour me le faire savoir. C'est une façon comme une autre d'encourager le crime. L'avenir me donnera sûrement raison.

Finalement la conférence de presse aura lieu seulement qu'une fois que ce livre sera sur le marché.

Le Jugement et L'enfer

Voici quelques visions qui m'ont été données sur le jugement et sur l'enfer. Les habitants qui se lamentaient à Dieu se lamentent toujours, mais c'est au diable qu'ils le font désormais et ils le font en vain. Le diable s'est bien moqué de tous et il continue de le faire en riant, en pleurant et en grinçant des dents. Il est fidèle à lui-même et il n'écoute personne, puis de toutes façons son pouvoir est réduit à néant.

Auparavant il avait le pouvoir de tenter les âmes justes, mais maintenant il n'a même plus cette jouissance. Il est devenu bien petit. Il n'a plus de plaisir désormais avec ces êtres tout aussi pire que lui. C'est tout comme s'il se voyait lui et sa laideur dans un miroir continuellement. En regardant tous les autres il ne voit que la laideur, leur monstruosité, leur abîme. Tous voient aussi ce que nous avons et ça c'est tout un enfer pour eux.

Il y en a qui ont eu la surprise de leur existence lorsqu'ils sont arrivés au jugement. Lorsqu'ils ont paru devant le Grand Juge avec leur petit bagage, Lui qui sait et qui voit tout. J'en ai entendu une Lui dire qu'elle avait été fidèle toute sa vie et qu'elle n'avait jamais cessé de prier Dieu. Voici ce qu'Il lui a répondu.

"Oui, Je vois que tu as prié toute ta vie depuis ta toute jeune enfance, cela m'a donné bien des démangeaisons dans les oreilles. Je vois que ton sourire vient de s'éteindre ma petite. Je t'ai entendu prié des milliers de fois, mais pas une seule fois pour mon plaisir. Toutes tes prières étaient centrées sur toi-même, égoïste et orgueilleuse que tu es. Tu voulais de bonnes notes pour bien paraître en classe. Tu voulais du beau linge pour que les garçons te regardent passer. Puis, tu voulais que tes parents demeurent ensemble pour te couver. Tu as prié pour un beau, grand et fort mari qui ne te trompe pas et ne te donne pas trop de misère. Tu as prié pour avoir de bons enfants qui ne te donnent pas trop de peine. Tu as prié pour de bons amis, la paix et le bonheur.

Tu as prié pour une belle maison, une belle auto et une belle piscine." "Et Toi Seigneur, tu m'as tout accordé ces choses." "Oui, Je t'ai accordé toutes ces choses, ce à quoi tu t'es attachée et lorsque J'ai envoyé mon enfant pour te demander de prendre ta petite croix et de me suivre, qu'as-tu fait? Tu lui as dit: 'Que Dieu me parle Lui-même.' Et tu l'as envoyé se promener. Et bien, il est allé se promener vers d'autres personnes que J'ai voulu avertir et Moi, Je te parle aujourd'hui, mais tu ne vas pas aimer ce que J'ai à te dire.

Tu as ignoré mes paroles dont mon serviteur Emmanuel a souffert pour te les annoncer. Tu as aussi ignoré ma Loi dont mon serviteur Moïse t'a donné. Tu as ignoré mes fêtes et mes sabbats que tu célébrais au plaisir de mon ennemi, le diable. Quand tu chantais le jour du soleil, Je me cachais la face pour ne pas t'entendre, toi à qui J'ai donné tous ces petits caprices. Je t'ai pourtant envoyé d'autres de mes serviteurs pour t'ouvrir les yeux. Qu'as-tu fait alors? Eux aussi tu les as envoyés se promener. C'est à mon tour de t'envoyer te promener. Va voir aux enfers, il y a une place de préparée juste pour toi. Ce n'est pas la pire, mais ce n'est pas la meilleure non plus. C'est celle dont tu as mérité. Cependant c'est loin d'être une place comme celles qui sont réservées à ceux qui ont pris leur croix pour me suivre, m'écouter et m'obéir. Va maintenant, va grincer des dents."

Il y a aussi un gros monsieur que j'ai vu paraître devant le Juge avec un bagage énorme, puisqu'il était riche. Il a alors déclaré tout ce qu'il avait fait de bien sur la terre. C'est alors que le Seigneur lui a dit ce que ses actions valaient.

"Tu as donné pour ta propre satisfaction à des gens dont tu espérais un retour ou de la reconnaissance et pour te faire valoir. 'Regardez-moi et voyez comme je suis généreux.' Tu te reconnais? Tu as rarement donné ce que tu avais besoin toi-même. Tu as répandu le mensonge au lieu de la vérité, c'est ce à quoi à servi ton argent. Tu as donné des milliers et des milliers à la bête et à ses membres, mais très peu à mes enfants. Tu as aidé des gens pour te donner une satisfaction personnelle.

Lorsque finalement un de mes disciples a frappé à ta porte, qu'as-tu fait? Oui, tu l'as mis dehors et tu l'as méprisé. Tu te faisais appeler enfant de Dieu, mais ton dieu ce n'est pas Moi. Ton dieu c'est celui que tu as servi. Où est-il maintenant? Lui, mon ennemi était bien content de toi, mais Moi, J'ai pleuré sur toi. Pense seulement à tout l'argent que tu as dépensé futilement. Si seulement ces argents avaient été dépensés pour faire cesser les avortements ou encore à nourrir les pauvres du monde, la terre aurait été peuplée un peu plus à mon goût. Tu as ignoré des gens dans la misère même ceux de ta propre famille. Non, mes enfants n'ont pas fait ces choses-là. Ho, tu faisais de belles grimaces lorsque tu priais dans les assemblées. Tu étais brillant pour te défigurer. Pourtant mon serviteur Jésus l'avait bien dit d'aller dans ta chambre pour prier." "Oui, mais Paul a dit de prier en tous lieux." "Qu'est-ce qu'Emmanuel t'a dit? Il a dit que: 'Si tu n'assemblais pas avec Moi, tu dispersais.' Pourquoi n'as-tu pas écouté celui que Je t'ai envoyé? Tu as écouté celui qui s'est déguisé en ange de lumière pour te tromper. Toi aussi tu as écouté le menteur, mon ennemi, celui qui a travaillé pour ta perte. Il y a une place de préparée pour toi selon tes œuvres, mais elle n'est pas avec mes enfants." "Mais Jésus, n'est-il pas mort pour mes péchés?" "Jésus a sacrifié sa vie pour t'emmener la vérité dont tu as ignoré. Je regrette, car tu as eu l'opportunité de faire le bien, de répandre la vérité, mais tu as choisi le menteur et les mensonges. Va, toi aussi prendre la place qui te revient, Je t'assure que ce n'est pas la meilleure qui existe."

Le résumé de Paul

St-Paul, un meurtrier, un menteur. Preuves à l'appui.
Un hypocrite. Preuves à l'appui.
Contre la circoncision. Preuves à l'appui.
Paul a circoncit son disciple alors qu'il est contre la circoncision. Preuve à l'appui.
Un menteur. Preuves à l'appui.
Contre la Loi de Dieu. Preuves à l'appui.
Il dit que la loi n'existe plus, qu'elle a vieillie, qu'elle est sur le point de disparaître et même qu'elle est une malédiction. C'est t'y assez fort pour vous? Les preuves à l'appui.
Contredit Dieu. Preuves à l'appui.
Contredit Jésus. Preuves à l'appui.
Il se chicane contre les apôtres. Preuves à l'appui.
Il abaisse les apôtres. Preuves à l'appui.
Il se dit père, lui qui dit de ne pas toucher de femme.
Il a aussi engendré plusieurs sans toucher de femme.
Il condamne. Preuves à l'appui.
Il livre à Satan. Preuves à l'appui.
Il a forcé à blasphémer. Preuves à l'appui.
Il blasphème. Preuves à l'appui.
Il aveugle plus d'une façon. Preuves à l'appui.
Il jure. Preuves à l'appui.
Il juge. Preuves à l'appui.
Il enseigne à juger. Preuves à l'appui.
Il donne des noms. Preuves à l'appui.
Il a créé la bête, le 666. Preuves à l'appui.
Il défie le monde de trouver son nom. Preuves à l'appui.
Il médit beaucoup. Preuves à l'appui.
Il prie le Seigneur, Dieu dans une imitation de Jésus pour éloigner de lui un ange de Satan qui l'empêcherait de s'enfler d'orgueil, faut le faire dans la Bible quand même. Preuve à l'appui. Selon les écritures, il ne s'est jamais repentit non plus. Le diable, le roi de l'orgueil a beaucoup trop d'orgueil pour ça.

Me direz-vous toujours Chrétiens que Paul, le diable est votre directeur? La Bible, n'est-elle pas le livre de vérité?

Les preuves sont là dans la Bible et moi je les écris dans mes livres. Est-ce un crime méritant la mort? Pour les églises chrétiennes, je dirais oui.

De Jacques Prince, un disciple de Jésus.